北城以北

BEICHENG YI BEI

张璞玉◎著

APTIME 时代出版传媒股份有限公司
时代出版 安徽文艺出版社

图书在版编目（ＣＩＰ）数据

北城以北/张璞玉著.—合肥：安徽文艺出版社,2019.6（2022.7 重印）
ISBN 978-7-5396-6615-0

Ⅰ．①北… Ⅱ．①张… Ⅲ．①长篇小说－中国－当代
Ⅳ．①I247.5

中国版本图书馆 CIP 数据核字(2019)第 042665 号

出 版 人：姚 巍 　　　　　策 　 划：刘姗姗
责任编辑：秦 雯 　　　　　装帧设计：褚 琦
....
出版发行：安徽文艺出版社 　　www.awpub.com
地 　 址：合肥市翡翠路 1118 号 　 邮政编码：230071
营 销 部：(0551)63533889
印 　 制：山东百润本色印刷有限公司 　 (0635)3962683
....
开本：880×1230 　 1/32 　 印张：9.875 　 字数：200 千字 　 插页：8
版次：2019 年 6 月第 1 版
印次：2022 年 7 月第 2 次印刷
定价：59.80 元
....

目　录

序　致那个拥有全世界的你

　　路过这个世界，我们哭着笑着，我们经历着自己不为人知的故事，感受着自己的心酸曲折。我们不断地遇见，却又不断地分别。我们就这样有意无意地路过了彼此的世界，可我们的心却从未停歇。因为有人来，就注定有人要走。

　　这个世界是什么样的呢？我们的命运为什么就这样莫名其妙而又不可思议地交织在了一起呢？我想来想去，可能上帝让我给你的世界留下一些什么，证明我来过。

　　我们生活在这个世界，它残酷但不至于冷冰冰，它温馨但并不热腾腾。我们的记忆也许封存在一段难以忘怀的菁华里久久不能自拔，也许我们的存在还徘徊在一段温润浮华的童话里。但是无论天涯海角，我们身边总有那么几个或者一个人，在默默地守望你，注视你。我们从来都不是为一个人而活着的，如果我们总是为自己活着，那这个世界该怎么传承下去？前些天，我的一个特别好的朋友打电话给我，我很是惊喜，电话只有短短几分钟，但那种感觉又仿佛回到了那些年的夏天，回到了那些夜晚。以前那些有你有我的岁月，仿佛历历在目，可是想着想着，这种感觉渐渐模糊了。那些岁月在眼前拉远，拉远，拖着长长的斜影坠入心河。也许这些记忆我只有在茶余饭后的谈笑风生里才会想起，但是我觉得就在那段时光里，我们在一起，我们都在经历，都在成长。之后的各自曲折、各自心酸也许都不重要了。你也许会问我这个世界到底是什么样的,我只能说,这个世界就是这样的。我们就这样,各自奔天涯,如果时光再让我遇见你,如果我还会再一次路过你的全世界,我会在你城门下的柳树上默默地刻下:谢谢。

我们的世界是如此奇妙地交错在一起,繁华缤纷,灿烂夺目。于是这样的两个世界出现了,一个惊艳了你的时光,一个温暖了你的岁月。你爱的,惊艳了时光;爱你的,温暖了岁月。

它们,带着希望和憧憬,路过了你的全世界。爱与被爱都是幸福的,那是我们的感情。人的感情一半是爱,一半源于爱。轰轰烈烈的焰火惊艳了死寂的夜空,它绚烂,让人无法自拔。安静祥和的灯塔温暖了回家的路,它守望着,让人舒心一笑。你爱的,给了你希望,而爱你的给了你希望下去的勇气。我们就像是花花世界的蒲公英,带着倔强的勇气,不停地寻找,短暂地驻留。但是平步青云也好,穷途末路也好,都不要忘了那种感觉,那种惊艳了时光的感觉;那种温暖了岁月的感觉。我们生活在这个世界,我们都很渺小,夹杂着无奈。有时生活的点点滴滴涌上心头,翻滚澎湃,我们总要驻足下来,去找,去听,去闻,搜寻一切可能找到的生活的印记。但是我们往往忽略了,站在时光的季节里,不曾逝去的,总是那种默默的温暖。那种温暖,没有时限,没有地域,无论你平步青云或是穷途末路,它都默默地守望着你,为你停留。前几天,我的另一个好朋友告诉我,他最好的异性朋友找了对象。在我们眼里,他们就是青梅竹马,他们彼此关心却从不嫌烦,他们互相嘲讽却不曾厌恶,他们吵架,互不理睬,可是自始至终,他们都并未渐行渐远。突然,她的身边多了一个他,那种突如其来的猝不及防让他难以招架。我想,那是他的惊艳时光。惊艳固然美好,但止于一瞬,就像夜空里的礼花。她注定只是个过客,路过你的全世界,留下了她手中的玫瑰。也许来的人惊艳了你的时光,也许走的人是你的温暖岁月,但不管怎样,那种感觉却深深地沉淀在了心底。我只能说,这个世界就是这样,如果你还是不明白,想一想,你难过时给你肩膀的人,你哭泣时给你纸巾的人,你成功时默默离开的人,他们其实在你心里永远留不下最深的印记,他们永远是你心里最深处的不疼不痒,难以铭记,却不曾忘记。即使你们吵架了,分手了,再也不见面了,但在以后某个你难过、哭泣或成功的时候,总会有一种莫名的情绪夹杂着感动,随着记忆飞到那些有你有他的岁月。那时回想起来,你也许会笑,也许会哭,也许后悔,也许感激。无人知晓。也许你会觉得这个世界怎么突然就变了,变得让你猝不及防,变得让你有些格格不入。但是,这个世界就是这样,路过我的全世界的你——我,真的十分感激。

前几天,我朋友知道了我想写这本书的意愿,我告诉她我想用短短的一些文字去纪念我们共同的青春。她说,谢谢我可以做这些去纪念我们的青春。我说,你错了,要说谢谢的人是我,如果没有你们出现在我的生命里,我也不会有写这本书的意图,如果不是你们在我的生命里留下那些深深浅浅的印迹,我也不会有毅力坚持写下去。所以我想把这本书献给所有路过我的世界和让我路过他们世界的人,我最亲爱的朋友们,感谢你们,让我不断地行走着,感受着,你把你的城留给我路过,我用时光书写着感动,留在你的城。虽然只是路过,虽然我也知道路的前方还有许多形形色色的城池,虽然我知道我的归宿不在你的城,但是我还会时不时地蓦然回首,远远地遥望你的城门,仿佛你站在城楼,莞尔一笑,一如当年你站在城楼,欢迎我进城时的模样。谢谢你的城,更谢谢让我路过它的你。如果人海茫茫,缘分让我们再次邂逅,我多么希望是在某个人生的陌生车站,不管我是满脸胡楂抑或两鬓霜白,不管是你还是我准备上车前行,开始下一段新的旅程。在人生这短暂的间隙,我们还能相遇,彼此都会心一笑吧,在将要踏进车门的瞬间,彼此挥挥手,天涯海角,勿念勿忘,如此,甚好。

好啦,不管是路过你的全世界的我,还是从我的全世界路过的你,此时的我,都想说一个故事,给你听。

2014.3.24 于合肥

北城以北

1

当太阳的第一缕光辉穿透夜空,鸡鸣打破死寂的黑夜,北的爷爷就起身了。爷爷坐在门口的椅子上,静静地点上一支烟,远远地遥望城北那些若隐若现的山影,对着还灰蒙蒙的天空吐出一口烟圈。爷爷缓缓地站起身,叹出一口粗气,披上沾着尘土的外套,一个人静静地走进房里,开始为北准备早饭。

北的奶奶三年前去世了,那年北十一岁。北怎么也无法接受这个事实,爷爷带着北,来到县城医院。当医生走出来的时候,爷爷沉默了,医生随意说了几句,转而离开,爷爷一顿一顿地走进病房,留下年幼的北,一个人,在死寂的走廊。

孤独是我们始终都无法抗拒的洪流,再长久的陪伴最终都是离别的序曲,真正的眼泪,从来不曾遇见眼睛,因为心知道,泪来过这里,驻足了很长很长的时间,长到甚至连时间都忘记了。

奶奶生前最喜欢北了,也许是因为家里只有北一个孙子吧,爷爷奶奶年轻的时候因为家里穷,只生了北的爸爸一个孩子。因为家里穷,北的爸爸不得不放弃自己的读书梦,年纪轻轻就去了北京打工。北的爸爸在北京的工地遇到了同是打工的北的妈妈,两人结婚后生下了北,之后将北送回老家由爷爷抚养。北的爸爸希望北长大后也可以去北京这样的大城市,找份好工作风风光光地衣锦还乡,所以给北取了这个名字。

北的爷爷一个人照顾着北的衣食起居。北也很懂事,知道爷爷还要忙着农活,再加上爷爷岁数已高,所以北从来不提什么无理要求。凌晨的大地仿佛都还在沉睡,辛劳的人们已经开始一天的劳作。北生活的村子因为在城的北边,所以大家都习惯叫它"北村"。而北的学校又在村的北边,就好像北和"北"字结下了不解之缘。

2

爷爷煮好了玉米,叫醒了北,就去干农活了。北睁开蒙眬的睡眼,开始了新的一天。今天北来学校有些迟,因为忘记了带几本书,又回去取了一趟,耽误了时间。刚到班级门口,就听见班里沸沸扬扬的,走进去一看才知道,今天班里转来了一个新同学。新同学是个女孩,秀气的脸蛋,扎着一条乌黑的马尾辫。女孩不爱说话,再加上班里几个活泼的男孩都盯着女孩看,女孩始终低着头,仿佛春天里一朵待放的花苞。北坐下来还没多久,老师就进来了,北不由得一阵紧张。老师昨天布置的作业他又没写。昨天是周日,北带着家里的狗跟着村里的伙伴跑去后山掏鸟蛋,等回来的时候爷爷做好的饭菜都凉了,作业什么的在爷爷生气的眼神里早就被忘得一干二净。不巧的是老师每次到班里来的第一项工作就是查作业,想到这北就一阵冷汗。

北的班主任叫万磊,一米八几的大个子,黝黑的皮肤,孔武有力,声音略带沙哑,一眼看上去就是一位"猛男",大家背后有管他叫"屠夫"的,有管他叫"班猪人"的。他虽然长得五大三粗,但是博学多识。虽然教的是数学,但是每到班会课,他总是用时代名人、历史故事,告诉班里同学做人的道理和治学的意义。于是久而久之大家也都渐渐明白了老师的用意,都喊他"老万"和"万总"了。"万总"教数学,平时用"爱的教育"教育自己的学生,说白了就是鼓励和巴掌结合的方法,说到底那也不是真打,无非就是吓唬吓唬学生,让学生改正错误,端正态度。在北的心里,最怕的就是这个"万总"了,自己本身数学就不好,加上屡教不改,"万总"会打人的,所以北非常惧惮数学,惧惮"万总"。

"万总"走上讲台,北知道自己现在就像是等待审判的罪人,无数个解释的理由在脑海里闪过,可是却不知道该怎么开口解释。北不由分说抢来同桌的作业,飞快地抄起来,可是这点时间,哪能抄得完?不过多少抄一点,也算是个自我安慰。"对了,今天来了新同学,说不定'万总'一介绍就忘了。"北悻悻地自言自语道。"万总"站在讲台上,微微一笑:"今天,我们班里来了一位新同学,大家欢迎她来做个自我介绍。"说罢带头鼓起了掌,女孩似乎反应慢了半拍,"万总"又补了一句后女孩才慢慢站起身来。北抬头望去,女孩一张小巧的瓜子脸上长着一双大大的眼睛,害羞的脸颊泛着些许微红。女孩低着头半天才憋出一句:"我叫楠,谢谢大家。"老师看到女孩尴尬,说道:"从今天起大家就是同学了,楠是新同学,大家要多帮助帮助她。"这时北马上转头目不转睛地盯着老师,希望"万总"可以说"我们开始早读"。"今天介绍新同学耽误了一点时间,我们直接开始早读吧。"北的心里一阵窃喜,仿佛感受到了上天的垂怜,那感觉就像是久旱逢甘露般,可是事情往往就是这样,你猜得中开始,却猜不中结局。"万总"走到门口,一看表,时间还来得及,回头说:"时间还有,我们三分钟简单地查一下作业。同学们把作业本摊开,我看一眼,没做的自觉,没带就是没写啊。其他人该读英语读英语,该背书背书啊。"那感觉,久旱逢甘露——开水!因为上次没写作业给抓到一次了,这次北怎么也不能主动承认没写。因为是快速查看作业,北觉得瞥一眼的工夫哪能看得那么仔细,于是他做了一个很错误的决定,他让被"万总"看过作业的同学把作业本悄悄传给他。班里有人在早读,有人在看书,还有人在打扫卫生,那么嘈杂,只要不给"万总"发现,一定能蒙混过关,而这个重任落在了他的好"基友"身上。人家可是本分人,勤勤恳恳,老老实实写作业,"万总"也是放心,说一瞥就是一瞥。北用最古老的方式,捣捣同桌,让同桌再去捣捣他旁边的人,一个一个传过去。北的朋友回头看看北,一个眼神外加会心一笑,秒懂。他小心翼翼地回头看看"万总",然后悄悄地从桌子底下让同桌一个一个把作业本传给北。这本深受"万总"信任的作业本最后在经历了两个走道外加四排座位的"跋涉"后顺利到达了北的手里,北那个开心呀,感觉久旱逢甘露——虽然是开水可他是海松。(海松是生长在我国海南的一种树木,是最耐高温的树之一,用它做成的烟斗,即使成年累月地烟熏火燎也不会被烧坏。这是由于海松具有特殊的散热能力,木质坚硬。)

当"万总"走到北的座位时,北满面笑容,信心满满地将作业本摊开给他检查。"万总"一瞥后也微微一笑,然而,北还是给抓到了没做作业。这次严重了,不仅叫北放学后去办公室,还警告他再有下次叫家长。在办公室里,北不解,同样是一瞥为啥就知道他没做。"万总"微微一笑:"是你自己做的话,怎么可能每道题都会并且都做了?"北无奈地一字不发。

久旱逢甘露,海松也"扑街"。

3

北迎着晚霞,走在回家的小道上,这时才忽然想起早上转来的那个女孩好像长得很漂亮,可是他又不能清清楚楚地记得女孩的模样,可能他是上午怕被"万总"查作业紧张所致吧，没有好好地看看女孩的模样。绯红的晚霞映在北的脸上，北最喜欢晚霞了，有时候北觉得晚霞就像是去世的奶奶冬天里冻得发红的脸。那时候奶奶会在屋里升起煤炉，火苗升起，奶奶会把手伸过去烤热，然后用手去焐北冰凉的小脸蛋，那可能是北一生至此最温暖的时光了。那种温暖，暖脸也暖心。北伸开五指迎着晚霞，让晚霞穿过指缝，映在他天真的脸颊上。北目不转睛地盯着火红的云朵，他在想些什么呢？不得而知。只是仿佛看见，这个少年在笑，笑得让人心生感动。

4

回到家，爷爷问起他晚回的原因，北睁大眼睛，说了一句"值日"。爷爷叹了一口气，丢掉快烧到滤嘴的烟头，说："吃饭吧，我待会出去一趟，村里新搬来一户人家，我送点东西去。"北应了一声，默默低着头吃起饭来。说完爷爷拿了一篮鸡蛋出去了。北吃完饭，刚刚收好桌子，爷爷就回来了。北问爷爷谁还会搬来这里。爷爷说，听说是外地的一家人，丈夫做生意失败了，欠了钱，讨债的逼得很紧，黑白两道都在找他麻烦，夫妻两个不得不离了婚，女人带着女儿来这投靠亲戚了。听说那个女孩学习可好了，小小年纪就经历这种事，不容易呀。说罢爷爷就叫北回房读书。北想了片刻就回到房里去了。北这次可不敢不写作业了。可是谁叫北平时贪玩，语文还好，不会还能随便写一点，数学就没办法了，那可是不会就一点都写不出来的，尽管北很努力地写，可还是有几道题写不出来。爷爷也没有能力去辅导他，北只能呆呆地坐在桌前，双手托着腮，傻傻地遥望窗外那些城北处的山影，他知道，梦想就在那城北处的远方。泛黄的灯光斜斜地打在作业本上，窗外的风，发出沙沙的声音，摇晃了光影,也摇晃了光阴。"唉,只能明天去学校抄了。"北自言自语道。

5

第二天,北和爷爷一起起来了,因为要抄作业所以北必须早早起来,如果"万总"来班里还没抄完,就完蛋了,真要叫家长,爷爷还不得气死。清晨还有些许寒意,隐隐能看到露珠挂在树叶上,鸟鸣传来,似近又似远。北压了压衣领,默默地前行。走着走着,还没出村,一个女孩的身影出现在北的前方,这可是稀奇的事情呀,这个点哪里有孩子出现在去城里的路上呀?

北加快了脚步,熟悉的高度,熟悉的辫子,女孩正是楠,原来爷爷昨天说的那个女孩就是楠啊。北似乎明白了什么,咧开嘴说了一句早上好。女孩猛地一定睛,北又说:"我记得你叫楠,我们是同学,你昨天才来的嘛,我叫北。"女孩反应过来,绽放出笑容,漂亮的脸蛋迎着早晨的金光,就仿佛是三月里绵柔的春风,吹进这个十几岁的少年的心里。

"早上好,北。"这股风吹进那十几岁的年少时光,惊醒了一个北不曾知道的地方,北仿佛是卡机了一般。

"没想到你这么外向,我还以为你不喜欢说话呢。"

"没有啦,我昨天也好紧张,我很想在这个新环境里交到好朋友呢。"

"哈哈,那我们算是朋友吗?"

"嗯,你叫北,我记住啦!"

"啊,啊,那个,嘻嘻,你也去这么早呀。"

"我是新同学嘛,帮大家打扫打扫卫生。"

"哦,哦,哈哈。"

北似乎整个人都有了一种奇怪的感觉。在"喜欢"这个词还未出现在他人生词典的时光里,命运仿佛就这样安排这个女孩走进了他的全世界,这是多么奇妙,多么不可思议。北和楠两个人就这么肩并肩地走在路上,如果真有时光老人,真希望他可以让相片就定格在这一刻。画面就是时光从后面看着这次肩并肩的邂逅,迎着晨光,走向前方。没过一会,楠问北:"昨天老师查了你的作业,没事吧?"

　　"啊,啊,"北有些不好意思,"没事,没事,我前天不是忘了,我也写了一点,只是有的太难了,我不会……"北搪塞道。

　　"那昨天的作业你写完了吗?"

　　"呃……"北好像大大咧咧地过了十几年,突然顿悟了一般,吞吞吐吐地说,"没……没……还差一点呢。"

　　还没等北吞吞吐吐说完,楠对北莞尔一笑:"那你把作业拿出来,我帮你看看。"

　　北尴尬了一会,搪塞道:"不……不用啦,那个,我到学校问问同桌就好。"

　　"真的吗,你确定你到了班里会自己写吗?"

　　"呃……呃……"换作是平常,北早就一口答道是的,可是此时的他就是说不出口,尴尬地走在路上。

　　"那你还不给我,不相信我呀?"

　　"不……不……"北一下子紧张起来,这种感觉比被"万总"查作业还紧张。北忐忑地卸下书包,从书包里掏出作业本。楠拿着北的作业本,细心地讲解起来,讲到重点地方,楠甚至拿出自己书包里的纸笔用手垫着写起步骤来。是不是因为阳光太温暖,渐渐融化了北之前的紧张感,北开始微笑着享受这种感觉来。不管楠说得多么认真,北一直是微微侧着头,呆呆地咧着嘴,眼都不眨一下。时间仿佛就静止在这里,享受着这被阳光温暖的十几岁的年华。两个孩子就这样走到了学校门口，此时阳光完全染红了世界，大地一片祥和。忙碌的人们，喧闹的街店，一知半解的北在作业本上涂鸦着作业，懒懒的字迹，诉说着所谓的青梅遇见了竹马的故事。仿佛那个叫作北的少年已经冥冥之中小心翼翼地叩开了那个叫作"青春"的大门。遇见楠的这一天仿佛过了半个世纪，或者说前世今生的半个世纪都是为了遇见楠。北站在学校门口，楠朝北弯起了眉毛，仿佛可以以微笑为支点撬起北的整个世界。楠睁着那双水灵灵的大眼睛："这下懂了吧，走吧，快上课啦！"此时北才试着明白这世界上是不是真的有一种东西叫"命中注定"。学校外面不远处的音像店里传来了"缘字诀几番轮回"的旋律，北抬起头，看着"城北中学"四个大字，再看了一眼身边的楠，半说半喊出一句"走！上课去！"。说完和楠一前一后大步地走进学校。身后两只鸟顺着光的方向比肩飞过枝头。这里的一切熙熙攘攘，一个人遇见谁，离开谁，并不在意，你知道的，故事就这么上演了。我想，我会爱上这个故事的。

6

到了班里，北刚坐到座位上，楠已经拿起扫帚开始打扫教室了。北的座位靠着教室左边的窗户，阳光透过有铁栏杆的窗户在教室的水泥地上投下斑驳的影子，叠在楠弯下腰扫地的影子上。楠一如刚才那样认真，北翻出作业，抬头透过窗向北方望去。今天北终于顺利通过了"万总"的检查，还得到了他"继续保持"的鼓励。结束一天的课程，转眼就到了放学的时间，北想邀楠一起回家，却不知怎么开口。就在这时，楠走到北的座位前，微微轻声，泛红的脸颊如春水的温柔，对北说："我们一起回家吧。"北有些惊讶地说好。就这样两个人一起走出班级，回家的路上，北一如既往地看着晚霞，呆呆的。

"你很喜欢晚霞吗?"楠微笑问着北。

"嗯，我最喜欢晚霞了，它让我想起了我的奶奶，你也喜欢晚霞吗?"

"嗯，我也喜欢晚霞，可是晚霞毕竟是黑夜的前奏，我更喜欢早晨，喜欢那金黄的颜色。小时候爸爸总是骑着车，带我去吃早饭，周末的时候也会陪我去公园，我可喜欢抱着爸爸的腰，坐在车座位上，闻着爸爸身上那种淡淡的烟味了。"

"呃……"北想问点什么，看着晚霞懒懒地洒在楠秀气的面庞上，北欲言又止。

"只可惜，后来爸爸妈妈老是吵架，有时还打架，家里的家具好像没有一个是完好无损的。"楠嘟着小嘴，"后来爸爸工作不顺利又迷上了赌博，每次回来不是癫狂地痴笑就是垂头丧气地一言不发。有时醉醺醺的，半夜一回来就发脾气，后来妈妈就和爸爸吵架啊，也有几次妈妈带着我回了外婆家，可是……"楠哽咽了，眼睛里似乎湿润着。

"呃……楠……别说了……"北试着安慰楠。

"有一次，几个剃着光头的男人凶神恶煞地来外婆家，我躲在房间不敢出来，所以后来妈妈不敢再带着我回外婆家了。"楠不顾北的安慰，诉说着自己不为人知的事。

"爸爸会骑自行车送我上学，爸爸会在下雨天撑起一把花伞在校门口等我，爸爸会在我生日的时候从身后偷偷变出我想要的娃娃，爸爸会背着妈妈偷偷吃掉我碗里剩下的饭菜……爸爸什么都好，为什么买不起汽车，买不起大房子就要吵架……也许妈妈不那么逼爸爸，爸爸也不会变坏。"

北看着眼前这个女孩，是如此美丽又是如此脆弱，北的记忆似乎一下子回到了那个医院，那个死寂的走廊。北想说些什么，也许是关于人人都有着自己的孤独之类的话吧，可话到嘴边，北静静地咽了回去。

7

　　楠的父亲原本是国企的文员，那个年代的国企很稳定，楠一家人过着幸福而安稳的小日子。这是多少女孩年少怀春时对未来的憧憬：一个稳定的家庭，拥有健康身体的家人，一个爱着自己的丈夫，还有那么一个可爱懂事的女儿。她们会把自己的女儿打扮成自己年轻时的模样，她们会在家里的花瓶里插上新鲜的花朵，她们会钻研着菜谱，做出一道新菜让丈夫点着头说好吃。但是谁知道呢？时间可以腐蚀一切，最可怕的是，我们根本不知道到底是什么时候，时间腐蚀了我们。楠的母亲的闺蜜的丈夫，之前只是在家门口摆台球桌收钱的带点痞子气的男人，赶上改革开放的好时机，靠开台球室发了财，不消几年的时间，搬了家买了车。闺蜜和楠的母亲聊天的话题从柴米油盐不知不觉地变成了车房首饰，聊天的内容不时充斥着对所谓"稳定"的国企工作的不屑，这深深刺痛着楠的母亲。"我老公上个月给我买的玉镯子要好几万呢，赶上你爱人好几年的工资了吧。你看那个时候在国企多风光，现在呢？""我老公让我辞了工作下个月去巴黎看看，说那里化妆品不错，要不要我送几样给你试试？""你老公也挺聪明的，怎么就没那个命呢！唉，要不让他也辞了工作跟着我老公一起闯吧。我老公过几天又要开个分店，让他去当店长，肯定比现在挣得多，但是他们那行要会说话，不知道你老公行不行。"楠的母亲辗转反侧在这些言辞里，少了笑容，开始蜕变，开始变质，开始失去平衡。楠的父亲从小就是个读书坯子，文文静静，不爱说话，老实中肯，楠的母亲当年就是看上了楠的父亲稳重老实才托付终身的。可是，经历了时间的腐蚀，我们还能记得当年让你以身相许的那份初衷吗？

恰逢楠的父亲单位的老领导要退休了,楠的父亲有了一个晋升的机会,于是楠的母亲开始让不善于交际的楠的父亲去争取。可是哪里有那么简单?平步青云的路边总有失败者的尸体,可惜的是,楠的父亲就是那些失败者中的一员。钩心斗角、明争暗斗确实不是一个老实本分的人可以得心应手的,于是楠的父亲的竞争对手晋升了。这对于楠的父亲来说就很尴尬了,他天天给楠的父亲穿小鞋,楠的父亲也越来越觉得自己不得志,郁郁寡欢。恰逢楠的父亲的一个朋友从公司辞职,自己干起投资来,拉楠的父亲一起。楠的父亲起初很保守,觉得自己干风险太大,虽然在单位受气可是最起码稳定。直到楠的母亲一句"你连一个在家门口摆台球桌的混混都不如",才让楠的父亲下定决心弃文从商。那可是一条未知的道路。一次、两次、三次的融资,楠的父亲绞尽脑汁,一次又一次来自朋友的盈利承诺让这个没有经历过商场的人仿佛看到了一个大大的泡沫,看到了一个女人满足的笑容。融资先是用自己的闲钱,然后是家里的老底,之后是亲戚朋友的存款。尝到少许甜头之后是面向大众的融资,那不是上市,而是诈骗。仿佛再大的资金缺口都可以用那个朋友酒间吹嘘的泡沫填满。一个巨大的魔鬼正向楠的家庭悄悄伸去魔爪。欠钱,讨债,抵押,离婚,跑路,饱受煎熬,这不是剧本,这是最残酷的现实。

对楠而言,时光也许就是这么奇怪,岁月会让我们的眼睛、耳朵、嘴巴变得如此宽容,宽容到看淡生死,看淡那些凄凉的离别。这也许就是时光赋予生命的意义,那些痛苦、那些无助、那些孤独的酸楚随着时间冰封在世间的缝隙里。从刻骨铭心到不愿提及甚至是不愿承认,有人说忘记悲伤最好的方法就是让时间去洗涤记忆。也许时光改变的仅仅只是我们自己,它让我们学会如何在不可逆的过去里平衡自我。

"妈妈还告诉我,以后打死也不能找爸爸这样的男人。"楠断断续续地说着,"可是我觉得爸爸没有那么坏……"楠低下头。北突然不想说任何安慰的话了,也陪着楠低下头。晚霞拉长两人寂寞的身影,风从北边吹来,吹动了楠的头发,吹起一阵尘埃,两旁的树沙沙作响,两个人都低着头,沉默着。树欲静而风不止,晚霞照耀着大地,此时此刻,谁又是谁口中的故事?也许所有故事的结局也只不过是另一个故事的开始。我们都在别人口中的故事里诉说着自己的故事,在这个波涛汹涌的世界里,故事每天都在上演,喜怒哀乐,冷暖自知。大树知道每一片飘落的枯叶,它的故事,你不知道;雨云知道每一个滴落的雨滴,它的故事,你不知道;太阳知道每一缕投下的阳光,它的故事,你不知道。

北慢慢地抬起头:"看!那朵云!"

楠朝北指尖的方向望去,一朵好似爱心的火烧云静静地飘在天空。

"好美呀。"楠低声地说。

"是呀,好美呀。"北也慢慢地答道。

这时,一阵长风拂过天际,推着云顺着归鸟的痕迹懒散地迈着步伐,心形的云朵从中间破了一个洞。

楠呆呆地看着那颗心慢慢地被撕裂,平静而淡淡地说:"北,你说,是不是我们也像那样,总是被风不断地撕裂着心?"

北扬起嘴角,侧过头,霞光将这个少年的半边脸照得绯红,北的身后就是一整轮的落日。"你知道吗,风让心开了个口子,是为了让光透进来呢。"说完北又顺着晚霞的方向伸开五指,赤红的霞光穿过北的五指,投下掌形的影子在北的心口。"你觉得它是洞,可我却觉得它是扇窗呢。"北朝着楠微微一笑,与霞光融在一起,仿佛浑然天成一般。楠傻傻地看着北,似有笑意,两个人就这样站在青春的罅隙里。风吹过,相视一笑,就像是以晚霞为背景,夕阳见证了北和楠以青春为名义向那段不堪回首的童年告别。

两人并肩走向回家的路,晚霞投下的影子显得他们的肩头又长又宽。

<h1 style="text-align:center">8</h1>

晚上,月光如水般泻在北的床头,星星挂在宁静的夜空,村子一片安详,点点的繁星好似颗颗明珠,镶嵌在天幕下,闪闪发着光。淘气的小星星在蓝幽幽的夜空划出一道金色的弧光,像织女抛出一道锦线。星星像顽皮的孩子,稚气、执着地注视着人间,仿佛用那明亮的眸子讲述一个美丽动人的神话。极美的星夜,天上没有一朵浮云,深蓝色的天上,缀满钻石般的繁星。亮晶晶的星儿,像宝石似的,密密麻麻地撒满了辽阔无垠的夜空。乳白色的银河,从西北天际,横贯中天,斜斜地泻向东南大地。北在床上辗转反侧,莫名的激动和紧张让他无法入睡。渐渐地,残星闭上昏昏欲睡的眼睛,在夜空若隐若现。一颗流星在夜空里划出银亮的线条,就像在探寻着世界里最美好的未来。北似乎觉得从没有哪个夜晚的星星比此时此刻更多,如此恬静,如此安详。远方的池塘,月影不偏不倚地映在湖心,时不时有阵调皮的风吹来,皱了湖面,荡了人心。"楠现在在干吗呢?是不是睡着了呢?都梦到些什么了呢?"北面带笑意地想着,夜,是那么静;星,是那么亮;人,是那么美。想着想着,北渐渐入睡了。

是啊,楠现在在干吗呢?是不是睡着了呢?都梦到些什么了呢?这些问题的答案在哪呢?在天际的尽头吧,也许。从世界另一边划过的星星呀,下次再来时可不可以告诉北,今夜的楠,睡了吗?

之后的时光,他们就那么静静地书写着这个关于青春的故事。北和楠一起上学放学,一起聊着未来,一起吃着午饭,渐渐地,北和楠成了彼此的依靠。北会找楠请教那些一知半解的作业,而楠会找北诉说着自己的心事,就这样,两个人成了最好的朋友。时光如白驹过隙般,转眼就到了期末考试,虽然即将迎来两个月的长假,但是考前一个月是北最难熬的时光。就连学习优异的楠周末也不得不在家里复习。可是北呢,还是没个正经,他悄悄地在田间、在山头找些好看的花花草草静静地放在楠的窗台上,有时也会调皮地在楠的家门口唱起在城里学的半吊子的歌。有时楠会透过窗户看看北,北就害羞地说他只是路过。每当夜幕降临,北会爬上自家院子的墙,坐在墙头,静静地看着楠家的窗户透出幽幽的灯光,有时一看就是大半个小时。有时北也会抱着他的小狗灰灰,坐在房顶,傻傻地看着那扇小小的窗里闪出淡淡的影。时间就这么走着,也许时间都会忘记自己,紧张、忧愁、快乐、难过都不经意地写进这十几岁的青春。

9

临到考前最后一个下午,北和楠走在回家的路上。楠问北考试准备得怎么样了,北说自己准备得可好了,天天都复习到很晚,楠冲北调皮地一笑,吐吐舌头:"骗人,你有时候不到十点就睡觉了,就是再晚也没有超过十一点的。"

"啊……"北显得有些吃惊,"那是因为,因为……"

还没等北想出理由,楠就说道:"因为我在复习休息的时候从窗户看你家的灯光呀!"楠开心地咧嘴一笑。

北瞪了瞪眼,显得有些吃惊,又微微低下头,淡淡地一笑,风吹过,夕阳如昨。北暗自下定决心今晚要好好努力一把!

晚饭时北吃得异常快,吃完丢下一句:"爷爷,我吃完了,我回房看书了,碗就不收拾了。"

留下爷爷一个人端着碗,坐在椅子上诧异地看着北,嘟哝出一句:"平时不烧香,急来抱佛脚,早干吗了?"

北就这么一直复习到凌晨两点,累得连书包都来不及收拾,就倒在床上沉睡过去,留下孤单的语文书静静地躺在桌子上。夜晚习习的凉风掠过桌子,掀开语文书的扉页,停留在卞之琳的那篇《断章》上:

你站在桥上看风景,看风景人在楼上看你。

第二天,北急急忙忙赶到考场,楠已经静静地坐在位子上了,纸笔端正地放在楠的桌上。北冲楠笑了笑,便找到自己的位子坐下,北和楠的座位离得不远也不近,中间隔了一个人。第一场是语文,这对北来说还勉强凑合,可是下午的数学对从来不努力学习的北来说就是场硬仗了。眼看时间将至,北的试卷还有大片空白,北急得抓耳挠腮,左顾右盼。他看看离他不远的楠,早就停笔检查了。树大招风,动作幅度偏大的北早就被监考老师盯上了,可是老师的目光并没有停在北的身上,而是故意看别的地方,这可给了北机会。正当北左顾右盼之际,一张神一样的纸条突然出现在离他仅有一米之隔的北的同班同学胖子夏天的座位下。胖子姓夏,又是七月出生就取名叫夏天,因为胖子还有一个亲哥哥,大家就给他取了个"二胖"的外号。北顺着纸条看去,视线的尽头是楠的一张调皮的鬼脸。哎呀妈呀,什么都不说了,北立马装作系鞋带,弯下腰瞥了监考老师一眼,老师似乎在望着窗外的风景。北乐坏了,这可是千载难逢的机会呀,就像是上天的恩赐一般。北灵活迅猛地伸手捡起纸条往兜里一放,就像是装了五百万在口袋里。再看看胖子,眼睛眯成一条缝,不带一点笑容,嘴咧得可以塞下十个鸡蛋,颧骨上的肉微微下坠,活像条沙皮狗。

"死胖子,看什么看,你嫉妒啊。"北低声快速地蹦出一句。

"死猴子,你了不起啊,看你被抓吧。"二胖精明地一笑,感觉像是个没有眼的外星人。

"切……羡慕嫉妒恨。"北低声自语道。

北又看了一眼监考老师,老师还是无心考场一心向春光啊。北这下更乐呵了,四下瞟瞟,确认大家都在写试卷或是检查,这才掏出纸条。不看不要紧,一看北差点背气,纸条上赫然写着五个大字——"叫你不复习"。

正当北准备仇恨地向楠看过去时,楠似乎并没有注意到。北再看看纸条,一行小字出现在纸条的右下角——"答案在后面"。

北瞬间就变成了卖萌的表情,真是春风得意啊。北将纸条翻过来,果然选择、填空和其他大题的基本步骤都在上面。北暗自得意,在差几个符号就抄完的时候,一个黑影如幽灵漫步般突然出现在北的上方。北一点一点地抬头,监考老师微微地笑着,仿佛是得到了姜还是老的辣似的肯定,就这么朝着北微笑,画面定格了整整五秒。

"北,纸条哪里来的? 说出来,可以考虑不见你的家长。"

北瞥了一眼楠,楠的脸涨得通红,低着头,心早就不知道飞到哪里去了。北又看了一眼二胖,那个小人得志的表情呀,北真想一脚把他的鼻子也踢没了。

"呃……"北大脑一片空白。

"如果你不交代,这科成绩作废,再请你家长到学校来。"

北这下慌了,如果爷爷真的知道了这件事,一定会非常难过,还不得回家打他一顿呀。正当北不知道怎么回答的时候,楠突然站了起来。

"老师。"

"怎么了?"老师朝楠望去。

北见楠一脸的坚定,就在楠准备开口的时候,北不知哪里来的勇气,说:"老师,纸条是我写的,想和楠对答案的,我向楠丢去了,她又向我丢了回来。"

"真的吗?"老师问道。

"嗯,楠学习那么好,犯不着作弊呀,不信你可以去问夏天,他看见了我在纸条上写答案。"

说罢,北用凶神恶煞般的眼神瞪着胖子,仿佛表明"你敢说不是,下课就一定让你去医院"。

"到底什么情况?"老师问道。

夏天也慌了,一脸无辜的表情,顿了几秒,吐出几个字:"嗯,我,我看见北,北写的纸条。"说完一脸的忐忑。

老师看了看北的试卷,因为北也快抄完了,所以老师一时也分不清真相。监考老师不是本班任课老师,认不得每个人的字迹,加上也犯不着证实字迹和夏天的"证言",老师当场下达了让北考完来教务处的宣判。再看看北,一脸欣慰,留下楠一个人突兀地站在一边的座位上,双眼无助。

这个世界就是这样,胜者不一定都是赢家。

10

北果不其然被请到教务处后得到了考试按零分计算的惩罚,好在北"敢于承认"的精神得到了教务主任的肯定才避免了请家长的悲剧,这算是北最好的结局。从教务处出来,楠站在楼梯口等着北,刚一见到北便哭了起来。北拍拍楠的肩膀:"乖,不哭了,走,我请你吃东西去。"说完便笑着领着楠走下楼梯。

一路上,楠低着头不说话,北走在前面,楠拉着北的书包带,默默地跟在后面,北始终保持着安慰楠的微笑。这是他们放学一起走以来最沉默的一次。

第二天的考试结束后,北还特意请胖子吃了几根肉串,北慢慢地发现胖子也挺可爱的,只要有的吃,他才不像北以为的那样坏心眼呢。他们还约定暑假一起出来玩。

考试就这么结束了,暑假如期而至。现在的北喜忧参半,喜是对于那个年纪的孩子来说"暑假"是这个世界上他们最喜爱的词了,忧则是号称"死亡宣判日"的领成绩单的日子也来了。

七月,蔚蓝的天空,悬着火球似的太阳,云彩好似被太阳烧化了,消失得无影无踪。春天随着落花走了,夏天披着一身的绿叶儿在热风里蹦跳着来了。阳光从密密层层的枝叶间透射下来,地上印满铜钱大小的粼粼光斑。风儿吹着,时时送来鸟儿的叫声,它在告诉我们春已归去。青草、大树和红的、白的、紫的野花,被高悬在天空的一轮火热的太阳蒸晒着,空气里充满了甜醉的气息。这个时节,各色野花都开了,红的、紫的、粉的、黄的,像绣在一块绿色大地毯上的灿烂斑点;成群的蜜蜂在花丛中忙碌着,辛勤地飞来飞去。天热得连蜻蜓都只敢贴着树荫处飞,好像怕阳光晒伤了自己的翅膀。空中没有一片云,所有的树木都没精打采地、懒洋洋地站在那里。烈日当空,道路两旁成熟的谷物热得弯下腰,低着头。太阳像个巨大的火球,光线灼人,土路被烈日烤得发烫,脚踏下去一步好像就有一串白烟。天气闷热得要命,稠乎乎的空气好像凝住了。只有知了不断地在枝头上发出破碎的高叫,如破锣碎鼓在替烈日呐喊助威!树像病了似的,叶子挂着尘土在枝上打着卷,枝条一动也不动。虽然天气那么热,可是一点也没有影响北和楠去玩的心情。在等着领成绩单的几天里,楠和北就这样肩并肩穿过田间的小路,走过城里的街道,爬过村北的山头。他们唱呀,跳呀,说呀,笑呀。日升、日落、晨光、晚霞、星光、月夜、大地、山川都谱写着路过你的全世界的华丽,诉说着青梅竹马的童话,轻吟着属于青春的旋律。

终于,成绩出来了,楠以第一名的成绩被"万总"大加赞赏,并"荣升"为班里的学习委员兼副班长。而北,数学仅三十二分的成绩让他成为班级倒数之一,并成为未来新学期的重点帮助对象。可北并不在意自己的成绩,倒是一个劲地祝贺着楠。面对其他同学的祝贺,楠都是微微一笑回答谢谢,可偏偏对北,却是做着鬼脸。

11

成绩单拿到了,作业也布置了,暑假算是正儿八经地开始了。北和楠走在回村的路上,刚到村口,就看到聚集了几位村民讨论着什么。北觉得奇怪,楠也不由得紧张起来,快走到楠家里的时候,这种不对劲的感觉应验了。果然出事了,楠的家门紧闭,门口有几个粗野的大汉。楠一看,害怕了,躲到北的身后。几个大汉四下一看,看见了北和楠,迈着大步走过来。楠小心翼翼地躲在北的身后,瑟瑟发抖。大汉凶神恶煞地说道:"别躲了,我认识你。"

楠一听,明白了大汉的来历,不由得吓得脸铁青铁青的,一句话也说不出来。大汉往前逼着碎步,可北丝毫没有让步,眼神坚定地打量着这几个人。这几个人高的有一米八,矮的有一米六,差不多都剃着光头,戴着佛珠链或是金链子,操着一口不知道是哪里的方言,腰间别着手机,一嘴的烟渍。北知道这些人绝非善类，属于地痞流氓，可是为了保护楠，他告诉自己，绝不能后退半步。

"你爸欠我们几十万，知道吧?"其中一个流氓阴阳怪气地说道，"不还钱，人也跑了，离了婚，躲就能躲得了? 赶快叫你的龟鳖爸妈从屋里滚出来，不然我叫人砸门了。"

"我爸欠你的钱会还的，你不要再侮辱我的爸妈!"楠似乎突然有了力量，从北身后挺直腰板迈前一步。

"妈的，老子现在不仅要骂你那龟鳖爸还要教训教训他这个龟女儿!"说罢便伸手要抓楠的衣领。就在那流氓伸手的瞬间，北一把抱住那大汉的腰，双手死死掐在那人腰的两边，顺势将他扑倒在地，大喊："你快跑，去村里叫大人!"

其他几个大汉见同伴被扑在地上，一拥而上，北像打了鸡血一样，狠狠抓着扑倒在地的那人的衣领。楠整个人像傻了一样，愣在那里。

"发什么愣啊! 快去啊!"北朝楠声嘶力竭地大喊。

楠好像突然惊醒了一般，头也不回，大步迈向村里。

"抓住那个女孩!"不知哪个大汉喊了一句，于是两三个男人朝着楠的方向大步跑去。北见到这种情况，奋不顾身地放开扑在地上的男人，冲向准备去劫楠的人，一时间三五个人厮打在一起。残阳如血，北不知道自己挨了多少拳头，只知道自己的身体已经渐渐感觉不到疼痛，眼前的世界一会从模糊跳到清晰一会又跳回来，在北的心里，只有一个念头：绝不能让他们抓到楠。

等大人们提着棒子、棍子赶来的时候，那几个男人已经不见了。脸上血迹斑斑、衣衫破烂的北，静静地靠在树下，鲜血从北的鼻孔里止不住地流出来，身上的抓伤、瘀青，清晰可见。楠看到北，哭喊着奔过来，之后北的视线一片模糊，唯一记得的就是楠声嘶力竭的哭泣声。

"北,起床啦,今天是开学第一天,早点起来,你看今天阳光多好。"北慢慢地睁开惺忪的睡眼,奶奶慈祥地坐在床头。清晨的阳光斜斜地洒在床上,阳光透过窗户在床上留下斜斜的明暗线,奶奶就坐在这明暗线的投影里,微微地对着北笑。北惊愕地立马从床上坐起来,睁大双眼,眼泪喷涌而出,"奶奶!"北一把抱住奶奶,一直哭,一直哭。"哎哟,咋啦,好好的怎么哭啦?""奶奶,奶奶……"北大声地喊着,"奶奶,我梦见你去世了。""傻孩子,梦都是反的,你别哭啦,好好看看奶奶是不是活得好好的?"北松开双手,头从奶奶的肩膀里抬起来。北看着奶奶,奶奶微笑着拭去北哗哗而下的眼泪。北看着奶奶的手从明暗线里伸出来,抚着他的面庞,明暗线落在奶奶的面庞上,奶奶的笑容渐渐地展露在了阳光里。光线的反差让北看不清奶奶的脸,只能看见奶奶微微的笑容,北猛地一眨眼想看清深锁在自己思念里的奶奶。

12

等北再次睁开双眼,雪白的天花板,洁白的床单,脸色煞白的楠倚在床边,北来到了他这辈子最恨的地方——医院。北摇了摇睡着的楠,楠从睡梦中惊醒,看到醒来的北,一把抱住他,泪水止不住地流下来。

"太好了!你醒了!"

"我是怎么了,怎么来了这里?"

"呜呜……医生说你有轻微的脑震荡,昏迷了。"

北挪动了一下身体,感到骨头碎裂般的疼痛,说道:"傻丫头,轻微的脑震荡不会有事的啦。"

"医生说了,确实不会有大问题,可是,可是……"

"可是什么?"

"可是人家怕你会失忆,如果你忘了我,该怎么办?"

"哈哈……怎么会……"

"电视剧里都是这么演的……"

北轻轻一笑:"电视剧都是骗人的啦,你看我不好好的?"说完又挪动了一下身体,以示状态。

可是剧烈的疼痛让北忍不住咬紧牙关。

"别乱动,医生说你有多处软组织损伤,要静养。"说完楠的眼睛又湿润起来。

北呆呆地看着楠煞白的脸,轻轻问道:"你的脸……"

"没事,就是没休息好,我去给你洗个苹果,你等我。"楠说完便从床头拿了一个苹果出去了。

北的目光投向窗外,正是下午两三点的时候,阳光照射大地,万里碧空,找不到一朵云。没过一会,楠洗干净了苹果,在床头削起皮来。那个认真劲儿一如从前。

北吃完苹果,爷爷颤颤巍巍地进来了,手里拎着一袋子熟鸡蛋。爷爷叹着气,双唇紧闭,站在床边。楠赶紧站起身来说爷爷好,便将椅子让给爷爷坐,爷爷这才开口说话:"姑娘好。"爷爷坐下,楠说要给爷爷也洗个苹果,爷爷婉言拒绝,并对楠说:"丫头,回去休息吧,真是对不住,你都在这里守了几天了。"

"没事,爷爷……该道歉的是我……"

"好了,丫头不说了,困难都过去了,回去休息吧。"

看着楠苍白的面孔,北也不忍心地说:"听爷爷的话,回去休息吧,等我养好了身体,我们一起出去玩。"

在北和爷爷几番劝说下,楠这才答应回去休息。楠走后,爷爷坐在椅子上,弓着背,仿佛一下子老了许多。北有些难过,支支吾吾地开口:

"爷爷,我……"

爷爷一下子打住了北要说下去的话:"不说了,你好好养身体,从这里出去,我们都不中意这里。"说完爷爷将鸡蛋放在病床边的柜子上,"这是楠的家人给你做的,人家家人来看你几次了,你没醒……"

爷爷从口袋里掏出一支烟,想了想又放了回去。北看着爷爷:"爷爷我做了一个梦……"

"嗯……"北和爷爷就这样沉默了。

爷爷坐了一会,和医生探讨了一下病情,医生轻描淡写地说:"没事了,只要不疼了,随时可以出院。"说完就匆匆赶去另一个病房。

爷爷站在床边,拉长声音叹息地说好,转而对北说:"我先回去了,过段时间田里就要忙起来了。"

"嗯。"北应道。

爷爷转身朝门口走去,步子很慢很慢,没走几步,回头对北说:"多帮帮人家,一家人都是好人。"

还没等北反应过来,爷爷已经走出了房间。

寂静的病房就剩下北一个人了,空气中充满了消毒水的怪味,床单白得令人心生畏惧,这里的一切都不由得让北反感。北呆呆地望着窗外的天空,此时天空中飘来了几片云,云彩遮住了阳光,大地顿时黯淡下来,一阵微风,吹开云彩,大地又一片光亮。北转而将视线投向那扇小小的病房的门,时不时看到一群穿着白衣服的人在门前来来往往,真不知那是救人生命的天使,还是宣告终结的恶魔。没过多久,一个穿着白大褂戴着厚厚眼镜的医生走了进来,替隔壁的病人更换床牌。窗外刺眼的光与影形成不可言喻的折射,那人的眼镜反射出刺眼的光,让人完全看不到他的目光。他下意识地对北一笑,雪白雪白的上衣,无法寻见的目光。北觉得这笑容,寒意远远大于暖意。

13

　　北看着邻床的病人——一位上了年纪的老爷爷,黝黑的皮肤上老年斑清晰可见,稀疏的头发下是一张饱经沧桑的瘦削的脸。

　　天渐渐暗下来,又是一天即将过去。医院外的汽车开着车灯,光线射穿玻璃,在医院的墙上投出怪异的影,北的心里渐渐涌出恐惧。

　　那年北十一岁。

　　那年北的天空清澈得甚至都可以看到云的轨迹,那是段没有一点瑕疵的岁月。

　　那天北的作业得了一朵红花,那天北踩着欢快的步伐迈向家门,那天北开心地给奶奶看了那朵红花,那天奶奶说着小北真棒笑着进了厨房。那天这一笑、这一句、这一面竟成了永恒。北很欣慰,奶奶临走前清楚地看到那朵鲜红的花;北很后悔,没能让奶奶多看一眼红花,北很恨自己,没能说出最想说的那句话给奶奶听。奶奶心肌梗死就这么突然地走了,北在奶奶的坟前哭得很绝望,再多的眼泪都未能弥补北最想告诉奶奶的那句话——

　　"奶奶,我爱你。"

　　世界真的是这样,多说一句可能就是最后一句,多看一眼可能就是最后一眼,多挥一次手可能就是告别,后悔是最没用的感情,再多的眼泪也不过是折磨自己的工具。把每一次都当成最后一次,因为没有人知道明天是不是还有微风吹过天空,没有人知道明天的天空还会不会飘来一片云朵。

　　关于奶奶的记忆像电影般在北的脑海里闪过。夜深人静的时候,一个人的时候,在空旷的田野上,在寂静的天空下,在空无一人的山头,北都会让有奶奶的片段在脑海里闪过。这已经成了一种习惯,某种程度上,是一种强迫行为,因为在北的内心深处,不仅有思念也有害怕,他害怕时间的侵蚀,让他淡去了仅有的属于奶奶的点滴回忆。片段就这么闪过,眼泪就这么流出,在这个静静的夜。

北想到这,擦去泪水,深深地呼吸了几次,他决定去上个厕所,让自己走出这复杂的心情。北挪动着起身,穿上鞋子,走出房间。一出房间,那条死寂的走廊就直直地戳进北的眼睛,北尽力想让自己走得快一点,出了厕所,北还是瞥了一眼那条死寂的走廊。回到病房,北靠在床上,此时的他恨不得自己马上能有困意,一觉睡到天明。但是,他没有丝毫困意。北就呆呆地看着医院那面雪白的墙上窗外折射出的光与影,一个人。

过了一会,一个嘶哑的声音把北从这弯弯曲曲的故事里拽了出来。

"小娃子,睡不着?"

北回头一看,是邻床的老爷爷。

"嗯,不是很困,爷爷您也没睡呀?"北应声答道。

"娃呀,我听见你又是哭,又是睡不着,咋啦?"

"没事,爷爷,我……只是觉得我不喜欢医院。"

"年轻人,身体好生点小病,来次医院算个啥事?哪像我们老了,一来医院就怕回不去了。"

"嗯……我不喜欢这里,因为我奶奶……"北不情愿地说道。

"哦,这样啊,人老了,就是时候要走了,我家老婆子一年前直肠癌,也走了。"

北不知道要怎么接下去,所以他选择了沉默。老爷爷叹了一口气,慢慢地说了一句:"这些年,辛苦她了。"过了半天,老爷爷又补了一句,"也没怎么享福,就走咯,剩下我一个……娃,你们现在太幸福了,好好地生活。"

北依旧沉默着，看着老爷爷侧过身睡下，北依稀听见啜泣声，可是也只能听着，不由得心头一酸。北也躺下，看着黑色的天花板，感觉整个世界都是那么寂静。

老的树叶从空中飘落，新的树叶在枝头拼命地生长，这就是生命，这就是轮回。北能听见隔壁爷爷的微微啜泣。谁知道呢，在漫长而短暂的几十年里，时间是如何发酵，把好感变成喜欢再到爱情最后到亲情，又是怎样最终把人们口口相传的爱情化成这声声啜泣的？

爱情就是这样，在微笑里开始，在甜蜜中成长，最后在眼泪里结束，这也许是最完美的爱情，酸甜苦辣，一一品尝，有思念，有离别，也有遗憾，可是如果没有遗憾没有离别是不是就完美呢？很多人为爱轻生，为爱着魔，为爱放弃生活，这是不是就是所谓的诠释着爱的意义呢？好好地生活下去吧，当你出生的时候，你在哭，周围的人在笑；而当你微微一笑，撒手凡尘，你在笑，周围的人却在哭。

之后的几天，楠天天都来看北，北恢复得很好，不消几日就出院了。走出医院大门的那一刻，北静静地，一言不发，头也不回。

14

从高高的蓝天浮出第一朵亮丽的云彩，从灿烂的阳光穿透第一片绿叶，从第一只蜻蜓以美丽的舞姿在丛间翻跹，从空中飞翔的鸽群消失在夕阳的炊烟里，夏天就这样踏着重重的脚步而来，敲碎一池春水的柔媚。春风春雨皆已去，花已千树春已暮，纵使心头离情依依，仍无力留住春的衣角。黄昏后，夜至，一声闷雷从天而降，窗外，雨下。

这焦躁的盛夏焦躁着不安的青春。它在等，等第一阵秋风带走夏的躁动;它在等,等第一株麦子沉淀生命的厚重;它在等,等第一片落叶漂浮起属于秋天的梦。就这样,北在养伤和做作业的日子里,度过了最难熬的盛夏。

转眼就要开学,夏的燥热也褪去大半,田里已然一片金黄。懒懒的一觉后,午后的阳光刺得北不愿睁开双眼。远方传来了"北——北——"的呼唤。北懒懒地睁开双眼,向窗外望去,一个女孩笑容灿烂地站在门口。

"北,今天天气好好呀,我们出去走走吧!"

"那你等等我。"说完北转身准备洗漱。

等北出来,楠早已是迫不及待,那双明亮的大眼睛嵌在秀气的面庞上,迸发出期待。

村北是村里人忙活的农田,农田再往北是一条清溪,溪边有一棵老槐树。那是北儿时最喜欢的地方。北告诉楠槐树下的夕阳是世界上最美丽的夕阳,奶奶去世后北最喜欢靠在槐树下。每当风伴着草香从远方飘来,北一个人静静地倚在树下,看着晚霞从枝叶中投下斑驳的影,北知道,奶奶来过。

"那我们就去老槐树那儿吧,搬到这里以后还没去过那么远呢。"楠开心地说道。

北一口答应,乡间的小路,两个人并着肩,跨过时光。午后的光芒永远是金黄的,大地万物都显得格外动人。田间的小路,散发着泥土的香味,路两旁是些向阳的花草,它们渴望着太阳的恩泽,绽放出黄色、白色、紫色、红色的笑脸,迎接着光芒,编织着彩色的梦。清风摇曳,道旁的树吟唱着温暖的歌谣,逗着树边的田翻出金黄的浪。行道树仿佛安详的守望者,风动,则摇摆着身躯轻吟低唱,乐得似熟未熟的麦,踩着鼓点,也跟着微微地跃动起来;风静,则坚挺着躯壳抬头向北。田在虫鸣的安魂曲里安然入睡,它们守望着田,就这么安安静静地守着那小小的希望,待秋风吹落最后一片落叶沉淀出丰收的梦。山在北边,像一位看透凡尘的老者,张开手臂,保护着这小小的北村,山的那边是怎样一番世界呢?北常常靠在老槐树下一个人望着粉色的天际傻傻地发呆,飞鸟三五成群地从山的那边飞过,留下叽叽喳喳的音符,诉说着那关于山外山的故事,伴着红云,随着清风,入了凡尘。

北和楠一路说着笑着,楠开心的时候会用手捂着嘴,咯咯地笑起来。阳光下,女孩是那么动人,男孩是那么帅气,什么世俗,什么凡尘,通通找不到存在的意义。这两个十几岁的少年,随着自然的音律,在土路上踩出深深浅浅的脚印,跨过青春的痕迹,在彼此的心里凝成一首时光的诗。路在何方有时真的不重要,重要的是陪你走完一路的人。农田一片金黄,两旁是一片有孩子般高的油菜花田,北更喜欢称它为"花海",蜂啊,蝶啊,三三两两挥动着轻盈的翅膀探入田间,是嬉戏,是追逐,是游玩。如果这蝶挥动一下翅膀,招来了一朵漫步的闲云,这算不算也是一种"蝴蝶效应"?

忽然,北张开双臂,微微扬起下巴,追着飞鸟,大步地跑向前方,楠追在后面,喊着"等等我"。隐匿于花海间的小路,如同一幅镶满钻石的青春画卷。天上的鸟在飞,地上的人在追,向山,向光,向北。在田里干活的大人寻着笑声的轨迹抬头望着这两个花样年华的少年,不自禁地跟着笑了起来。也许他们自己儿时的模样也浮现在心头,同样的路,同样的田,同样的笑声,只是当年景色换了人看,不一样的时光刻画了一样的感动,那是最纯粹的感动。任时光匆匆流逝,那些感动沉淀在心河,是那时光的洪流也无法带走的厚重。纵然青丝已白头,纵然前朝笑声今朝语,皆是过来客。

两个人就这么你追我赶地迈过花海,花海的尽头就是那条小清溪,这条小溪打从北呱呱坠地的那一刻起就安安静静地流淌在村人的心头,在北的眼里,这条小溪就是回忆,就是感动。这条小溪没有名字,村人就喊它"溪",溪自东向西就那么十年如一日地安安静静地流淌着。溪流并不大,也就一米来宽,枯水季时,溪流就像徒步登山的虔诚香客,虽步履蹒跚但也绝不停下诚心的脚步;丰水季,溪流像眷恋故土的远行游子,虽不断向前但也对这北村含情三分。流水飞花,落叶虫鸣,溪水每一次撞击卵石的声响都似乎诉说着一个有关惜别的故事。每逢寒冷的冬季,溪水冻结成冰,那是溪对故土的最后眷恋,因为溪知道,春暖花开之日,就是它离别故土之时。清晨来临,白云滑行在溪间,是爱;夕阳西下,晚霞镶嵌在溪间,是情;夜晚,凉风习习,星罗棋布,载一瓢繁星赏一轮明月,是感动。苍茫大地,人流不息,神圣的大地都是这样载着爱和情的馈赠不停向前,何况凡人? 水,注定流向远方,不管沿途的风景多么赏心悦目,就像时间决不会因为感动停下飞逝的脚步。人生在世总要给自己留下点什么,溪流汇海之时可以向大海诉说飞花流水的动人,它可以骄傲地说自己跋涉过一段让它们流连忘返的旅程,可是,我们人呢?

　　北在溪边停下了脚步,楠也渐渐赶上,北回头朝楠一笑,便脱下鞋袜将自己的脚浸在溪水中。

　　"楠,你也来试试嘛,可舒适了!"

　　"我才不要,难看死了。"

　　"来嘛,来嘛,试试吧,听我的准没错。"

　　可能是长时间的行走奔跑让楠的脚丫也饱受煎熬,楠欲拒还迎地站在北的身旁,看着清溪从北的脚丫间淌过。

　　"呃……呃……真的可以吗?"

　　"来吧,来吧,可舒服了,你也跑累了吧,听我的,泡一下一会准舒服。"

"嗯……好吧……"

于是楠也光着脚丫将脚伸进溪里。

"呀！好凉！不过真的好舒服呀！"

"对吧，对吧。"北咧着嘴笑着说道，"过一会就习惯了，就不觉得凉啦。"

楠微微低下头，看着金色的光在水里折出七彩的颜色，如果说青春真的有颜色，那么在她心里，关于青春的定义，大概就藏在这七色光芒中了吧。溪水不停地冲刷着两个人的脚丫。他们挨着，脚并着脚，头上是一片密密的枝叶，光打了下来，斑斑驳驳，一颗光点落在楠的眉间。北静静地看着楠，想说什么却又说不出口。一阵风从远方吹来，伴着槐树的清香，吹进了北和楠的心里。

"好香啊，这是什么味道？好喜欢呀。"楠俏皮地问。

"是槐树，槐树。这儿的槐树一般七月开花，近十月才凋谢，现在正是盛开的季节呢！"

"哇！好好呀，那我们快点去吧！"楠迫不及待地穿好鞋袜。

北也起身，穿好鞋袜，和楠一起顺着溪流走着。溪流的两边是些不高不矮的树。有些落叶经不起夏天的酷热从枝间落下，有的落在地上，北踩在上面发出"嘎吱嘎吱"的声响；有的落在溪间，随着溪水流向神秘莫测的远方。也许是舍不得离开故地，又或是离别的话没有说完，有的落叶虽然落在溪间却被溪底的卵石阻碍了远行的步伐，微风一阵，道完了离别的话，落叶犹如一叶扁舟，欢快地向远方进发。

走着走着，一棵粗壮的大树出现在楠的视线里，大树有着圆形的树冠，长满了深绿色的叶子，开着一串串白中透黄的花朵，散发着幽香，像是一个天然的大帐篷，遮住了偏西的阳光。

细细看去，大树的树枝上挂满了一串串翡翠珠似的槐树豆。有的刚刚长出来，水灵灵的；有的已经成熟，变成了豆子。大树那绿羽毛般的叶子，有的被秋风吹得金黄金黄，像蝴蝶一样飘落到地上；有的依然碧绿，在秋风中摇曳。当下正是花开得盛的时候，淡黄的花，一串一串挂满了枝丫，感觉全世界都飘散着浓浓的清香。

北告诉楠，村里的槐树是"国槐"，很多村里的老人都是伴随着它长大的呢！它的枝干有些粗糙了，就像老人的皮肤一般，岁月的褶皱里蕴藏着深深的厚重感。老槐树就像一位饱经沧桑的长者，沧海桑田，物是人非，静静地伫立在这里，坐北朝南守望着北城的暮暮朝朝。老槐树也像一位智者，花开花落，谁去谁留，它都宠辱不惊，以百年不变的姿态，翘首看着天际云卷云舒。老槐树更像是一位母亲，落红不是无情物，化作春泥更护花，滋养着大地，更滋润着一方水土。俗话说一方水土养一方人，北村的人们都像老槐树一般，坚韧、老实、热情、开朗。楠和北走到树下，大大的槐树遮住北和楠头上小小的一片天空，大树底下好乘凉，世界仿佛一下子就清爽了。楠和北并排靠在槐树下，树下有些残花、落叶，阳光从密密麻麻的枝头斜斜地射了下来，斑斑驳驳，仿佛肉眼都可以看见光的轨迹。花香沁人，正当北和楠深吸一口气的时候，远方吹来一阵不小的风，风摇晃了光影，吹落了槐花，霎时间，一幅落英缤纷的画卷在两人眼前展开。楠一时间情不自禁随着落蕊站起身张开双手转起圈，忽远忽近的鸟鸣传至耳畔。清风、花香、落英、鸟鸣、光影、佳人，人世间何需寻寻觅觅，这幅美景深深刻在了北的心田。这世间最美的画面从来都不是相机可以记录的，就在一瞬间，此生足矣。

飞花落叶西去水，古树参天尘世蕊。奈何一生寻觅美，回首望去皆是醉。北就这样看着楠在槐树下婀娜地舞动着身躯，他痴痴地望着眼里的一切，早已忘却所以。

　　风吹过,大地仿佛又安静下来,楠回头朝北傻傻地笑着,北不知道该怎么去回应,也傻傻地笑着,两个人就这样在槐树下对视着,傻傻地笑着。楠在北的身边坐下,两个人靠着树干,仰着头,都不说话,静静地任时间流逝,无所谓,不重要。过了许久,楠问北为什么不说话,北呆呆地靠着老槐树,看着天边,过了几秒,才慢慢说出"我在等夕阳"。如果能把童年再回放一遍,我想我们会和北一样,先会大笑,然后放声痛哭,最后含着泪默默地发呆。有时我们沉默着,并不是因为不快乐,只是需要时间让我们把心清空。

　　"答应我,做我一辈子的好朋友。"

　　就在这时,又一阵清风吹过……

　　还没等北反应过来,楠又补了一句:"最好、最好的那种,最好是一辈子……"剩下的话,楠没有说出来,或许说了出来,只是北因留恋天际第一缕晚霞,没有听见,抑或是调皮的风儿带走了剩下的话,当成秘密尘封在世间了。

　　"喂……你说话呀……"

　　北还是呆呆地望着天际,嘴里似有声又无声。楠显得有些失望,北这才反应过来连连答应。可楠还是显得有些不高兴了,北立马一边道歉一边哄着楠,楠这才好一点。

　　"笨蛋,我可是早就答应你了。"北对着楠傻乎乎地一笑。

　　"哪有,刚刚你明明都不说话……"

　　"我哪里是刚刚答应你的!其实我早就答应你了,早在你问我之前。"北心里默默地念道。

　　忽然,第一缕晚霞从天际跳出来,北开心极了,招呼楠朝天际望去,渐渐地,半边天开始由白变红,仿佛有一群天兵在天上举着火把准备出征杀敌。仔细看,天上的星星若隐若现。这彩霞嵌着钻石般的星星,像红绸缎上绣了银线在阳光下闪着耀眼的光芒。那红色又渐渐变成了黄色,黄色的光芒闪烁着,牛不再低头吃草,鸟不再鸣叫,连它们都被这美不胜收的景色给吸引住了。刹那间,天空被染成了深红色,就像是一片波澜壮阔的红色海洋,十分壮观,真是"此景只应天上有,人间能得几回观"。此时,夕阳越发深红了,红得几乎在滴血,就像一朵硕大的红牡丹在天边怒放,尽情地喷芳吐艳。这一刻,它的美丽让北忘记了身边的一切。同日出拥有蓬勃朝气的阳光不同,晚霞是一种优柔的美、叹息的美、稍纵即逝的美。晚霞朵朵,在夕阳映衬下泛着破碎而蓬乱的红,像姑娘们飞扬的褶裙,疏密不均地点缀在夕阳旁,像女孩甜美的笑脸,泛着水嫩的娇羞的红晕,似绽放着的带着露珠的玫瑰花瓣。情意绵绵飘飘欲仙,是霞的红,一种远离喧嚣、纯粹自然、无须任何修饰的天籁美。

北走出槐树的影子,侧着脸,感受着晚霞的丝丝情意,感受着那些有奶奶在身边的岁月。楠则静静地坐在老槐树下,看着北的身影被晚霞拉长再拉长,和老槐树的影子叠在一起。

伊人槐下舞翩翩,少年望伊心恋恋。日落西山少年念,却叫伊人望少年。

北缓缓地弯下腰,拾起一片落叶藏于掌心,对楠回头一笑,转而又望向无尽的天空。究竟是为了那弯腰拾起落叶的眼神,还是为了那回眸一笑嘴角上扬的弧度?楠也呆呆地笑了。

楠从树下走了出来,站在北的旁边,轻轻地对北说道:"好久,好久都没见到爸爸了,也不知道他过得怎么样。"北看着楠没有说话。楠也没有继续说下去,两个人站在夕阳里,想着自己的故事。

月亮从天的另一边悄悄升起,星星渐渐明朗,群鸟在霞的光辉里鸣一声,不见踪影,槐树的影也渐渐模糊起来。远方,大人们扛着锄头,戴着草帽,从田间零零散散地走出来。风似乎静止了,天色也慢慢地暗沉了,好似一滴墨水滴入水里,慢慢地舒展开来。远方飘来饭菜的香味,那是故土的味道。劳作一天的人们回到家,喝上二两小酒,吃着饭,和家人谈些今天听到的趣闻趣事,这就是家最感人的画面。北说:"时间差不多了,该回去了。"

"可不可以,再过一会……"楠有些不舍,"可不可以等星星出来?"

"好吧……"北答应了楠,"那我们走慢些回去。"

北回头看了看矗立在那里的老槐树,对楠说:"走吧。"说罢往村里走去。

两个人一前一后踏上了回家的路,一路上两人走得很慢,楠时不时抬头看着天空,等待着最后一缕光辉的逝去,大地即将迎来又一个夜晚。

15

有光的地方就有影,就像有了白天就有黑夜,你如果不能接受夜的黑,也就不能欣赏天明的美,夜尽天明,日尽夜至,就像一个无限的轮回,轮回着时间诉说的喜怒哀乐、悲欢离合。

我一直很敬仰中国博大精深的语言,就拿"喜怒哀乐"来说,这个顺序很讲究,为什么不是"怒喜乐哀"或是"哀喜乐怒"? 在我看来,所见不多的豆蔻年华,多半是喜;之后遇到了生活里的磕磕绊绊开始抱怨、愤恨,这是怒;后来会因为这些琐碎的羁绊而哀伤,感怀伤逝;随着自己不断的成长和理解,明白了这就是生活的本质,看开了,最后会以乐去迎接和面对生活。

那北呢? 我想,无异于常人。

彼岸那边的纷飞

1

夏末的雨,就这么伴着一声闷雷从天空滑落,雨越下越大,疯狂敲打着北房间窗户的玻璃。北呆呆地看着窗外的雨滴,雨滴打在窗户上"滴答,滴答",像是时钟发出的倒数声。快开学了,北的桌上放着睡着了的那些作业,北似乎这时才开始担心起作业来。还有五天就要开学了,可是他的作业只做了不到两成,北似乎一时间也不知道要从何下手,只能叹一口气呆呆地看着窗外的雨细数着时间。天渐渐暗下来,雨也慢慢地小了,北打开台灯,台灯散发的光芒,调皮地在雪白的作业本上跳动。北看着作业本,感觉作业本上那些 X 与 Y 肆意挑衅着他的目光。北挠挠头,将数学作业本甩到一边,从包里拿出物理作业,随意地翻开一页,感觉那些 F、G 像素未谋面的陌生人。北又不得不将物理作业甩到一边,再翻出一本,在第七页的第一题下工工整整地写上一个"答",然后又陷入了深深的迷惘。这可怎么办,北翻了一翻白眼,走出了房间。

刚出房间,爷爷就穿着雨衣走了进来,脱下湿漉漉的雨衣,在门外甩了甩,将雨衣挂在门内侧的挂钩上,对北说了声做饭了,就大步走进厨房。灰灰摇着尾巴,不知从客厅哪个角落蹿了出来,跳着朝爷爷摇着尾巴,随爷爷蹦蹦跳跳地进了厨房。北抬头看了看挂在客厅观音像上的奶奶的照片,也随着爷爷进了厨房。爷爷已经在准备食材,北坐在厨房的木凳上,帮着爷爷收拾柴火。灰灰的小爪子搭在北的膝盖上,北将灰灰一把抱进怀里,灰灰瞪大眼睛看着北,北微微一笑,继续准备生火的木柴。

"快开学了,光顾着玩,作业写完了吗?"爷爷头也没回地问着北。"嗯嗯,差不多了……"北似乎反应很快,不假思索地答道。"开学就初三了,要考高中了,要多吃劲读书。今年过年你爹妈回来,总要有个交代。"说到这,北似乎才反应过来,要考高中了,这不由得让北两眼放空,停下了手中的活。灰灰在北的怀里发出"呜呜"的声音,北一时间觉得自己离末日不远了。爷爷收拾完食材,将北准备好的柴火放进灶里,对北说:"今年家长会,你们老师说,明年就考高中了,如果读书吃紧,可以去城里报个补习班。"北静默着没有说话,看着灶里的柴火燃烧的白烟升腾起来,伴随着噼里啪啦的声音,北心里顿时乱成一团。

晚饭时,北吃得很安静。爷爷从柜子里拿出装酒的塑料桶,往自己的空碗里倒了二两白酒,一口酒、一粒花生米地吃起来,也是安安静静的。北吃完饭,对爷爷说:"我吃好了。"说完起身准备进房间。"等等。"爷爷打断了北,北又转身坐下,问道:"怎么了?"爷爷从口袋里掏出一根烟,点上,深深地吸了一口。烟雾从爷爷的鼻孔里飘出,在泛黄的灯光下,烟雾越飘越高,渐行渐淡。"你初三了,学习爷爷帮不了什么忙,我字都识不全,什么都要靠自己努力。""嗯嗯,我知道爷爷……"北还没说完,爷爷又说:"我问了老师补习班要多少钱,家里还供得起……"爷爷又吸了一口烟,粗糙的左手伸进裤子口袋,猛地一掏,将口袋掏翻了过来,一把抓住口袋里的所有东西,放到桌子上。爷爷弹了一下烟灰,将烟叼在嘴上,升腾的烟气让爷爷眯着眼,那神情,似笑似无奈。爷爷将皱巴巴的香烟盒扔到一边,细数着桌上那些花花绿绿的钞票。爷爷小心翼翼地将钞票捋顺，嘴里念叨："五、十、三十……"北在一边默默地看着，可目光却聚焦在爷爷那盒皱巴巴的烟上，眼都不眨一下。"一百四十七、一百四十八块五……"说罢爷爷留下一张二十的，将剩下的一百二十八块五整整齐齐地推到北的一边，按钞票大小从上到下工工整整地对齐，其中硬币在昏黄的灯光下显得格外刺眼，扎得北似乎想逃避些什么。还没等北想好该说些什么，爷爷在北的空碗里按灭烧到屁股的烟头，发出"嗞"的一声响，最后的烟雾随着空气飘向门外的雨后的夜。"老师说，最后一学期营养要跟上，快开学了，吃劲读书，喜欢吃些什么，家里没有就去买。"北不由得将头扭向一边，尽量想让那些花花绿绿的钞票远离自己些。"拿着吧，赶快回房读书。"北一把抓住钱，看也不看，粗鲁地塞进口袋，转身回房，回头瞥一眼爷爷。爷爷缓慢地打开了瓶盖子，又往碗里添了二两酒，顺手再抽出一根烟，叼在嘴边。

回到房间，北重新打开台灯，看了看被扔在桌角的倔强的作业，拿出了更加倔强的勇气，开始努力地做起来。北拿出数学书，疯狂地在草稿纸上涂鸦着，整整三个小时，北做了整整三页，但还有许多不会的题目。倔强的勇气总是会败给残酷的现实，北瘫在椅子上，看着窗外依稀可见的山影，摸摸那鼓鼓的口袋。草稿纸上的那些长短粗细诉说着一个少年的无奈和决心。北决定明天去找楠解决这些操纵他青春的作业。

2

晚上北一个人躺在床上，下过雨的北村显得有些微凉，北不明白，这些作业上的红钩到底代表了什么。爷爷和奶奶一辈子辛辛苦苦把爸爸拉扯长大已经不容易了，现在又要担心自己。北觉得很难过，也许北有一千、一万种报答爷爷的方法，可是似乎在大人们的世界里，只有作业本上的钩可以让他们感到欣慰。北也知道，爷爷是希望自己可以有个美好的明天，可是，爷爷眼里那些所谓的美好明天是不是真的就是北心里的美好明天呢？想着想着，北越发无法平静。在北的心里，北城以北的世界就像是梦的彼岸，那片天地繁花似锦、落英缤纷。可是，在这渺小的北村，有爷爷做饭的身影，有奶奶存在的记忆，有灰灰摇着尾巴守候在放学归来的路上，到底怎样的一种世界才是真正的繁花似锦、落英缤纷呢？无法平静也找不到答案的北，起身走进院子，抱起睡得迷迷糊糊的灰灰，爬上半高的墙头。雨后，空气中还夹杂着些许湿气，北抚摸着灰灰略带潮湿的毛，远远地朝楠的家看去，一样的灯光，一样的感觉。这让北觉得安心，为什么所有的问题都要有答案呢？为什么所有的答案都要为问题而准备呢？

第二天，北起个大早，带上作业来到楠的家门前。北紧张地说明了来意，毕竟这是第一次来楠的家里。楠热情地接待了北，北在楠家院子的一角看见了楠的妈妈，四十岁不到的脸显得像六十岁似的，一双眼眶乌黑的眼，挂着深深的眼袋，显得憔悴不堪。北开朗地喊了声阿姨好，楠的妈妈似乎很怕见到生人，支支吾吾地回了声，扭过脸一个人回了房间。北看着楠的家，显得很冷清，空旷的客厅只有一张桌子、几把椅子和一张破旧的木板床，上面堆满了杂物。楠显得有些不好意思，带北进了房间。北在楠的房间刚刚坐下，楠的妈妈端来了一杯热水、一盘瓜子。北甚至都没有听见楠的妈妈的脚步声，慌张地回应了句："谢谢阿姨。"楠的妈妈也只是低声应了转身就出去了。楠想向北解释一些什么，可是却说不出口。

北拿出作业，放在楠的桌上，仔细一看，北这才发现，楠的桌子干干净净，书本竖着，一本一本放在桌子的前方，用书卡夹着，按照大小排得整整齐齐。楠的桌上垫着一块玻璃，玻璃被擦得晶莹剔透，依稀在早上的阳光下折射出美妙的七彩光芒。玻璃下压着大大小小的照片,正中间的一张已经泛黄,是楠的爸爸抱着年幼的楠在天安门前照的。照片里楠的爸爸的笑容似乎在诉说着一段心酸的过往,随着泛黄的照片隐退在岁月中。

楠先推开窗户再翻开北的作业,看着那些在北的眼里奇奇怪怪的字母,微微地一笑,好像是见到老友般熟悉。此刻外面阳光正好,楠微侧下头,刘海顺着脸颊滑下一缕。楠用手将头发捋到耳后,风一拂,发丝又垂下来,阳光斜斜地照射进来,让楠乌黑的头发显得多了几丝颜色。楠教得详细,北学得认真,短短一整个上午,北就差不多掌握了数学前几章的公式和重点。北和楠约好明天再来学习,楠欣然答应,北抓抓头说:"想不到数学也没想象中那么难呀,如果数学老师也像你这样,我数学怎么会不及格?"楠听到这咧着嘴一笑。北正准备走的时候,突然想起来要跟楠的妈妈道个别,楠说不用了,说罢带推带送地和北出了家门。

3

走在回家的路上,北有了一种从未有过的满足感,他突然觉得眼前的一切豁然开朗。虽说是夏末,但艳阳还是显得让人有些焦躁,可是这些刺眼的光芒无法阻止北朝着向阳的一边望去。光线刺得北微微眯着眼,他轻快地朝家里走去,这个少年仿佛踏着十几岁时的歌谣,踩着鼓点,飞了起来。北觉得自己此时此刻很幸福,相信这种感觉就是我们追求生活最初的意义。

有人说幸福的生活就是有满足感的生活,我们劳劳碌碌寻求的就是一种满足感。也许人的一生不可能始终充满了满足感,但是正因为那么多形形色色的磨难,这难得的满足感才显得异常珍贵。人的一生就是奋

彼岸那边的纷飞

斗拼搏的一生,我们拼搏的、争取的,或许是宽敞的房子、充裕的金钱,或许是一份体面的工作、一个合适的爱人,但说到底不过是追求生活中那一份小小的满足感。当你的父母对你投来赞许的目光,当你的朋友对你投来羡慕的目光,当你的爱人对你投来欣赏的目光……这种小小的满足感油然而生,或只是一瞬间,却能填满整个心田。生活就像是呼吸,吸是为了忍一口气,呼是为了出一口气,一呼一吸间风起云涌,天翻地覆。平凡的呼吸之间就是人生最纯粹的意义——忍耐或释放都是为了那一些能让生活幸福起来的满足感。

很多人并不期望奢华的生活和长命百岁,就很简单开心地生活。父母对子女的期盼,正如爷爷对北的期盼,并不是简单意义上的“吃劲读书”,而是希望他们有一个好的前途。说到底,好的前途最终也不过是一份开心幸福的生活。当你享受自己的工作,你就享受自己的生活;当你的工作给予你足够的物质、时间、空间条件去享受生活,你活得就有尊严。这一切都让你的生活有满足感,有满足感你就会幸福,而幸福的生活就会让你开心快乐,这也就是生活的本质。

在未来的几天里,北天天按时去楠的家里复习功课。上午辅导,下午和夜里北就一个人在房间里努力完成作业。短短四天的时间,北的作业已经写完大半,尤其是数学作业,全部完成。明天就开学了,虽然北的作业还是未能全部完成,但北还是异常开心。晚上整理书包的时候,北翻开了唯一一本完成了的数学暑假作业。看着题目下一行行解答,北感觉每一道数学题都是一场无言的战争。以前的北都是不战而败,任凭张狂的 X、Y 肆意嘲笑,最后在老师严厉的批评中草草收场。而如今,北早已知道这位“敌人”的“弱点”以及“应对方法”,最后在一个完美的“答”中结束了这场华丽的战斗。从审题、解题、答题,一气呵成,一种小小的骄傲感油然而生,北有时一鼓作气地解完一道大题,还会得意地看看他打过的草稿,好像在审阅战略图纸似的。再看看解题步骤犹如列队整齐的战士,在纸上形成一道无懈可击的墙,他也会扬扬得意地一笑。北合上作业,看着数学作业封面上略带讽刺的"快乐暑假"的字样,他会心一笑,算不算也对"快乐暑假"这四个字有了自己的见解?

北看着因翻得多了而略显破旧的作业本,想着楠一如既往认真的样子,北很感动,也下定决心初三要让所有人感受到他的"士别三日"。于是北坚定地将放在抽屉最深处的那一百二十八块五毛钱整整齐齐地放进书包最深处的口袋里。

北躺在床上,想着明天"万总"惊讶的表情,猜想着"万总"表扬的话语。北好像很紧张似的,爬起身,打开台灯,又拿出了数学作业,像自己最值得向人炫耀的宝贝,小心翼翼地拿出小刀轻轻刮去封面上歪歪扭扭的名字,迎着灯光,拿出水笔,一本正经、小心翼翼、缓慢地写下自己的大名。迎着灯光,北再三检查他的名字,又翻开作业,找寻有没有哪个字写得不工整,像是怕有一点瑕疵就破坏了整幅作品似的,几番确认无误后才肯放回书包里,重新躺回床上。他取下床头的闹钟,偷偷地把闹铃的时间往前拨了半个小时,这才安心睡去。

4

黎明揭去夜幕的轻纱,吐出灿烂的晨光,迎来了新的一天。天已经亮了,小窗上流进来清泉一般的晨光,枝头上,小鸟儿在叽叽喳喳地叫个不停。这天,北起得比闹钟还要早,似乎闹钟都还在呻吟着"还有一会才响呢,让我再睡一会"的话语,北就起身了。今天的北倍儿精神,从睁开双眼就再无困意。有人说被窝是青春的坟墓,有时,被窝又何尝不是青春的起点呢?

北精神昂扬地走进客厅,爷爷已经在吃早饭了,爷爷倒是被北这一反常举动逗乐了:"哟,今天怎么啦,吃错药啦?""新学期,新气象嘛!"北冲爷爷调皮地一笑,爷爷也低头一笑。

北和爷爷一起吃了早饭,爷爷的话似乎比平时多了许多,再三叮嘱北在学校要团结同学,听老师话,出门检查物品是否带齐。北也再三确认心爱的数学作业在包里才开开心心地出了门。北想去叫楠一起,想着楠还在熟睡的样子和看到自己今天这么早起来时的惊讶神情。这着实让北暗自窃喜。走到楠家门口,楠也已经起来了,北显得有些失望,不过还是看到了期待中楠惊讶的表情。北在楠的家门口稍作等候便同楠一起走向了学校。

旭日披着烈烈的酒气上升,将一种无限的醉意朝田野辽阔的天空酣畅地播散开。九月似乎被赋予了特别的意义,人们眼中的九月是秋天的开始,象征着旧的收获与新的守望。阳光温馨恬静,北村的秋风和煦轻柔,蓝天中白云悠悠,阳光带着落叶的声音来了,早晨像露珠一样新鲜。天空发出柔和的光辉,澄清又缥缈,使人想听见一阵高飞的云雀的歌唱,正如望着碧海想看见一片白帆。北感觉一切的一切都是那么亲切,陌生又熟悉。肩上的书包就像是勇士重拾荣耀的宝剑,被赋予了最崇高的意义。

两个人说着暑假的趣事,来到了学校,此时的学校还略显安静,从外面看去,学校多么庄严、神圣。北走进班级,楠拿出毛巾帮北擦干净时隔两个月不见的课桌。北谢过楠,在座位上坐下,整整齐齐地摆上作业本,将那本数学作业放在最上面。过了一会,同学们带着饱满的精神陆续走进班级,几个好哥们,或是好姐妹,三三两两聚在一起,说着笑着。阳光还是一如既往那么动人地洒在班级的水泥地上,干干的水泥地上显现出教室内栏杆的影子,也显现出教室外树叶的影子,也算是添了几分可爱之气。窗户上有些未擦拭的灰尘,金色的阳光穿过窗户,照着这三五成群的纯白少年,看着他们不经修饰的笑容,听着他们天真无邪的话语。这是不是就是故事里的青春,抑或是青春里的故事?

"万总"的到来,让班级的沸腾之声戛然而止,在北"趾高气扬"地交上了数学作业后,身为数学老师兼班主任的"万总"宣布了一项"重大决定",由于到了初三,即将面临中考,为了帮助一些学习上有困难的同学,老师决定让一个成绩好的同学和一个学习有困难的同学坐同桌,帮助学习,并由成绩优异的学生定期向老师汇报学习情况。最让北开心的是,有意向的同学可以自由组合,然后向老师报告,老师如果同意就行。

北听到后俏皮地偷偷看了一眼楠,楠也害羞地低下头。第二天放学,北和楠一起准备去办公室向"万总""请愿"。北满怀欣喜地走向老师办公室,一进办公室,北就看见自己的数学作业横行霸道地在老师的办公桌上摊开。北朝楠坏坏地一笑,还没等北开口向老师报告想法,"万总"先开口了:"北,这次你的暑假作业……"北一听老师说起了这个事,还没来得及品尝开心的滋味,"万总"严厉的批评就让北不知所措。"你知不知道老师布置作业的目的是什么? 不是要你弄虚作假来糊弄老师,你要是真的不想写,大可以空白交给我,你这是在欺骗自己。"北惊呆了,解释的话怎么想想不出,只能站在哪里。"上次家长会,你爷爷和我聊了很多,你这么做且不说对不起你自己,首先就对不起你爷爷,你再这么下去,老师也帮不了你。"北呆呆地站在办公室,低着头,双眼死死地盯着自己的脚尖,冷冰冰地说:"知道了……万老师,我想和楠坐在一起,让她帮助我,楠也同意了,您要是不信可以问楠。"北说得字字清楚,语调没有一点起伏。"让你和楠坐在一起也好,你多向人家学习学习,人家不出意外肯定能上重点高中。你自己多努力,你这样能不能上高中还不知道呢。"说完"万总"就漫不经心地翻着北的数学作业。北一下子夺下了"万总"手中的自己的数学作业,"嘶"的一声,封面被扯下,孤单地飘到了地上,还没等"万总"愤怒的神情在脸上显现,"谢谢老师!"北从牙缝里挤出这四个字便头也不回地跑出了办公室。楠也只是说了句:"老师对不起,你错怪北了。"便匆匆追了出去。写着工工整整的北的名字的封面,孤孤单单地躺在冰冷的地板上,任凭寂寥的光悲哀地洒在上面,渐渐蔓延开来。

北不顾一切地飞奔在空无一人的走廊上,任凭楠怎么叫他也不回头,直到楠跑累了,大喝一声:"北!你给我站住!"北这才停下脚步,回头看着气喘吁吁的楠一步一步跟上来。楠刚跑到北的身边正准备说些什么,北愤怒地把作业一撕两半,狠狠地摔在地上,头昂向一旁。楠看见北这样也十分吃惊,"你干吗!"北喘着粗气,一言不发。"这就是你证明自己的方法吗?你就是把作业撕碎又怎么样,能让老师相信你吗!你只有不断努力,用考试证明自己!让老师知道你是靠自己做得这么好的!"北渐渐冷静下来,似乎开始后悔自己刚才的"英雄气概",但是又似乎觉得很没有面子,大脑一热甩下一句:"你这种好学生懂什么!"说完大步跑了出去,剩下楠一个人呆呆地站在那里。风吹乱了楠的头发,垂下的发丝盖住楠的左眼。

5

北一口气跑到村口,一路上觉得从未有过的委屈和难过。回家的路弯弯曲曲,北想着自己开学前对数学的努力付出,恨不得找个洞钻进去,这种羞耻感甚至都让北产生了不再去学校的冲动。隔着眼泪看这个世界,会觉得整个世界都在哭泣。北看着眼前的一切,行道树、弯弯曲曲的土路,再抬头看着他最喜欢的天空,一切的一切都觉得那么冷冰冰。北只能看着泛红的天空,也许这轮落日是北最后的安慰。北就这么看着看着,入了神。夕阳下,一个少年微微驼着背的身影徘徊在这条回家的必经之路上。希望越大,失望越大,在这个少年的心里,他的孤独、他的无奈、他的无助,也许只有他自己和那页孤单的封面知晓吧。夕阳,可不可以当作安慰,多驻足几分钟?

回到家北随意吃了几口,便把自己关在房间里,北愤怒,无助,孤独。自从奶奶走了以后酸甜苦辣都是北一个人承担。爷爷沉默寡言,北也不愿意多说,多少喜怒哀乐只能冷暖自知。一个人默默地熬了那么久,藏了那么多秘密,有多辛苦,无人知晓。北一个人坐在椅子上呆呆地看着窗外那些模糊的山影。北那个北城外的梦似乎遭到了严酷的考验。窗外风吹着,北的故事融在这苍茫大地上,无人问津。突然一张生气的脸浮现在北的脑海里,那是楠愤怒地质问北为什么撕坏作业;转而一张笑脸取代了那张生气的脸,那是楠标志性的笑脸;又是一张认真的脸,是楠认真演算着公式的模样;最后一张是楠知道要和北成为同桌时害羞的脸。这些画面完整地浮现在北的脑海中,北毫不犹豫,冲出家门,飞奔在去楠家的路上。跑着跑着,北越发后悔自己的冲动,后悔自己的任性。经历奶奶的事,北再也不想让自己留下遗憾,有些误会,有些错失,不去弥补不去解释就真的是误会,就真的是错失。因为一时的冲动给自己留下一辈子的遗憾,为什么就不能勇敢地站出来?北想到这越发坚定了奔跑的步伐,就这么奔跑下去吧!

跑着跑着,不远处一个女孩的身影渐渐清晰,女孩似乎心事重重地低头前行,北仔细一看是楠。楠先是一惊,然后像突然找到了目标。"北!""楠!"两人似乎同时开口,然后都停下等对方先说话,停顿了一下。"那个……""北,今天……"又是同时开口。两个人彼此看着,都咯咯地笑了起来。

"那，给你，今天下午我也有些激动，别生气啦！"楠先开口，从身后拿出了那本数学作业。北接过作业，看见楠用胶带粘好了被北撕开的裂口。北显得更加不好意思："那个，那个，今天下午，我……""知道啦，男子汉就应该证明给老师看哟，我先回去啦，功课还没做呢！明天见啦！"说完楠开心地朝北一笑，挥手跑向家的方向。北呆呆地看着楠的身影渐渐消失在夜色里，风从北边吹来，行道树沙沙作响，吹动北的头发。北紧握着粘好的作业，默默地回头踏上回家的路，在心里默念："嗯，做你的男子汉。"

6

回去的路上，北很开心，不只是手里那本数学作业，更是因为这一次，他没有让遗憾成为遗憾。很多事，我们做错了，后悔了，因为胆怯，因为懦弱，我们错过了最佳的解释时间，之后的时光里，后悔肆意蔓延，会让我们付出更大的代价去换一个并不圆满的结局。有时，我们已经知错了，因为胆怯，因为懦弱，无法直面，甚至要做十件错事去弥补那个错误。其实真的很简单，有时，我们只要坚强一点，勇敢一点，鼓励自己，别让那些日后无奈的悔意永远封尘在时光的故事里。

回到家，北将那本作业放在抽屉的最深处，就像是守护着自己内心最深处的秘密似的，然后深深地呼出一口气，拿出刚领到的新书。不知不觉，夜已很深了。北伸了个懒腰，台灯的光洒在书的扉页上，透出些许困意。北走出房间，走进院子。灰灰的两个小耳朵耷拉下来，两个小爪子上下搭着，在它温暖的梦中遨游。北淡淡地笑着爬上院子里那面半高的土墙，同样的姿势，远远地朝那同样的方向望去。楠的房间里灯光已经熄灭。北还是微微笑着,呆呆地朝更远处望去,依稀看见远方的路灯散发出稀疏暗黄的光芒。北又抬头看着暗沉的天空,月亮在云朵的遮掩中忽隐忽现。他告诉自己,此时此刻的星月云呀,你们看着吧,看着一个想成为男子汉的少年的决心。

之后的日子,楠和北成了同桌,下课后楠会检查北的笔记,问他课上的难点重点听懂了没,有时还鼓励北主动向老师请教课上不懂的问题。头几次北觉得不好意思,楠就说她也没有听懂,北就能鼓起勇气去帮楠问。之后慢慢地,北习惯了,就会主动去找老师探讨问题。周末他们会相约一起自习,一起去县城里的书店,中午一起在一家不知道什么名字的面条店吃碗面条,一待就是一天,北也不觉得腻,总是盼望着周末的到来。北和楠之间似乎产生了一种莫名其妙的情愫,他们相互鼓励,相互安慰,相互开着玩笑,有说有笑地穿过县城的每一条大街小巷,这种莫名其妙的情愫在年少无知的年华中显得那么妙不可言。

转眼就到了期中考试,成绩出来了,北的进步让自己吃惊也让全班的师生吃惊。北的数学破天荒地考了 86 分,全科综合排名进到了全班前二十。楠一如既往地那么优秀,前五名的名字里总能看见楠。北还是那个成绩出来后会第一眼在前五名里寻找楠的少年,看到楠稳稳当当地在前五名,才欣然找自己的名次。"万总"最终也在期中考试总结大会上给北颁发了"最突出进步奖"后,当着全班的面向北道歉,说开学第二天楠去办公室解释作业是北自己做的他还不信。现在成绩出来了,他心服口服,希望北可以原谅他的武断。在全班的掌声中,北害羞地安然一笑。就连"万总"也鼓起了掌,而楠是全班唯一一个没有鼓掌的人,她手托着腮呆呆地看着一脸羞涩的北,是不是在想,这才是我的男子汉呢?

彼岸那边的纷飞

7

生活有时就是这样,它喜欢和你开着玩笑,喜欢捉弄着你。或许是生活在考验你配不配得到褒奖。你弱它就喜欢落井下石,你强它就会为你锦上添花。生活无论对你做了什么,你都没有权利去抱怨。因为无论如何生活都不会有错,或者说,生活本身就不存在对错的判决,只有接受与否的问题。无论怎么样,你抱怨生活的不堪,抱怨生活的不公,那只是不愿承认自己无能和脆弱的自我安慰。别和生活过不去,因为生活总能过去,过不去的只有你自己。当遭到全世界的质疑,有的人选择相信这是上天对自己的偏见,有的人选择相信这是自己得到全世界认可的开始。怎么选,怎么做,自在人心。

时光就这样在北和楠的年华绸缎上用最华丽的笔迹书写下最动人的诗篇,像童话般温润诱人。午后安静的教室,习题本和试卷七零八落地躺在桌子上,三三两两的年轻身躯趴在课桌上,熟睡着。午后暖暖的阳光把纯白的 T 恤染得通红,照亮那三三两两的梦中少年追逐前方的希望之路。青春总是在不经意间留下最完美的瞬间,我们都走过青春,这些淡淡的感动微不足道,却又是那么刻骨铭心。

秋天就这么随着校园里大树的最后一片叶子的落下,静静地离开了。渐渐冷了,教室却是这冬天最暖和的地方,同学们都憋着一股向往来年春天的冲动,每天夜里做着自己关于未来的梦,转眼,又是一年新年。

新年前夕,家家户户都忙活起来,北拿着全班第十七名的成绩等待着爸爸妈妈的归来。楠则是以总成绩四分之差位居全班第二。北很感谢楠这半年对自己学习上的帮助,决定给楠买一份礼物。

新年前,村里的孩子已经开始迫不及待地放起了爆竹。干冷的夜,北在房间做着作业,时不时听见孩子们欢乐的言语伴着爆竹声。北也会停下手中的笔,让思绪驻足一会。看了看床头的闹钟,十点不到,突然一股激动涌上北的心头。北带了零钱出了门,去村里的小卖部买了烟花和两根棒棒糖,来到楠家的门前,点燃一根烟花,漆黑的夜被烟花一瞬间的光华点亮。北在楠家楼下唱起在城里学的半吊子的歌曲,楠打开窗户,探出脑袋,冲北甜美地一笑,走下楼。北把棒棒糖撕开,递给楠,又帮楠点上一根烟花,递到楠手里。楠开心地含着糖,接过烟花在黑夜里挥舞,烟花发出"吱"的声音,在这寂静的夜燃烧着自己的生命,绽放着属于自己的七色彩虹。红的,又变成黄的,最后是绿的。这放肆的光芒从瘦弱的躯干里蓬勃而出,隐隐照亮楠微笑的动人面庞。烟花随着时间燃烧殆尽,剩下光秃秃的木杆,突然"嘭"的一声,天边闪了一下,北和楠循声望去,有人放起了礼花。一颗不起眼的小火种在半空中迸裂,随即变幻成一把绿色的大伞在夜空中飞旋。当这把"伞"还未完全消失殆尽,又有一朵灿烂的"金菊"蹿上天空,它宛如一位孤傲的仙子,全身被华丽璀璨的金色包围,在这干净的夜"翩翩起舞"。"啪啪啪啪",绚丽的烟花在黑暗的夜空中竞相绽放,那流光溢彩四散开来的点点金光,把夜空点缀得如此灿烂夺目。烟花爆炸声回响在耳边!夜空中星星正眨着眼睛,月亮挂在夜空中,像片会发光的柳叶。只听轰隆隆一声声巨响,一枚枚烟花向天空喷去。天空开放出一朵朵美丽的花朵,把夜空装点得无比美丽,到处充满了将要到来的节日的气氛。

放完烟花已经十一点了,北本想告诉楠过几天他的父母就要从外地回来了,可是想到楠今年又只能在他乡异地过个不团圆的年,于是话到嘴边又咽了下去。在作别的时候,楠冲北一笑,说道:"谢谢你!今天好开心呀!"北咧开嘴一笑,挠挠自己的头:"哪里,哪里啦!嘿嘿嘿嘿!"

8

离农历新年不到一个星期了,爸爸妈妈应该年二十七八就回来啦,北默默地念着这个日子,一把抱起灰灰,用自己的鼻子蹭着灰灰湿冷的鼻子,开心地说:"小家伙,爸爸妈妈就快回来啦!"灰灰一脸呆样地"呜"了一声作为回应,"我就知道你也想爸爸妈妈啦!"说完北放下灰灰,进了房间。

临近新年,北村的人都显得那么欢快,村里到处洋溢着幸福的氛围。渐渐地,村里进出的车子也变得多了起来,衣锦还乡的游子告诉人们不管我们多么像那断了线的风筝,家永远都是最后的天堂。在人海漂泊得越久才越知道"人本"的意义。从古代的大官辞官还乡到今天功成名就者回家乡发展,再到人老了嘴里说着的落叶归根,这种对于"家"的理解就这么在中华大地上下五千年的风雨里一代一代地传承下来了。年味,弥漫在车站和村口。每天都有村里的老人带着期待的目光守在车站、村口,期待着人海茫茫中与亲人热切的目光相汇交融。怀揣着思乡喜悦的学子、民工,满载着收获,满载着喜悦,满载着期望离车站越来越近。翘首期盼故乡情的人出发前就拿起手机,向父母家人报平安,急切得恨不得自己能插上一双翅膀,瞬间飞往自己的故乡,投入亲人的怀抱。

北的爸妈就在年二十六下午拎着大包小包回到了这个北村的小小归宿。北的母亲在看到北的成绩后红了眼眶,北的父亲和北的爷爷晚上整整喝了八碗酒。北的父亲摸着北的头,看着已经长得和妈妈差不多高的北,叫北的母亲拿新衣服给北穿上。北想,今年春节,他依旧会穿上新衣服在门前享受着孩子们的笑声,听着忽近忽远的爆竹声,闻着这浓浓的年味在硝烟里飞舞着。北想,他依旧会在大年夜和爸爸放一串鞭炮,憧憬着来年的一帆风顺。出门前,北会在衣兜里装一些糖果,一如当初,还会再去看那熟悉的老槐树和永远不会老的小溪。但是再也不会有人在大年初一往北的新衣服里偷偷塞上一个红包,再也不会有人在昏暗的房间幸福地剪着窗花叫北贴在窗户上,再也不会有人在北出去玩的时候塞上一把糖提醒北按时回来吃饭。

饭间,一家人谈论了很多,却不是北感兴趣的话题,这夜晚,又有什么话题能让北感兴趣呢? 很多话,很多事,我们在说之前想好了一万种表达的方式和结局,可是真的等到开口的时候却怎么都说不出,最后似乎永远都是那第一万零一种想不到的结果。

爷爷只有北的爸爸这一个孩子,所以每当过年,北的家里总显得比一般家庭冷清。没有所谓的走亲访友,新年夜空绽放着礼花,北的家里只有四个人、一条狗。每当新年临近,北的爸爸就带着北在家门口点起一串爆竹。那爆竹声淹没在其他此起彼伏的声音里,像是一把厚重的钥匙,打开了藏在爆竹声中的往事,淹没在新年夜的欢声笑语里。

"有些难以启齿的柔弱在孤单夜里会滑落,忽然间有太多的话我只想对自己说,有些难以启齿的柔弱,只能自己慢慢把握。忽然间有一天,就没有人再听自己诉说。"

伴随着春节到来,思绪好像也翻过了一页,人也像寒风中的树一样,不知不觉地增加了一个年轮。爆竹声从远处的乡村此起彼伏地传来,仿佛可以嗅到那浓烈的烟花火药的香味。

青丝结

玉蝴蝶

案头停歇

一抹灯火回眸间

蓦然黄昏后

支离破碎的霞晖洒在日记前头

那茶黄的扉页透出些许困意

点亮大些时候

懒懒的思忆

不忍惊动

流淌窗缝间

我竟心痛

真不知

是为那一个贪恋落蕊似的眼神

还是拾起落叶弯下腰的弧度

或是

为那抽屉深处尘封的秘密

转身凝望墙上四角相框的瞬间

竟没能忍住

突然流出了十年前未流完的泪

9

　　北城的天依旧是那么干净,家家门口贴着年画或是对联。村里的车渐渐少了,大大小小的车子带着新的憧憬行驶在弯弯曲曲的乡间小路上。每个人的脸上挂着满足的神情,离开原点重新踏上一段未知的旅程。祭拜完奶奶,爸爸妈妈就决定这几天起身去外地了。那天下午,北送爸爸妈妈一直到村口的车站,时不时会有车子从身后驶过,卷起飞扬的尘土,爸爸妈妈说着鼓励北的话,希望北来年考上一个好的高中。妈妈说再等爸爸干几年，在北城以北的地方买上一套房子，就接爷爷和北过去，不知不觉他们走到了车站。北的父母拿出车票确认时间，开往远方的客车在尘土飞扬中渐渐驶近。这时的北也许不知道，乡愁有时就是那么一张小小的车票。

妈妈含着泪登上客车，路边的桃花开了。

北回到家，将妈妈带来的瓜果倒出一半送到楠家。

走在路上，桃树夹杂在形形色色的行道树里，那桃花开得正好，似乎和二三月的春光乍现有着动人的约定。那一株株白中透着粉嫩、身躯挺拔的桃花，在寒冷的空气中直直地站立着，似乎还闪耀着亮丽的光泽。走在这桃花相伴的路上，北想着过年正是楠最不快乐的时光，想着爸爸妈妈远去的场景，想着奶奶在世时过年的点点滴滴。纵然春光无限好，桃花别样红，他也没办法融入这桃花美景。念当初，人面桃花相映红，早春二月，最是深深浓。而如今，人面不知去何处，花红如旧，人是别样愁。一年一年地轮回，桃花依旧笑春风，周而复始，一样的风景，不同的故事。

走到楠的家门口，北看见楠家门前也贴上了新的对联：

"和顺一门有百福，平安二字值千金。横批：万象更新"。

北在门口喊着楠的名字，楠打开窗户，看见了北，走了出来。北递上手里的糖果，说了声"新年快乐"。楠招呼北进屋坐，北婉拒了，北看了看楠家门前满是尘土，感受到了一股深深的冷清。新年还未完全结束，家家户户的门前多少都有些爆竹放完后的红色残片，只有楠家的门前干干净净，在这个年味还未完全散去的北村显得特别。北问楠最近都在干吗，楠简单地答道在看书。北默默地不再接下去。北看出楠有些心思的样子，问道："最近都还好吧，没什么事吧?"楠沉默了一会："嗯……""有什么事，别瞒着我。"北接着说，"我们是最好的朋友，记得吗……"楠低着头，没说话，似乎怎么都不愿意说出口的样子。北也沉默了一会："好

彼岸那边的纷飞

吧,没事那就好,你好好看书,我先回去了。"北刚转身没走几步,楠从身后叫住了北:"北,那个……"等北回过头,楠的眼眶中突然掉下什么东西,划过她的脸颊,在略显干燥的皮肤上留下一道曲折的线。北叹了一口气,将楠拉到一边,低声地问:"怎么了?慢慢说。"楠抽泣着,低着头,抹着泪,哭得低声却让人同情,抽泣声让人感到悲哀。楠站在行道树边,那些桃花犹如一团团细小的火苗,温暖着周围的空气,显得异常娇艳高贵,仿佛催促着人们脱下棉衣,换上春装,展露轻盈的身姿。朵朵桃花,每一朵都开得那么努力,那么认真。蓦地,一阵春风吹过,几片花瓣坠落,那是摇曳绽放的春色,是翰墨不干的沉吟,是缠绵不绝的思念。北安慰着楠,可是楠只顾着哭,一言不发。北无奈地看着楠,听着这断断续续的抽泣声回旋在北村的上空。北抿着嘴,静静地等着楠哭完。

10

幸福搁浅,痛苦蔓延,谁的眼泪,泛滥了昨天;向天的树,沿海的沙,那些思念,幻想看见,天海一线。海里的鱼,天上的云,你的哭泣,谁能知道?世间所有的眼泪,滴落,蒸发,随着雨云,再以泪的形式,归还人间。一生总有这样的时候:最想流泪的时候,死撑着不肯落一滴眼泪;最想挽留的人离开时,咬紧了牙不肯说一句挽留;最思念一个人的时候,紧紧闭着双眼不肯承认;心里无数次叫嚷着想投降,脸上却佯装出一副毫不在乎的模样。那一刻觉得自己好坚强,青春就在疼痛的坚强中一天天消耗殆尽;那时候总把自尊看得比生命还重,过后才懂,因为软弱,所以逞强。

楠告诉北:"因为欠债的原因,那些债主把爸爸告上了法庭,由于现在找不到爸爸,公安部门已经开始立案调查,也就是说如果爸爸被找到的话，就会被判刑。过年前几天，还有警察来家里问妈妈是否知道爸爸在哪里。我在房间里，偷偷地看到了整个过程和妈妈那张略带恨意的惶恐的脸。"

"怎么会这样，你爸爸到底是做了什么？"北低沉地问着楠。

楠边哭边说起那份难以忘却的曾经："妈妈嫌爸爸挣的钱不多，这么多年，在原来的城市，妈妈的朋友们总有人换房买车，可是我们只能日复一日、年复一年地住在八十多平方米的房子里，妈妈开始怪爸爸的无能……"揭开伤口的疼痛，说起最不愿提及的曾经，楠哭得更撕心裂肺，北仿佛看见昨日那个小小女孩的梦在楠的身后碎了一地。家破碎的声音，梦破碎的声音，心破碎的声音，混杂在有些绝望的哭声里。"爸爸拿出家里的积蓄，跟着朋友去投资，说是能赚大钱。可是爸爸对投资一点也不懂，加上那些朋友连蒙带骗的，爸爸的投资失败了，欠了别人不少钱，一时还不上钱的爸爸开始在朋友的怂恿下去赌博，希望可以还上因投资失败赔的钱。爸爸骗妈妈说他是出差、加班、应酬。一开始爸爸不敢赌太多，可是有一天，爸爸一个晚上竟然赢了好几万，这下他是彻底放开了，找家里亲戚朋友借钱，甚至动了卖房子的想法，可是从此就再也没有赢过。家里的欠债越来越多，那些债主也三番五次找上门来。爸爸没办法，卖了房子还债，可这只是杯水车薪。妈妈没办法，和爸爸离了婚，那时候家里没有房子，妈妈就带着我租了一套小房子。从那个时候我就很少见到爸爸，也没有听妈妈说起爸爸的事，后来……"楠说到这，猛地低下头，强忍住眼泪，可是眼泪不争气地不断滴落。回忆湿透了天，是谁的眼角决堤了回忆，伤口占据了谁的心间？眼角流着泪，心滴着血，是怎样的一种痛楚回荡在她眼里那片小小的天空？狠狠地闭上双眼，猛地睁开，多希望晨曦的光告诉自己，这一切的一切只是一场梦。可每每只有湿透的枕头不断地冰冷地提醒着这一切不是梦。"突然有一天，几个像那天来的人，在深夜疯狂地拍打着门，我害怕地缩在被窝里，不停地哭。妈妈战战兢兢地去开门，听见妈妈在门口说着已经离婚，和他不再有任何关系的话。之后听见妈妈哭泣着回到房间，哭到天亮，第二天就看见妈妈胳膊上深深浅浅的瘀青。之后隔三岔五就有人在家门口放些死猫死狗和奇奇怪怪的威胁字条，妈妈也就是从那个时候开始害怕看见人，每天都是遮遮掩掩地出门。那时候妈妈接我回家或者送我上学都能听见有人在背后对我们议论纷纷。没过多久，妈妈再也无法忍受那样的日子了，带我到了这里……"北惊愕地站在这早春二月的春色里，这里的桃花这么美，这里的空气还能嗅到年的味道，北难以想象眼前这个还略带稚气的女孩，她的童年，是怎样的一段黑白。"后来我听说爸爸欠债太多，不想连累家里，就一个人跑了，什么都没留下，甚至没能和我跟妈妈告个别。现在他们说爸爸是个罪犯，要抓我爸爸……"似乎北再说什么都无法阻止悲伤在楠的脸上蔓延。"来这里之前，我和妈妈去和爷爷奶奶告别，奶奶待在厨房里不愿出来，爷爷斩钉截铁地说他们没有这个儿子……奶奶最后做了一顿饭菜给我吃，临走时还给了我两千块钱。"楠哭得已经看不清神情是悲伤还是麻木。北站在楠的面前，深吸一口夹杂着花香的空气，感受着风从北边带着尘土吹来。恋春无心，悲春有意，天空渐渐成了昏黄的颜色。

旧城晚风，夕阳西斜，黄昏的余晕笼罩着故事里的沧海桑田。漫步夕阳，她走，我走。陡然间，林风吹动，风萧寂寞旧梦谁与共，落寞桃花有谁怜，青山西斜，晚霞初现。却恰似惊鸿一瞥，残花纷飞，飘下几片落英，轻如毛，却重于心，人烟处，却无人。飞鸟处，早远离，袅袅青烟，阵阵风，静静夕光，片片叶。梦轻处，花落影残，花锦处，梦碎茶凉，水本无忧，因风皱面，山本无愁，为雪白头。人道是，花林晓，晚风拂，林染一片。

叶飘落，尘埃定，恍然如梦。

花晓醉,恩亦碎。梦缠绵,却难以如日月经天般流连。

谁言往事不可追? 年年岁岁, 残风劲吹。

多少残风吹不尽,恩恩怨怨, 是是非非。

昨日作歌迎春归,几多歌声, 几多伤悲。

只见昔日春归处,几度残阳, 几度斜晖。

光辉里的青鸟

1

年初,北村,雪下。

今年的雪来得晚了些,好像是知道自己迟到了,又好像不愿错过这亲吻大地的机会,雪加快了脚步,小跑般飘落在这大地,一片祥和。虽说是迟了些时候,不过在今天的光影里,风景正好。

天空中飘落着纯白的冰晶,在泛着青光的空中,展开一幅静谧和谐的飞雪漫天图。她飘舞,转动,如音符般跃动在空中。她用优美的舞姿,缓缓勾勒。那远山似乎有些淡雾轻轻地修饰着北村的古韵悠悠,淡淡的雾气似一曲安逸的愉悦,萦绕在山间,飞舞在空中,化作漫天飞雪。不着浓墨,淡淡的灰白,宛若渗透着古典中国风的山水画卷,赶在漫天春色前舒卷。猜不出这些雪尘会飘飞成何许模样,或者会延续到什么时候,只是担心这些雪尘还来不及舒卷,就被冷风吹散了,或者被北村的绵绵呼吸融化了。老人们搬出椅子,午后坐在门前点上一支烟静静地听着新雪说着旧事。顽皮的雪花飘落在衣服上,老人们轻轻抖去沾在衣服上的雪,吐出一口烟,隐没在漫天的风雪里。若是在久远的年代,这些雪尘会不会成为人们口中的白翼天使呢? 或者,呈现千树万树梨花开的景象? 斑驳的老墙,守着沧海桑田的秘密,厚厚的积雪盖在墙头。低矮的老井,围着安静的旧日时光。雪色随着青光渐行渐深，行人慢慢没有了踪迹。漫天冰花是翩翩飞舞的蝴蝶，在如诗的意境中放飞它轻灵的思绪。时间渐渐地滑入迷迷蒙蒙的暮色之中，北村的气韵渐渐地发散开来，覆住了假装睡眠的草堆，覆住了假装安静的街，覆住了假装漫无边际的河流，覆住了假装哑巴的牌匾，覆住了假装无心的溪水。那些飞舞的精灵究竟是从什么时候开始破茧成蝶的，居然被人们有意无意地忽略了？即使到了此时，也依旧像一条无法溯源的河流，若明若暗，时断时续。青光，白墙，飞雪，温暖了薄薄的积雪，化成冬日里的热泪，带着时间的尘埃凋零在溪流尽头某个不为人知的角落。

北打开窗，看着雪为冬又添了一圈年轮。时间是万物唯一的存在，是无法逆转的洪流，多年以后，雪还是那场苍华的雪，风景依旧，只是换了一拨人看。时不时地会有几片冰花飘在北的作业上，安详地躺在纸上，只感受那么一点点温度，一瞬间，开始静静地融化，在纸上浸出一小片水渍，在纸上舒展，那是它永远不会褪色的童话。晕开那笔墨的痕迹能看出稍许中国水墨的魂，好像一不小心就会踏进那盈盈的世界里去。

转眼开学在即，这注定是不平凡的一个新春，就像要破土的种子，满怀对天空的向往，就像那光辉里的青鸟。一片黑暗中，北和楠以及他们的同学摸索着通往天堂的大门。经过很长时间的努力，北依稀看见了天堂的幽幽光芒在向他招手。看着一脚已经踏进重点高中的楠，北能做的就是静静地看着楠的背影默默地努力着。

冬天就这么悄悄地过去了，那场雪落下了冬对这个世界前前后后的所有思念，轻轻地挥一挥衣袖，不带走一片云彩。春就唱着那年复一年的山歌越过北村的天空一本正经地到来了。老师公布了一个能上各大高中的预估分数线。北天天看着分数线和中考倒计时的数字，一次次趴在桌子上睡去。漫长的战斗里，北杀红了双眼，杀黑了眼眶，不依不饶。

数学、英语、物理对于北来说是通往天堂最难缠的敌人。数学是会使用迷魂计的在水一方的佳人，用若干无关条件来迷惑你；英语就像是未知的野兽，有时能让你完完全全地迷茫无助，只能依靠运气；物理就像是一位身材壮硕魁梧、双臂挂满肉疙瘩的南蛮壮汉，你若懂得四两拨千斤自然分分钟让它折服，你若妄想使用蛮力取胜，自然是吃尽苦头。可是由于这位南蛮壮汉和那位在水一方的佳人有着千丝万缕的妙不可言的前世姻缘，它们在今世常常联手出击，互相取长补短，掩护，进攻，防守，无懈可击。唯有精通二者的人才能找到少之又少的取胜关键。其余的人，有的敢于应战三两回合败下阵来，拿个鼓励分；有的畏于敌人强大，破釜沉舟一战，拿个勇气分；有的无意胜负，随意拿出些功夫，胜之我幸，败之我命，拿个安慰分；更有甚者，望而却步，直接丢盔弃甲，落荒而逃，一分没有。楠自然是属于精通的高人，以王者的姿态看着试卷上自己打下的江山、臣服的敌人，淡淡地一笑，这种人在我们求学的时代被称为"全班前三"。北嘛，具体属于哪类人看情况而定，但确定的是，他是那"其余的人"。每次老师发下试卷，北看着楠的试卷上"盛世太平"，再看着自己试卷上"满目疮痍的领土"，只能默默地叹气，憧憬着有朝一日，自己能站在昆仑之巅指点江山。在北的城市，语文、数学、外语、化学、物理、政治、历史是中考的科目，平均下来，每门要考到 85 分左右才有上重点高中的资格。北再怎么努力也无法每次平均分都能达到 85 分。老师说，大家都在努力，北没有明显的退步，本身就是在进步了。可是，北的目标远远不止这个。因为他知道，重点高中的意义里有一个"楠"字。

　　教室外依然有些微寒，水汽覆盖在教室内的玻璃上，北城以北的景色在窗外的世界里一片朦胧。调皮的学生在玻璃窗上用手指画下笑脸，也有不知姓名的同学在窗户上歪歪扭扭地写下"××× 是傻 ×""××

×喜欢×××"的字样。时间长了,水汽凝结成水滴,挂在字迹或是笑脸的末端,像是哭了的笑脸,眼泪挂在眼角,想流却流不出来。学校为了提高大家听课的注意力,取下挂在黑板上面的时钟,黑板上面的白墙上剩下"勤奋 拼搏 务实 求知"八个大字,默默地守着一届又一届学生的暮暮朝朝。

试卷、作业、灯光,一次次口水流在试卷上洇出的黑黑红红,那是青春特有的风景,痛,并快乐着。那些白云悠悠飘满天的日子里,天空格外湛蓝,大地异常空寂,微风过处,青青绿草跃动着一颗充满活力的心。一颗心,再配上一双脚,便勾勒出了远方天涯的风景线。在这诠释着痛与乐的岁月里,很想在寂寞无人的海边久久伫立,聆听大海雄浑低沉的呼吸,让感情在呼吸里变得豁达,让孤独在海水对礁石的一次次冲击里释怀;很想在无边的海面乘风破浪,像白帆一样直挂天空;很想在海边,静静地等待大海分娩红日的壮丽,默默地体味落日对天空的眷念;很想徒步走过浩瀚的沙漠,抛掉烦恼与忧愁,让那炽热的太阳蒸发它;很想去北城以北的远方,踏着广袤无垠的草原,重复那粗犷又意味深长的牧歌;很想漫步在"天街小雨润如酥,草色遥看近却无"的景色中,看着"余下散成绮,澄清静如练"的壮丽风景;很想听着那两岸停不住的猿声,驾着轻舟渡过那万重的岁月;很想在历经峥嵘岁月后的回眸间悟出"天若有情天亦老,人间正道是沧桑"。

这便是青春,红色的青春,舞动在这激情的岁月。红色代表活力,是我们前进的动力;红色象征初升的太阳,是我们力量的源泉。红色融于青春的血液中,沸腾,让我们勇往直前。

这便是青春,黄色的青春,异彩在这纷呈的大地。黄色代表稳重,是我们迈向未来的坚定步伐;黄色象征成熟,是我们走向未来的第一步。

黄色涂染青春,厚重,让我们更加沉稳。

这便是青春,绿色的青春,魅力在这无限的时期。绿色代表生气,是我们精力充沛的源泉;绿色象征春天,是我们美好生活的开始。绿色渲染青春,飞扬,让我们生机勃勃。

这便是青春,紫色的青春,灵动在这飞扬的云朵。紫色代表朦胧,是我们初生的情怀;紫色象征神秘,是我们美好情怀的种子。紫色融入青春,让我们亭亭玉立。

这便是青春,白色的青春,绚丽在这多彩的季节。白色代表纯洁,是我们人生的开始;白色象征含苞待放的栀子花,是我们心灵的写照。白色照亮青春,绽放,保持着我们的纯真。

这便是青春,什么颜色的青春呢? 很灿烂,很耀眼。

北的成绩像那小憩在水面的浮萍,在重点高中的最低录取分数线上徘徊;北的目标像那漂浮在天际的风筝,方向,是天空尽头的天堂;多少个夜晚的相伴,多少次努力地尝试,那条路已经弯弯曲曲走不出故事;北的梦想像融化了的纯净的冰块,是冰是水,化为蒸汽之后随雨水落下,自始至终,一直都在。

四月春光的早晨拉开了新一天的战斗序幕。北睁开惺忪的睡眼,拖着未被唤醒的身体,穿衣,刷牙,洗脸,吃早饭,检查书包,这简单的画面却是那个时候所有学生心头的旋律。北打开窗,一阵早风拂进房间,窗外一片春色灿烂。窗外,光辉里,青鸟飞过,翅膀留下的轨迹勾勒出天际的轮廓。

北来到教室门口,最先映入眼帘的不是三尺讲台诉说的春夏秋冬,不是八尺黑板轻吟的黑白童话,也不是卫生角里的卫生用具,而是一面贴满了各大高中简介、分数线、成绩排名的公示牌。"残忍"的"万总"会在公示牌上用红笔画下一条线,仿佛是万里征程的终点线般,梦想那么近又那么远,那么清晰又那么深刻,那么平凡却又那么神圣。

2

北来到座位上,一阵阵早饭的香气弥漫在教室里,这个时候还有人在教室吃早饭的话,不出意外,那一定是敬凡——北在初中为数不多的好朋友之一。敬凡不爱说话,却有着热心肠,大事小事他都乐于帮忙。也许他不是班里成绩最优异的那个,但一定是班里最努力的那个,为了保住前十名,他年纪轻轻就熬白了少年头,"朝如青丝暮成雪,为伊消得人憔悴"啊。远远多于黑发的白发下是一双无时无刻不在求知的眼睛,高高挺挺的鼻梁下有着略微浓密的"胡子",一双厚厚的嘴唇时刻微微闭上。敬凡不爱说话,呆呆的性格却是大家快乐的源泉,每当下课北去调侃敬凡,说出的笑话等大家已经笑完了,敬凡才哈哈地笑起来,这让大家又一次笑起来,成了新的笑点。在大家的眼里,反应慢半拍的敬凡是努力的、执着的,常常因为试卷上老师多扣了一分而和老师"大战三百回合"。直到老师无奈地说"你自己改回来吧",敬凡才满意地拿着笔,在教室门口的公示牌上眯着眼将自己的数学成绩从"83"改成"84",心满意足地坐回座位上。

北在初中为数不多的好哥儿们,"老卢"也是其中重量级的一位。他是班里的体育委员,在球场上、运动会上,大家叫他"疯狗卢"。不管对手多么高大壮硕,老卢从来不认怂,老卢曾经说:"不管你是谁,打不过你,咬也要咬你几口。"北说:"你疯狗啊……"从此北开始喊他"疯狗卢",时间长了,大家也都这么喊他了。北那时学习成绩不好,天天玩,老卢也就成了他最好的玩伴。黝黑的肌肤,一双小眼睛,笑起来张着嘴,喜欢和女孩子说说笑笑的老卢个子不高,身体却很强壮。什么事都以"随它去"和"关我什么事"为准则的老卢自然常驻全班倒数的位置,可是他也并没有因此放弃自己的梦想。他时常和北说毕业了打算去当兵,等到有朝一日功成名就,就把北城以北的那座城市交给北做市长。北总是微笑地说他等着。

在那个时候,"帮派"是每个班级必有的风景,三三两两玩得最好的哥儿们姐妹们会常常聚在一起,好姐妹们下课手挽着手一起去上厕所或者打水,好哥儿们总是互相喊着对方的外号,在放学铃或体育课上课铃响起的一瞬间抱住篮球以飞一般的速度冲到篮球场上。有些时候几个好哥儿们下课会聚在一起说些不知从哪里听来或是看来的"荤段子",引来前排坐得近的女生诧异地回头,他们这才三三两两地大笑起来,而敬凡还在呆呆想着"他们在笑什么? 到底在笑什么啊?"。直到女孩子一脸嫌弃地扭过头去,敬凡这才明白过来,哈哈地笑起来,然后大家呆呆地看着敬凡一个人边笑边说道:"哈哈,那个好好笑哦……"那就是青春留给我们最好的故事。

我们每个人都路过青春,不管那段过往是否在我们心里刻骨铭心。我们都曾经拥有青春,有些人觉得轰轰烈烈的爱情是青春,叛逆无知的行为是青春,疯狂过激的语言是青春……这些人都错了,青春其实不需要那么艳丽,平平淡淡的青春也有它低调的华丽。有些人认为疯狂、痛苦、忧愁才是青春的本质,我实在是无法苟同。很多人没有感受到青春的华丽,那是因为他们根本不知道青春是什么。青春到底是什么,你问自己,却一直没有得到答案。

3

五岁那年,你想要一个娃娃或是一个变形金刚,你觉得那是你世界里的全部意义,你会在别人向你炫耀崭新的玩具时一个人偷偷地哭泣。

七岁那年,你抓住了一只蝉,以为能抓住一个夏天。你坐在院子里的台阶上,抬头看天空,以为云层的上头,有着一座很大的城堡。那个时候的梦想,就是坐着热气球,到很高的地方,能够环游全世界。那个时候你还不知道伦敦、悉尼、纽约这些城市,你只知道在你的家乡外面,有着一个很大很大的世界。

十岁那年的夏天啊,还没有现在这么闷热。那个时候空调也没有现在这么普及。你跟爸妈坐在门前啃着西瓜,跟门前经过的熟人打招呼。那个时候,你好奇大人的世界到底是怎样的;那个时候,你觉得做警察会很威风,所以那个时候的梦想,就是做个警察吧。而蚊子是你在夏天最讨厌的东西,爸妈说蚊子只喜欢叮小孩子,所以你想要快快长大。对了,爸妈还经常说你是从垃圾堆旁边捡来的孩子,如果不听话就把你卖掉,然后你就哭了,就老实了,其实你为了这件事情心里偷偷郁闷了好几天。

十二岁那年,小学六年级的课本里写着一个又一个科学家的故事。你觉得做科学家一定很酷,所以那个时候的梦想,就是快快长大,当一个科学家。那个时候你天真地认为,长大以后,这些梦想都能够实现。

也是在这一年,电视里开始反复地放着现在看都懒得看的动画片,幼稚的语音、无聊的故事、滑稽的人物。这一年,你开始跟同学出去玩,一直到天黑也不愿意回家。

十三岁那年,你第一次觉得自己开始长大了,这一年你还是希望自己长大得快些再快些,可是你没想到几年后的你,会希望时间可以停住,会希望自己不要长大。

十七岁那年,你被接踵而来的考试和作业弄得焦头烂额,每天抱怨该死的学校十几次,家里的饭菜也那么难吃。这一年,你开始叛逆,以为自己已经长大。也是在这一年,你在日记本里抄下倔强的歌词,开始考虑长大的含义,开始考虑青春的含义,开始变得迷茫起来。可是这样为数不多的迷茫,被淹没在了紧张的学习生活中。你开始接触到"虚伪"这个词,你突然发现生活中有着这样那样虚伪的人,你突然发现自己也开始变得有些虚伪。你明白了,这就叫作长大。

这一年发生了太多事情。

二十一岁那一年,你越发感叹,青春已经过去了,越发感叹,时间过得太快了。

那个听着音乐追赶自由的年纪已经远去了,曾经陪伴你的人也不知道去了哪里。

只有日记里记下的歌词、诗词、非主流的语句,和 MP3 里播放的自己最喜欢的那些歌曲,提醒你,过去的青春不是一个幻觉。

这一年,你开始觉得梦想这个东西,仿佛是永远不能实现了。

这一年,你开始觉得青春这个东西,仿佛是永远不会重来了。

这一年,你开始觉得长大是全世界最无奈最痛苦的事情。

也是这一年,你开始明白,小时候的你哭着哭着就笑了,现在的你笑着笑着就哭了。

这一年,听到一首老歌的时候,你还能想起以前那个跟你在一起的人,那个说好要永远却只陪你走过一段的人。

这一年,听到五月天的《而我知道》,你想到自己十七岁的时候,也曾经轰轰烈烈不计回报地那么爱过。

这一年,你重新开始看周星驰的电影——《喜剧之王》《大话西游》。你终于看懂了里面的含义,你终于明白至尊宝和紫霞注定是有缘无分的人,你终于明白了周星驰对张柏芝说出那句"我养你"之后,张柏芝痛哭的原因。

这一年,你看着天空,才发现从七岁起陪着你的那个天空,一直都在你的头顶。

然后，你最后一次想，会不会云层的上头，真的有一个城堡？却又突然间觉得自己的这个想法很可笑。

这一年，你终于明白，原来生活比想象的艰难很多。

还是在这一年，听到《灌篮高手》的主题曲，突然怀念起这部经典，你翻出来看，到最后竟然看得自己泪如雨下。

还是在这一年，你看着天空，才发现，生活变了这么多，朋友变了这么多，自己变了这么多。唯一没有变的，就是头顶上的那个天空，那个被你一直忽略的天空。

你想到天空很高风很清的高中时代，你想到十二岁时一家子聚在一起过夏天的情形。

你叹了一口气，原来那些夏天已经过去了。

原来自己的青春，就在自己思考什么是青春的日子里过去了。

原来还相信天长地久的那个年龄，已经在不知不觉中过去了。

原来自己会有这么一天，这么怀念起那个被自己狠狠浪费过的夏天。

有时候暗暗告诉自己，因为有了因为，所以有了所以。既然已成既然，何必再问何必。那些离我而去的人，走了就是走了。即使我为此难过为此哭泣，离开的人还是毅然而决绝地跨出了我的圈子。不涉世事的我们曾经有着不朽的梦。我们曾经承诺彼此，即使万劫不复，也要一直同行。可是从什么时候起，我们越走越远了呢，我最好的朋友？

关于朋友们的。

4

　　和你们在一起的所有时光，都一笔一画地刻在我的心里。和你在一起时的点点滴滴，我都想把它们记录在一首歌、一首诗或是一幅画里。曾经下定决心，不再挂念你。因为你的身边站着的，已经不是我了。可是为什么看见你的时候，还是想要多看几眼，听见你说话的时候，还是想要多听几句？似乎想要从你的影子里声音里，发现你对我的留恋。开始喜欢听沧桑的歌。因为有种透着清新的沧桑感，就好像我们以前有个约定：如果我们同时喜欢上一个女孩子，我会退出。现在呢？你如果要这么问我，我还是会这么说的。你存在我深深的脑海里、我的梦里、我的心里、我的歌声里。一个人的时候，想起我们的一切过往，走过的路、说过的话、做过的事。连月亮都会由缺转圆，那我们的友情呢？会不会在我们成长成熟之后，再次变圆呢？每每在快要难过将死的时候，都会听着一首首歌。轻轻的声音触碰着深深的伤口，带着些许的疼痛。这种痛，却在回忆着。我以为我们是同一个世界有着同样内心的人，我觉得我们大部分时候像连体婴儿一样默契。

　　而在这一天，你偶尔听到了《而我知道》。

　　　　而我知道那真爱不一定能白头到老，
　　　　而我知道有一天你可能就这么走掉，
　　　　而我知道我知道这一切我全都知道，
　　　　我就是受不了。

　　　　而我知道我们曾天真地一起哭和笑，

而我知道放开手但不知道怎么忘掉，

　　而我知道你走了以后的每一分一秒，

　　却还是这么难熬。

　　你这才明白，原来在你心里，这一切你全都知道。突然间笑出声来，原来自己的十七岁，原来那个纠结不安的十七岁，那个寡淡寂寞的青春，居然是一个幻觉，一去不回。

　　青春就这么走了，没有一句告别，没有一字留言。当你有一天感到，以前让你担心的事突然想起却不再在意，以前你在乎的事突然开始让你漠不关心，从前让你难过的事突然映射出自己的傻气；当突然有一天你看到《数码宝贝》开始嘲笑，你看到明星大大的海报贴在大街上你却不愿多看一眼；当突然有一天你从早已遗忘的纸箱深处翻出沾满灰尘的玩具，你找东西时却意外找到儿时相赠的贺卡……青春就这么走了，也许它留下过简单的告别，那是多么简单、多么清淡的告别，却被你遗落在那个哭泣的夜晚，却被你遗落在和某人对话后的恍然大悟中，却被你遗落在和谁说了再见却再也不见的瞬间。

　　当你三十岁那年，当你四十岁那年，当你五十岁那年，青春早已远远地躲在了天涯海角，曾经的苦痛都随风而去。经历了太多的风雨后，你再去想想几岁、十几岁时的年华，酸、甜、苦、辣，都是最美的风景。

　　当你六十岁，当你七十岁，当你八十岁，你可能早已忘记青春来时的样子，但是你却记住了青春的故事。你开始明白，每个人都有过青春，即使没有疯狂、没有叛逆、没有轻狂的那段岁月也是青春最美的颜色，你开始和你的儿子、孙子不断重复着过去光阴里的故事，用教训的口吻说着感谢青春的话语。

　　这就是青春悄悄想交给你的秘密，你以为你丢在了时光里，但最终还是随风藏在了心底。

当你九十岁躺在床上，你开始参悟生死轮回的道理时，儿时的片段开始历历在目。你发现那是你最珍贵的宝藏，你开始回想那年初遇青春的模样。所有的一切，一切的一切，在春光里初遇，在眼泪里成长，在告别里结束。当你出生时，你在哭，周围的人在笑；当你离开时，你在笑，周围的人在哭。周而复始，这就是生命的意义，也是青春的最后告别。

人走了，我们会说，他是换了一种存在的方式，在我们的心里存在着。

青春也是一样，时光带走了青春，却带不走青春的故事，青春一直都在，纵然朝如青丝暮成雪，蓦然回首间，双鬓白如雪，人已暮年。只是你要知道啊，以前青春陪着你的人，如今陪着你的心。

生命的终结才是青春的真正告别。

5

中考倒计时一百天恰巧是周末，北、敬凡、老卢、二胖，还有几个好朋友一起在县城里的小饭馆订了一桌饭，每人出 50 块钱。北想叫楠，可是楠委婉拒绝了，说学业紧张，要回去看书，北也没好再劝。他们喝了啤酒，那是北第一次和朋友在外面喝酒。席间，大家畅所欲言说着班里哪个老师长得真丑，哪个老师说话语调好笑。大家还会争先恐后地模仿着某个老师引人发笑的习惯和一些"经典时刻"的动作，大家捧腹大笑。他们互相喊着彼此的外号，说着彼此的糗事，也会传些别人的八卦，×××看见×××给×××写情书了然后告诉了×××，大家会大吃一惊说着"不会吧！""平常看不出来啊！""你听谁说的！"这样的话……很多好玩的值得回味的事发生在这段即将中考的时间里，平时大家太忙没有时间好好说说,今天可算是如决堤般一吐为快。

聚餐就在最后的一杯鼓励酒中结束了,有的已经微醉,有的红着脸,有的散着微微的酒气。尤其是二胖,看他长得肥肥胖胖的,可根本就是"千杯不醉一杯倒",感觉若不是气氛热烈定是几秒钟就能睡着。再看看老卢,一点事没有,好像再来十八大碗也不在话下。微微的酒气漂浮在小小饭店的包厢上空,这些少年们微微地醉着,呼着轻轻的酒气,醺着微醉的岁月。

北带着酒气回家,已然有点醉了,可是北强忍醉意,要装得一点没事的样子才能躲过爷爷的法眼。活了大半辈子的爷爷怎么可能看不出来?可是爷爷关于喝酒的事什么都没说,只一句"累了就早点休息"简单带过就回了房。

我们有时在面临困难的时候会觉得时间很漫长,觉得很难熬,可是如果我们认真地去想如何面对困难,如果我们真真正正地去解决困难,时间又显得那么短暂,很多事一下子就过去了。

转眼到了五月,劳动节是唯一的犒赏,之后就是模考了。这次模考是全市统一的,规模和中考基本一致,全市所有初中毕业生由市教育局统一派老师监考,可以说成绩最接近中考水平。由于是全市所有初中使用统一的试卷,相同的考试环境,而且市里会给所有初中学校排名,关系到学校升学率的评估,所以学校非常重视,学生、老师和校领导都很努力。在短暂的五一节假期里,学生们的左肩承担着堆积如山的作业和成吨的压力,右肩负载着梦想和未来,学校还安排了考前动员大会。

五月,天气已经不再寒冷,舒适的天气里,春光一片大好,北走在前往动员大会的路上,路边的蒲公英已经急切地想要挣脱躯干的束缚,飘向远方。春风摇曳,蒲公英漫天飞舞,带着倔强的勇气,带着大地最美好的期盼,迎着光辉,选择远方。北看着一路上的蒲公英迎风而动,时不时有些蒲公英会落在身上,北将它们重新放到空中,任它们在风中飞舞。因为北知道,倔强的勇气告诉它们不能满足于待在偏僻的角落,要到外面的世界去闯荡。北默念着,希望这些纷飞的蒲公英都可以找到一个称心如意的归宿,扎根发芽。尽管它们并不知道自己到底会飘到什么地方。

北走到校门口,刚好碰到敬凡。敬凡手里拿着英语单词的小册子,好像没有听见北打招呼,直到北拍了一下他,敬凡才回过神来。此时,一辆自行车风驰电掣般从两人身边骑过,自行车上的少年回头看了一眼,"吱"的一声,然后一个完美的"神龙摆尾"180度回旋,在校门口的水泥地上留下一条黑黑的印记。"嘿,你们两个……"北一看,原来是老卢。"你也来参加动员大会?"北阴阴地说。"说什么呢,哥好歹也是要参加中考的人耶。"说罢,三人一起走向班级。动员大会分两部分,在本班班主任的主持下先进行班级动员,然后再到操场集合进行全校动员。北本以为"万总"会带着他们说些豪言壮语,但"万总"只是淡淡地说了句"自习看书",就一个人在讲台上批改着作业本。大家似乎对班主任的态度并不吃惊,教室里响起一片齐刷刷的翻书声。

北也拿出了书,一边看一边想,可是心思却不在书上。他看着窗外寂寞的操场,看着教室外的大树随风起舞,外面春光明媚,光线懒懒散散地洒在桌子上。北扭头看着敬凡一如平常那么努力、那么投入地捧着英语单词的小册子,口中还念念有词,时不时地拿着笔在纸上画画写写;再看看老卢,坐在班级的最后一排,跷着腿,看着一本《故事会》,笑得眼睛成了一条缝,看到得意之处还会拍拍自己的大腿;楠呢,端端正正地坐在位子上,翻书的频率不快不慢,看到疑惑之处,楠会侧过脸,用手撑着额头,刘海从额头上滑落,披在撑着额头的手上。这个老师期望中考能在全市排上名次的女孩,已经不像以往那样频繁地和北联系了,但他们还是会在课间课下谈论问题,他们还是会一起走在回家的土路上,北还是会每天晚上去院子里,抱着灰灰看楠家的灯光。不同的是,看完了,北会继续挑灯夜读,好像是在和楠较劲似的,直到再一次去院子里看到楠房间的灯光已经熄灭,北才肯回到自己的房间里睡下。

5月4日是楠的生日,也是模考的第一天,在劳动节的假期里,北拿出了自己的压岁钱,去县城的礼品店帮楠选了一份礼物。北没有选择什么少女心的布娃娃,没有选择浪漫情怀的花,也没有选择忧伤非主流的音乐盒,更没有选择搞怪滑稽的礼物,而是选择了一个简简单单的七彩沙漏,因为楠曾经说过她喜欢一首叫《流沙》的歌。沙漏里的沙子是七彩的,所以叫七彩沙漏。北在礼品店呆呆地注视了沙漏许久,将沙漏不停地翻过来翻过去,看着沙漏里的沙子一点点地滴落,北竟然在放空的大脑里寻找起了关于时间的意义。

暮暮与朝朝,朝朝与暮暮。在没有把礼物送给楠的那些天里,北将沙漏静静地放在桌角,任凭七彩沙漏守着时间的七彩意义,一天又一天。全市的模拟考试很快结束,考完试同一考场的同学一起走出来讨论着今天的试题。印象里一定会有这几种表情:偷着乐自己猜对了答案的,悔恨自己与正确答案失之交臂的,经过指点恍然大悟而悔恨的,永远不信自己算错一定是对方算错了的。不过也会有少数人对正确答案毫不在意,北就是其中一个。

考试成绩出来后,接下来是总结大会,而总结大会的焦点就在那全班排名上。由于是全市模考、全市排名,再加上重点高中就招收那么多人,所以这一次老师在排名名单上画下的红线显得那么权威,那么不可侵犯。公布成绩那天,北把沙漏装进书包,他特别选了今天这个日子。在老师贴上排名表后,公示牌前就挤满了人。楠还是一如既往,没有那么关心排名,只是在没人时才会去公示牌前看上一眼。而北也是一如既往,和敬凡一起挤在人堆里寻找着自己的位置。与以往不同的是,为了让学生们更加了解自己的定位,这次"万总"在红线下又画了一条蓝线,那是市次重点的分数线,并且在进入全市前两百名的本班学生的名次后会有个小括号,里面写上本次统考的全市排名。北在人群里急得一会颠脚眺望,一会搭着同学肩膀跳跃俯瞰,一会说着"让我看一下"。而敬凡小小的个子,瘦小的身躯,总是藏在北的身后,提醒北看自己的名次是不是在红线上。人们在叹息声和欢呼声的交替中逐渐散去,北来到前面,说是先看红线帮敬凡找,其实目光还是停留在前五名的区域里寻找楠的名字。楠——全班第一,括号里的数字是99。北先是惊讶,再回头从人群的缝隙里朝楠看去,看到楠正揉着疲劳的眼睛,还一副全然不知的样子。北开心极了,一时间忘了找敬凡的名字,直到敬凡在人群后不断喊着,北这才反应过来。这种喜悦感也逐渐被淡淡的忧伤取代,原来自己离楠,还差这么多。北撇了一下嘴,在第九名的位置上找到了敬凡,当然,他在红线上。身后的敬凡还在嚷嚷个不停,北大吼一声:"别吵,你是第九!"敬凡这才突然安静下来,得意扬扬地等着北钻出人群。北知道了楠和敬凡的成绩,心里忐忑不安地一个一个顺着排名往下数去,眼看就要到红线了,北越发紧张,终于找到了自己的名字,全班第二十一名,红线停留在全班第十七名的名字下,北的总分离红线里的最后一名差了十二分。而老卢呢,全班倒数第二,因为倒数第一那个同学数学交了白卷。北显得有些失落,倒并不是因为自己在红线后,毕竟一年前他也一度和老卢比肩,是班里的"问题少年",而今他的成绩已经杀入蓝线,冲击红线了。北深深地为楠感到开心,也深深地为自己感到难过,因为他知道,自己和楠在学习上仿佛就是两个世界的人。也许北深深地知道,自己想和楠上同一个高中,只不过是幻想而已。

北在座位上坐下,楠轻轻地一笑:"怎么样? 还满意吗?"北沉默着,那表情很入心，有着说不出口、表达不了的忧伤，在沉默里显得那么深刻那么真实。"怎么啦？不理想吗……"北听楠这么一说，陷入了更深的沉默，就像演戏一样，突然迸出一张欢乐的笑脸："你考全班第一哦，全市第九十九！""啊？真的呀？"楠捂上嘴，没想到自己这次考得那么好。"你别骗我。""真的，不信你去看。"楠欣慰地笑了，那么真实，那么纯粹。"你呢你呢，你怎么样？""还不错啦。"北似乎有些不愿多提这个话题，正好书包里的沙漏为他转移话题起到了重要作用。"那个，给你看个东西。""什么呀？""你这次考得这么好，给你奖励呀！""真的假的，你早就知道吗？""你猜！"说罢北便从书包里掏出了那个七彩沙漏。"喜欢吗？送你的！""哇！好漂亮！真的送我的吗？""嗯嗯，我也不知道你喜不喜欢，就凭感觉买了一个。""嗯嗯，好喜欢，谢谢你！"说完楠便拿着沙漏摆弄起来。北在一旁笑着，却没有那么开心。迎着光辉，沙漏的玻璃外壳折射出光，落在桌上，呈现出七彩的颜色，和沙漏里的七彩沙那么和谐，那么般配，浑然天成。北的思绪被上课铃打断，看着老师满脸笑容地走进班级，北知道那个笑容是属于楠的，北也欣慰地一笑。之后整整一堂课，北的思绪都在飘着，老师总结的话语北已经记不清了，只是依稀记得自己在同学羡慕的声音里鼓掌的画面，以及楠害羞地低下头微微笑着的景象。北，这个时候，你到底开不开心，你到底在想些什么呢？

6

　　之后，楠被"万总"期望着尝试去冲击中考的状元、榜眼、探花。而北却不断激励自己进入红线，北为此又一次延长了学习时间。每逢周末，老卢"千呼万唤始出来"的招数再也不管用了，北慢慢地变成家里起得最早和睡得最晚的人。北知道数学、英语、物理成绩拖他总分的后腿，于是他一口气买了两套数学试卷、一套英语试卷、一套物理试卷,并强制要求自己每天完成学校的复习计划后把四份试卷各做一张。虽然北有时实在是做不完,虽然北有时会为了完成自己定下的目标,而将答案抄在试卷上再给自己打个钩,但是无论如何,在中考前的一个多月里,北为了心中那个梦想,拼尽全力。夜深人静,北已经疲惫到无法睁开眼睛,甚至平常以去院子里看楠家灯光为放松和休息的举动如今也好似一场异常艰难的跋涉。每每这个时候,北会打开抽屉,拿出那本数学作业,看到胶带的边边角角已经失去黏性,卷曲起来,封面上"快乐暑假"四个大字直逼北无神的眼睛。北想起了那天下午老师的话语,想起了那天下午的夕阳,想起了那天下午的行道树欲静而风不止,想起了那天下午楠说的那句"男子汉"。北强忍着困意,他知道此时已经无法和数学这位敌人斗争了,只能翻开政治、历史书,一遍一遍地看起来。夜深人静的一片安详里,北就像只青鸟,飞在台灯的光辉里,飞往红线上的天堂。

最后一个月,试卷测验、模拟考试,犹如海啸一般铺天盖地地袭来,全班同学各个身心俱疲,除了像老卢这样的人能在下课弄点动静,其他的人都选择趴在桌子上。有时候,学生们会把下课也当作一种奢望,因为"拖堂"成了家常便饭,少则拖个三五分钟,多则上一节课的老师直接和下一节课的老师打个照面。一边是学校大会上校长心疼地说为了履行市教育局领导关于减负的要求特意开设了体育、音乐、美术课供大家放松,另一边是各科老师为了抢占体育、音乐、美术课而上演的"大战"。学生们都见怪不怪,唯有老卢,被"霸占"的这些"放松课"他从来不听,看着小说,还会时不时故意发出些小小的噪音。由于每一个老师都不止带一个班,有些时候老师没有时间去"霸占"那些"放松课",于是会有学生提前通知"放松课"的老师来上课。"放松课"的老师被告知需要上课时,也会显得诧异:"啊?下节课你们不补课?"对于学生而言,美术和音乐这种课,其实和补课没什么不一样,就算老师带着一脸的诧异来到班级,也只不过说一句"自习"而已。数学老师会写下满满几个黑板的解题步骤;英语老师可以在一节课的时间里订正好几张试卷;语文老师一节课就可以说完一本书的考试重点,而这些"放松课"的老师,整整一节课、整整四十分钟,就四个字——"自习,下课"。可若是赶上体育课没有被"霸占"那可就大不一样了,那是上天的恩赐,是一个月都不一定遇上一次的眷顾。因为体育老师之前说过,初三了,如果体育课没有被借用,想看书的同学就留在教室看书,想打球的同学就来操场和他一起打球,所以遇到这样的体育课成了大部分男生心中的一场梦,尤其是老卢。

说到体育课,不能不提他们年轻的体育老师李阳了。李阳老师人非常好,很能理解这个年龄的学生的想法,同学们都喜欢称他为"老李",他自己也对这个称呼感到美滋滋的。老卢本想毕业后去体校念书,就是因为老李的几番劝导,告诉他体校出来没有一个好前途,因为自己就是体校出来的,这才好不容易说服老卢去当兵。所以在很多学生的心里老李都是他们最喜欢的老师。由于学校不怎么开设体育课,所以体育老师本来就不多,加上李阳老师性格开朗、幽默、善解人意,年轻帅气,所以基本上全校所有的学生都认识他,他也是不少女孩子心里的"偶像"。虽说北他们班级很少轮到这样自由且没有被"霸占"的体育课,但是从全校来看,隔三岔五就能看到李老师和同学们在操场上一起打着篮球。如果李阳老师提前知道下节课有学生来上,就会早早地从仓库里拿出篮球、足球、羽毛球、排球、乒乓球等体育用具,穿好一身运动装,笑呵呵地等着随下课铃飞奔出来的"阳光宅男"们。

果然,一听到下节课可以上"神仙课",老卢跑在所有男生前面。以前这个时候,北也是冲在前面的一员,可今天北虽然有些心动,但想了想,还是选择了静静地坐在座位上。似乎老卢也察觉出身后少了一个北,在走廊上跑到一半还回头喊北,北只是轻轻地摇摇头。老卢似乎怕失去了一分一秒的时间,也没再劝,又飞快地跑了出去。楠安安静静地坐在北的身边,问道:"怎么今天不去打球呀?"北支支吾吾,没有说得很清楚。楠看出北的犹豫和尽管学习压力很重但还是透露出对篮球的渴望,楠咧开嘴笑着说:"我最近也学习得好累,我们一起去上体育课吧,我还没看过你打球呢!"北一听这话,顿时来了劲,斩金截铁地说:"走!"和楠笑着走出教室,两个人空荡荡的座位上剩下那些书本、试卷呆呆地享受着下午曼妙的时光。走道里,楠看出北急切的心情,说道:"你先去,我马上就到。""好!"还没等楠反应过来,北就冲了出去。等楠赶到球场,他们已经分好了队,老李带着其他几个同学一队,北和老卢一队,楠找到一片树荫坐下,北时不时地会偷偷瞥一眼楠是不是在看自己。

7

老卢对位老李,北则负责防守其他同学。老李毕竟是老师,又读过体校,身体力量、运动能力、比赛经验、进攻防守知识都远远高过老卢。不服气的老卢每当被老李进了一个球总是唉声叹气。轮到老卢一方进攻,老卢总是想尽一切方法突破老李。有时候看到老卢那认真的样子和对进球的渴望,老李会故意让老卢突破自己。看到老卢进球后的开心和得意,老李仿佛看到了年少的自己。在老李心里,年轻人只要有着永不服输、不畏对手的气魄已经足够,这也是所谓的忘年交和惺惺相惜吧。轮到老卢队进攻,每当北接到球,老卢总是嚷嚷着:"北,北给我球!"并做出准备接球突破的姿势。平常这个时候北肯定会选择传球,可是今天就不一样了。北接到球,偷偷看着楠在树荫下期待的表情。此时的北,决定不顾老卢热切的表情,一个人单干。

被断球,走步,二次运球,篮板球,几番下来,北一球未进,四周充斥着老卢愤怒的咆哮:"叫你不传球!""你传给我啊!""一个打三个,你怎么想的!"……北看着楠在树荫下偷偷地笑着,自己也涨红了脸,差点就和防守他的人说"你放点水"了。

快乐的时间很快就过去了,老李看了看表,说道:"快下课了,最后三个球。""好咧!"老卢鼓足勇气,搓了搓手,准备大干一场。所谓最后三个球,就是谁先进了三个球,谁就赢了。看着老卢气喘吁吁地在场上跑来跑去,经历了前面的失败,北算是彻底没了信心,而且最后三个球,北也不敢随便处理,毕竟事关输赢,要再乱打,老卢不得吃了他!最后三个球,大家都打得异常集中,这边进一个,那边就还一个,这边老卢一个突破得分,那边老李就一个中投还以颜色。比分打平。

最后一个球,老卢在三分线外运球,其他同学都被紧盯,老李死死盯着老卢,老卢没有一点机会突破过人。正当老卢寻找队友准备传球的瞬间,老李眼疾手快抓住老卢注意力不在自己身上的瞬间一把抄球,球向中场滚去。老卢见球被断掉,和老李同时拼命跑向球滚落的中场,大家的注意力都被这个球的最终归属所吸引,有的队员也一起朝中场跑去。老卢和老李比拼着速度,眼看球就要停下,再看老李已经跑在老卢前半个身位。老卢知道如果这么下去球一定是老李他们的了,想也没想,老卢放低身体,双腿蹬地,竟朝篮球扑了过去。由于老李是站立的姿势,捡起地下的球还需要弯腰,可老卢已经以饿虎扑食的姿势准备去抱住篮球了。原本就半个身位的距离,老李心里明白这是老卢的了,可就算老卢接到球也会重重一摔,不可能再运球,于是老李回头一扫,看见了由于防守队员朝中场跑动而造成空位的北。而且北站在三分线附近,又无人盯防,老卢这球十有八九要传给北。机智的老李,立马转身跑向北的站位,放弃了和老卢争夺球。果不其然,老卢捡到球,重重地摔在地上,大喊一声："北！看球！"便将球狠狠地甩了出来，自己倒在地上。但是老卢立马爬起来，不顾身体的疼痛拼命朝北跑去，可是却早被其他跟去抢球的队员防死，老卢只能眼睁睁地看着北即将葬送一次机会。北急切地接到球，刚准备突破，突然一个高大的身躯出现在北的前面，将北突破的路线拦腰截断，定睛一看，竟是老李，这可吓坏了北。老卢想在老李面前完成突破已经是非常难的事，更何况自己！北回头看了一眼老卢，老卢已经被两个队员夹防，一点缝隙也没有。楠看到北竟然和老李对位，也紧张得站了起来，北刹那间有点不知所措，突然传来一声："投啊！"北有些惊恐地朝声音的方向看去，是老卢，老卢已经无法摆脱防守。又一次，老卢大声地朝北喊道："别怕！投啊！投进就赢，投不进有没有篮板都是输！"北慌乱地做好了准备投篮的姿势，经验老到的老李一眼看出了北准备投篮的心思，早早地做出了封盖的姿势，就等着北出手的一瞬间将球无情地盖下来。"快啊！"老卢全力喊道。北看了一眼篮筐，半秒犹豫后，使出大力气将球抛了出去。与此同时，老李也高高跃起伸开胳膊，大大的手掌在空中挥舞，眼看老李的高度已经可以盖到球了，北想着这下输定了。但是，面带笑容的老李，并没有选择朝球的轨迹挥去，而是错开了球的抛物轨迹，尽力地挥了一下，做了个完美的盖帽动作。球在半空朝篮网越飞越近，北的心都提到嗓子眼了，看球的轨迹像那么回事，可又感觉有点偏。"梆梆"两声，球在篮筐上弹了两下，全场的人都在注视着这个球的结局，当然也有树荫下十指紧扣的楠。场上所有队员头都微微上扬，眼都不眨一下地看着篮筐，仿佛注视着自己的梦，期待着这个球的结局。球在弹了两下后又在篮筐上滑过了四分之一个筐的距离，缓缓滑向了筐的内侧，球，进了！ 一个三分球，北那一队获得了胜利，伴随着下课铃的响声，北开心地在场上朝老卢的方向奔跑，那是北人生中的第一个三分球。

北飞快地冲向老卢,炫耀着,老卢也咧开嘴:"想不到你小子也能进三分球。"说完两个人击了个掌,一起哈哈大笑起来。一边的老李看着这两个光辉里的少年,也开心地笑着说:"回去吧,休息一下,准备好上下一堂课。"过了几秒,老李又补了一句,"别喝凉水!"说完满头大汗的同学们都朝教室的方向走去,老李看着在一边因摔地而擦伤的老卢,笑着说道:"卢余林,来帮我捡一下球,送到办公室。""好的,老师!"老卢利落地跑向球场各个有球的角落。北跑向树荫下鼓掌的楠,两个人有说有笑地走向班级。

之后北更加努力了,倒不是在学习的时间上再次延长,而是在楠的建议下,着重错题,对于十拿九稳的题目、一些偏题和难度非常大的题目,北都不再花更多的时间,将重点放在了难度中等偏上的题目上。英语搜集了近几年考查频繁的语法点,并着重搜出该专题的测试,一遍又一遍复习,直到基本明白为止。物理则是在不断强化训练基本公式的基础上,不断拓展,不断总结和数学的契合点。在六月初的全校考试里,北一下子进步了近十名,一跃成为班级第十四名,让老师们大吃一惊。成绩和敬凡不相上下了,这次北可算是稳稳地冲到了红线上头。就算是再忙也不乏欢乐的事情发生,这不,六一儿童节这天,北和楠还相互送了对方一根棒棒糖作为激励。北回家后偷偷地将糖放在了抽屉里,和那本暑假作业放在一起。

8

有人说,男人最帅的样子就是认真的样子,也有人说,最幸福的日子就是为了梦想不断拼搏,一天天接近梦想的日子。我觉得吧,两个都对。恰巧这两点都体现在了北的身上。记得有一句话:"当你下定决心做一件事的时候,连对手都会帮你。"在离中考仅有二十多天的时候,老师带来一个天大的好消息。由于考虑生源数量连年增长,市教育局决定对几所重点和次重点的高中进行扩招,扩招就意味着扩大招生,扩大招生就意味着更多的学生有机会进入重点高中学习。这对于像北这样在最低录取分数线上下徘徊的学生是最有利的消息。北暗自下定决心,不上重点高中,誓不为人!

时间一点一点地接近那个最终的日子,老师们的话语从苛刻逐渐变成鼓励,用发展的眼光和鼓励的口吻和学生沟通。在离中考还有两个星期的那天,"万总"用了整整一堂课的时间让每个学生在教室后的黑板上写下一句关于未来、关于中考、关于自己的寄语。然后"万总"用相机拍了下来,并用班费给每人冲洗了一份,中考结束以后发给每个人,说希望十年以后,等到大学毕业后他们再看这张照片,想起当年写下的内容,看看自己是否一直走在自己希望的路上。

敬凡写下了:上个好大学。

老卢写下了:咱当兵的人,有啥不一样? 其实都一样。

二胖写下了:中考加油! 妈妈其实我不胖。

楠写下了:梦在哪里,路就在哪里。

北是五个人中最后一个写的,他看到楠写的寄语,灵机一动,写下了:路在哪里,梦就在哪里。

还有的学生在黑板上画下笑脸,或是留下签名,或是涂鸦着自己的创意,随着相机发出的一声"咔嚓",画面定格,瞬间成为永恒。

回首,三年已走完,展望,三年还三年。中考就在高考结束之后,当报纸、电视等各种媒体铺天盖地地讨论着今年的高考怎样怎样的时候,有那么一群人也正经历着他们人生的第一件大事,那就是初三学生,那就是中考。

焦急的家长,拥挤的交通,严肃的交警,安静的考场。在这样让人紧张的环境里,初三学生度过了让他们终生难忘的两天。考试结束后,各大考场成了狂欢的开始,有哭着出来的女学生,有将书撕成碎片丢入垃圾桶的男学生,还有一路鬼哭狼叫的学生,他们一路走一路宣泄着轻狂的青春,细细品味,他们多么阳光,多么可爱,多么华丽,释放着属于这个年纪的不羁和张扬。如果说青春就要轻狂,就要释放,那么在三年的压抑之后这样的轻狂又何尝不可!

　　考完了,北并没有那么紧张地期待成绩。在公布成绩的前几天,北和楠会一起早起在北城的空地上打羽毛球。他们一起穿过田间,去看老槐树上的夕阳,一起去小清溪看小小的鱼随着水游至远方。北和同学们疯狂地在学校操场上挥洒着汗水,那是青春欠他们的时光。三年的心酸倾泻下来,是甜蜜也是酸楚。

　　回学校拿成绩单那天,几个好姐妹哭成一团,几个调皮的学生将老师高高抛向空中,几个学生拉着老师拍照。似乎成绩什么都不重要了,教室后墙的黑板上,那些誓言、那些话语仍然安安静静地待在那里,外面阳光很好。

　　北最终如愿以偿地考上了重点高中,如果总分再少十分估计就没办法实现他的梦想了。楠的成绩当然是一点不成问题的,全班第一,全市第一百〇二名。老卢的成绩自然不理想,卢爸卢妈正在想办法让他去当兵。敬凡当然也在重点高中的分数线上。北并没有为自己考上重点高中感到多开心,因为北深深地知道,离别的时候到了。

　　一种相见,恨晚;一种离别,很难。日子总是有一个又一个的期限,或长或短,让我们不时地看到自己怅然若失的脸。也许我们已经不能再有机会细数从前,细数你在我心中如何如何,而我在你心里又怎样怎样。好像是那样一个舞台,我们依然穿了漂亮而华丽的衣服,我们依然会站

光辉里的青鸟

在舞台中央,让绚烂的灯光如水银般倾泻而下,我们依然以为这幕戏刚刚开演,但是突然有一个人跑来告诉你:嗨!亲爱的,演出到此结束了。三年过去了,回到自己的母校,会不自觉地想到上述的情景。是的,没有错,上面的,就是我的曾经。曾经沧海难为水。会舍不得吗?会留恋吗?会站在原地有那么一些不知所措吗?但这样的感觉也许只是短短的一瞬间吧。该散的散了,该收拾的都已经打包了,该走的也将离开了,为什么总还有那么多人背着行囊回望这里?为什么总还有人那么傻会经常回来看看这里的一切,看看他曾经生活过的校园、他的老师、他的师弟师妹呢?……

这,就是我们啊!

这,就是爱恋又必须离开啊!

这,就是起点啊!

虽然,也许很多人以前还来不及了解,以后也许再也未必相见。只是在这样的时刻要到来的时候,你会希望他们能够永远记住你微笑的脸。虽然,也许很多地方你还没有和那个你最爱的人一同走过,只是在这样的时刻要到来的时候,你只希望能够把他放在你心灵最温柔的地方,然后咫尺天涯,无怨无悔……

也许时间终于还是会渐渐模糊了我们的身影,也许时间终于还是会让我们变得彼此默然。但是啊,现在我真想拉住你的手,一同感谢曾经有过那样的时刻,让我们在激动中等待,等待终场的那刻。那刻,我会对你说:珍重,一生平安……天空渐渐亮起来,阳光片片洒下来,微风轻轻吹开一片海,爱是绿色水草左右摇摆。

三年前,谁都不认识谁;三年后,谁又了解谁?三年,从陌生到熟悉;三年,每个人都在这里成长了;三年,每个人都在这里蜕变了。三年,把酸甜苦辣都尝遍了;三年,把喜怒哀乐都经历了。三年,一段看似很漫长的日子就这样度过了。三年后偶尔想起三年前的日子，会觉得有点可笑、有点留恋、有点温馨。三年后偶尔翻起三年前的笔记，会觉得有点熟悉、有点追忆、有点开心。三年间的一点一滴还未曾忘记，三年间的一颦一笑还印在脑海。不曾觉得，就这样过了三年。三年，一点都不漫长。三年来，每个人都或多或少地变了。每个人都长大了，每个人都懂事了。

毕业就是分别的另一个名字，北心里很清楚，那些好朋友，多多少少都会离开。老卢不可能和北上一个学校，北只是用最简单的话说出了最深刻的心情，表达了最复杂的情感："兄弟，一帆风顺！"

把酒祝东风，且共从容，垂杨紫陌洛城东。总是当时携手处，游遍芳丛。

聚散苦匆匆，此恨无穷，今年花胜去年红。可惜明年花更好，知与谁同？

明年的春光，依旧明亮，可你们已不在我身旁。那些好朋友，那些好朋友心里想着的人呀，我们、你们天各一方。不过又怎能忘记，过去的三年，曾经执手漫游，记忆中阳光明媚，笑脸相映生辉？三年学习的压力与辛苦，似乎都已淡忘，只深深铭记你的素颜你的眉眼，和那相执的双手。那共同走过的操场，那共同赏玩的春光，一幕幕，恍如昨日。一场中考，分开了多少形影不离的身影，分开了多少朦朦胧胧的情愫？当年，我怎么度过分别时的最后一天？似乎，什么都没做，还和平时一样，笑闹依旧，心情依旧，并没意识到离别的气息。原本设想的泪眼相望、拥抱不忍分离，都没有，还是无忧无虑地笑着说再见，想想以后的岁月，谁又想得到一别又是何年？即使偶尔有联系，又怎比得上朝夕相处的心情？任如何想念，我们竟也默契地选择了微笑，每一句"你最近好不好"，换来的一定是"嗯，我很好，你呢"……后来，我们习惯了离别，偶尔会互发牢骚，才知道对方不是表面那样好……假期来临，千万次说着回来要好好聚聚啊,回答也一定是"嗯嗯嗯一定一定,就等放假呢"。可是,放假了,却也只是短短的相聚,便又是漫长的离别,直到又坐上了去远方的火车,直到背上行囊匆匆启程,才想起,说好的相聚呢? 最多算是匆匆的一瞥而已……是啊,我们都很忙,忙得没时间总在一起。不像当年,是匆匆年少时的黄金搭档,我们搭着肩或是牵着手,漫步在操场的角落,沐浴着阳光,诉说着小心思,偶尔吹牛互讽,偶尔互相唱和,诉说学习的无奈,诉说的最后,便是达观。我们在那样的重压下,放下了执念,学会了随遇而安,也习惯了淡漠,似乎什么都没有我们云淡风轻的生活美好。日子在慢慢流淌,心态淡然,谢谢有你们,陪我笑傲春风,陪我享受那已被初三遗忘的明媚春光。蓦然回首,才发现已经离曾经的生活越来越远,身边没了你的陪伴,我怎么会习惯? 再美的风景,身边没有对的人,又怎会高兴? 若是身旁有对的人,便处处是风景。此话,真的不假……若是时光流转,我会不会要留住你的陪伴呢? 会不会再想承受这千山万水的距离? 初夏六月,美景当前,以后的时光会比当年美好得多,可是,这景,却怎么赏怎么寂寞。当年的我们,听着老师的唠叨,却依旧淡漠着,不是没有梦想,却好似未当真过。太过天真,以为未来便是天堂,却不知,最美的生活,是我们心心念念的曾经……何时开始,我不再憧憬未来,而是轻易地道出当年……可是,再美好也是当年,那么,现在呢? 何不好好珍惜,不要等到现在也变成了当年,才想要去珍惜,那时,除了回忆,已无他……我只是希望,我们都能快乐,没有彼此在身边,也能快乐,到时相见,我们一定要真心地微笑。我要你,真心笑着对我说:我过得很好,你呢? 我独立某处,轻声念出:执手漫游园,喜忧共品全。何当重立窗楹边,侧眸轻语浅笑颜,不负当年……

血色残阳

1

又一年的七月，又一年的夏天。

这个夏天是喜悦的，也是忧愁的。

结束了中考，在班长的策划下，北他们班举办了一次谢师宴，订在了县城不错的饭店。同学几乎全员到场，席间大家谈笑风生，老师们几乎也全员到场，师生们占据了饭店大厅的一半。学生们拿着照相机、手机拍照。大家围着老师说着笑着，一些关于学习、关于老师的旧事也被一遍遍重复着。"万总"从包里拿出了照片，分给了到场的同学们，并一再重复说着希望大家前程似锦、不忘初衷的话。老李也应邀坐在老卢旁边，详细地问着老卢的前程，并告诉老卢一些经验和长大了会碰到的事。犹记得，那天老卢喝了很多酒，老李也没少喝，两个人喝着喝着开始勾肩搭背，形如密友。那天几乎所有的老师都喝了酒，楠为了表达自己对老师的感谢之情也喝了一点，"万总"说他还得谢谢楠呢。大家互相敬着酒，吹着牛，能喝的将一杯酒一饮而尽，酒量有限的捏着鼻子一口灌下，然后发出咳嗽的声音，逗得在座的同学哈哈大笑。饭店里人声鼎沸，热闹非凡。"万总"笑着坐在位子上看着学生就要为了自己的未来各奔前程，心里觉得很欣慰。大家轮番上场，敬得"万总"菜都来不及吃一口。

每个同学敬完酒，"万总"都要说上两句，或是对这个学生的性格问题的指正，或是对这个学生未来生活学习的建议，对每个学生说的话语都不一样。北、楠、老卢、敬凡四个人一起敬班主任酒，老卢冲在前面，将酒一饮而尽，"万总"乐呵呵地说："卢余林啊，你的冲劲一直是老师喜欢的地方，以后长大了，男人要有血性，也要稳重呀。来，老师相信你，祖国的安全就要靠你啦，哈哈哈，老师喝干！"遇到敬凡这样的学生，"万总"会说："以后高中更辛苦，作息时间要调整好，晚上休息很重要，别给自己太大压力，毕竟学习也是为了生活服务的。"到楠去敬酒，"万总"显得最为高兴，轻描淡写地说了一句："你呀，最让老师放心啦。"到北去敬酒，"万总"显得话很多，这个那个的，北有些醉意了，加上饭店嘈杂的环境，并没听清楚多少。三年的良苦用心，"万总"把所有的爱，在今天晚上，化为简单的几句话，送给所有的同学，学生也看到了不一样的老师。

我记得电影《无间道》里梁朝伟扮演的卧底和黄秋生扮演的警长有一段很经典的对话："说好了三年，三年之后又三年，三年之后又三年，就快十年了！""那这单干完，就退休……"此时的"万总"可不可以说："三年之后又三年，三年之后还三年，就快三十年了。"我不想用"春蚕到死丝方尽，蜡炬成灰泪始干"这样俗套的话回忆我的老师。但是我想说，老师就是那么一个人——年轻时，自己可以和同学在背地里把他说得一文不值，却不准别人说他一个"不"字；年长时，自己和当年的同学想起那段光辉岁月，或是在茶余饭后的谈笑风生里再次提及自己的老师，也只有写进生命中的那份感激之情。当年的你恨死这个人查你作业，叫你家长，天天跟唐僧一样在你耳边叽叽喳喳；现在你觉得，如果还有这么一个人的存在，那一定是一份难以言喻的幸福。

当谢师宴结束后，大家都有些醉意，楠红着脸，可爱极了。临走的时候大家决定去县城里的 KTV 唱歌,同学们站在饭店门口等车,先让老师上车回去。饭店在县城的繁华地段,找家 KTV 自然不是难事,待老师再三叮嘱不要太晚回去并坐上车离去后,大家三三两两带着醉意来到了 KTV。班长拿出所有剩余的班费订了一个最大的包厢。老卢取自行车的时候叫来北,简简单单地说:"过几天我就走了。""嗯,我知道,什么时候回来?"北也是简简单单地回答。"退伍吧,估计中间不太有机会。"老卢想了想,又补上一句,"那也不一定。""嗯……"北抿着嘴,嘟嘟哝哝。老卢也知道,和北今日一别再见不知几时。"不说了,先去 KTV 吧。"北搂着老卢的肩,老卢推着车,一起朝 KTV 走去。

KTV 里大家唱的多半是伤感的歌曲,但也不乏对青春嘶吼的《死了都要爱》和《王妃》一类。幽暗的小空间里,灯光交替闪烁。有的人唱着慢节奏的情歌,有的人唱着高音量的快歌,有的人会一起合唱,有的则会中途插进来吼两句。北选了首周华健的《朋友》,老卢则选了首刘德华的《练习》。

七月的晚间有些风,薄如纱的月光融在昏暗的路灯里,大街上灯红酒绿,忽明忽暗,风摇曳了光影,摇晃了人心。天下无不散之宴席,出了 KTV,老卢和北走在前面,楠跟在后面,楠知道这对好友需要一点时间。光线将两人的影子拉得很长很长,直逼楠的脚尖,老卢推着单车,静静地一言不发。北也是默默地陪着老卢慢慢地前行,似乎,两人都在等对方先开口。

走到路的分岔口,北往左,老卢往右。多少个夜晚,两个人偷偷在学校打完球;多少次假期,两个人从县城里的游戏厅出来;多少次无关风月的普通日子,两个人都要在这里分别,一个往左,一个往右,说着再见,明天再见。没想到时间竟是如此匆匆,他们真的走到了分岔口。微风袭来,北低声地说:"这么快啊,上次打完游戏赶着回家都没走这么快。"

"你还说，叫你跑你不跑，我回去给我妈骂死了。""那次你非要叫我陪你去买什么球鞋，我回去差点给我爷爷锁在外面了。""搞得好像我回去很爽一样……"突然，两个人都不再说话。路口的马路上车来车往，霓虹灯在闪烁，映在两个人的脸上忽红忽绿。"今天，就早点回去吧，别最后一次回去再给骂了。"老卢轻轻叹着气，轻轻地说。"嗯，你也是。"北幽幽地回道。"那……走啦。"老卢说完推着车缓缓地转身，缓缓地走。北站在原地，侧过半个身子，看着老卢缓缓前行的身影，想不到这小子还有点驼背。老卢一如从前，说着那句"走啦"。月光一如从前，北就呆呆地看着老卢的背影，看着老卢那辆骑了三年的单车细细的后轮，看着老卢前方被 LED 灯照得五颜六色的路。旁边的马路上红灯绿灯，车停车行，北想说些什么却就是说不出口。直到看到老卢的背影远远停了下来，回头，老卢的脸渐渐淹没在夜色中，北已经看不清老卢的脸和表情了。老卢没有说什么，也没有做什么手势，就是站在那里，看着北。北转回半个身子，朝老卢大喊："兄弟！一帆风顺！"几乎同时听见了路的远方传来了老卢声嘶力竭的喊声："练好你的三分球！等我回来！单挑！"说完，北看见老卢远远地朝自己高高地举起了手，北笑了："别虐得你不敢拿球！"夜色里，北依稀看见老卢转身上车，丢下一句："你还早得很呢！走啦！"便消失在这城市的无边夜色里。老卢的身影已经看不见了，北用右手擦了一下鼻子，淡淡地笑着，轻轻地自言自语道："疯狗卢。"

2

回家的路上，北和楠一起不紧不慢地走着，北并没有楠想象的那么难过，反而犹如释怀般地和楠讨论起未来高中的生活。走到楠家门口时，楠笑着和北说晚安，北也笑着和楠说晚安，北转过身的时候，说了一句:"回头还真得买个篮球练练。"

回到家,爷爷一脸开心地问北吃饱了没,自从爷爷知道北考上了重点高中以后,心情每天都是这么好。北说:"今天在大饭店吃的呢。"爷爷看出北喝了酒:"今天喝酒了,就早点休息,晚上你好好睡一觉,明天村里组织老人体检,我可能中午回来迟些。""嗯,知道啦。"说完北进了房间。

夜晚,躺在床上,北想着,初中就这么结束了,不管自己是否准备好迎接高中生活,也不管自己是否适应和初中告别,初中就这么结束了。北还记得进班级的第一天"万总"的话语,北还记得第一次因为不交作业和老卢一起被罚站在教室后面的画面,北还记得体育课上老李憨厚的笑容,北还记得二胖上课偷吃零食的猥琐动作,北还记得……一切的一切,都显得那么短暂。北虽然有些难过,因为以后和老卢就是两个世界的人了,但是北也挺开心的,因为老卢其实和自己一样,都为了心中的梦想不断拼搏,殊途同归,这就够了。还有一件北最开心的事,那就是考上重点高中又能和楠做三年同学了,又能一起上学放学了,北想到这就不禁笑起来。现在北的抽屉里多了一样东西,那就是教室黑板的照片,北一个人在房间的时候会细细品味照片里的文字和照片外的故事。

也许成长就是这样,原来空空如也的抽屉,那是我们成长的开始,之后有了数学作业本,有了爷爷给的零花钱,有了棒棒糖,有了照片。渐渐地,抽屉开始装入一些属于它们的意义的东西,于是我们的生命也有了这样或是那样的意义。慢慢地,我们开始知道,自己在意什么,讨厌什么,追求什么,就像北的抽屉里最深的那个区域,不是为任何物品准备的,也不是有意义的物品就能放进去的。我们的人生开始丰富多彩起来,每个人的生命开始不一样起来,到最后,突然发现抽屉里放满了各式各样的东西。东西也许会有雷同,但组合在一起就融合成了独一无二的、属于拥有者自己的信念、原则、信仰。于是属于我们自己独一无二的世界观、价值观、人生观也就形成了,最后,我们就成了与众不同的自己。那么多与众不同的"自己"又组合在一起,形成了群体、国家、社会。这也许就是成长对于我们生命而言的最大意义和使命——让我们不断经历,不断发现藏在经历后的那些隐喻的意义。不断发现,不断感悟,不断获得,不断整合,从而渐渐树立自己的三观,之后逐渐成为一个思想独立、思维独立的个体。当然这些经历的差异,这些获得物的不同和整合过程的差异,导致了人们三观的不同,这也是人与人不同的原因所在。

说到初中时代,如果说有那么一段文字可以形容所有人的初中,那么非这段话莫属了:

每个班总有那么几号人:

1. 喜欢耍帅,总是跟老师作对的人。

2. 上课总是迟到的人。

3. 对睡觉情有独钟的人。

4. 喜欢插嘴,特别招人烦的人,比如这种:"同学们,下课了!""老师,你忘了布置作业。"

5. 转校生,故作淡定的人。

6. 一个安静到可以被忽略的人。

7. 一个特别漂亮的女生,几乎是所有男生暗恋的人。

8. 一个像汉子一样的妹子或者一个像妹子一样的汉子。

9 一个吃货,通常外号叫"胖子"的人。

10. 一个学霸。

11. 一个篮球打得很棒的人。

12. 一个非常爱歌,听歌设备永不离身的人 。

13. 一个喜欢动漫,书包、书皮全是动漫人物的人。

　　如果说有那么一段文字可以形容所有人的初中生活,那么非这段话莫属了:

1. 老师来了叫我一声。

2. 快写,写完借我抄。你先抄,抄完给我。

3. 笔借我用下。

4. 让我看看(考试时)。

5. 你几分啊 (试卷发下来后)?

6. 下一节什么课啊?

7. 还有几分钟下课啊?

8. 别说话,老师在后面。

9. 帮我传给×××。

10. 这次考试靠你了。

11. 哎,那个字怎么写?

12. 有××(物品)没?

13. 晚上作业是什么?

14. 别看,老师在窗户那。

15. 让我出去,让我进去。

16. 我先睡一会,老师来了叫我一声。

17. 这次默写写什么?等会字写大点。

18. 这题选什么?

19. 有课外书没?

20. 我告诉你件事，你千万不要告诉别人。

21. 我写前十道题，你写后十道。

3

如果说春天像一篇巨制的骈体文，那夏天，就是一首绝句。

八月的夏季，北村。蝉声轰鸣在北村的角角落落。已有许久，北未曾关心蝉音。耳朵忙着听"万总"的叮嘱声，听电视里各式各样的声音，听班干催着作业不耐烦的声音，听老卢附在耳旁低哑的私语声……北觉得应该去那条清澈洁净的小溪洗洗他的耳朵，因为他听不见蝉声。夏天什么时候跨了门槛进来其实北并不知道，直到那天上课累了，北趴在桌子上小憩的时候，突然四面楚歌，鸣金击鼓一般，所有的蝉都同时叫了起来，把北吓了一跳。提笔的手停在空中，无法点评耳旁这看不见、摸不到的声音！多惊讶！整个心都被吸了过去，就像铁砂冲向磁铁那样。但当北屏气凝神正听得起劲的时候，蝉又突然不约而同地全都住了嘴，又吓了北一跳！就像一条绳子，蝉声把他的心扎捆得紧紧的，突然在毫无预警的情况下松了绑，于是北的一颗心就毫无防备地散开，如奋力跃向天空的浪头，不小心跌向沙滩！

在这安安静静的北村，午后，北悠闲地待在房间里。随着中考的结束，北的生活就像是全速前进的赛车突然刹车了般，单纯悠闲的日子竟让北有些不习惯。

想想记忆里的夏天，那属于夏天独家记忆里的童年在北的心里是一扇有树叶的窗，圆圆扁扁的小叶子像门帘上的花鸟画，当然更活泼些。风一吹过来，它们就晃荡起来，似乎还听见嘻嘻哈哈的笑声，多像一群小顽童在比赛荡秋千！风是幕后工作者，负责把它们推向天空，而蝉是啦啦队，在枝头努力叫闹。没有裁判。那是北的童年。因为这些愉快的音符太像一卷录音带，又把童年的声音一一捡回来。朝花夕拾，拾起的是花，记住的是童年。那拾起的蝉声，是北年幼青葱的盛夏岁月，也是北的心心念念。

关于蝉的点点滴滴，最兴奋的不是听蝉而是捉蝉。村里的小孩子总喜欢把好奇的东西都一一放在手掌中赏玩一番，北也不例外。念小学时，下午三点左右就放学了，这是低年级的小朋友才有的优待。记得那时去学校的路有四条，其中一条沿着溪水，岸边高树浓荫。那时的老槐树似乎已经是棵参天大树了，常常可以遮住半个天空。虽然附近也有田园农舍，可是人迹罕至，对北而言，真是又远又幽深，有时路上半天见不到一个人，让人觉得害怕。然而，一星期总有好多趟，北是从那儿经过的，尤其是夏天。放学的时候，下午三四点的阳光很好，总会有小伙伴呼朋引伴地一起走那条路，没有别的目的，只是为了捉蝉。

三三五五的孩子们在溪边的林子里爬高下低，可以捉得住蝉，却捉不住那蝉音。那是北记忆里年幼时的夏日。

夏是一位伟大的歌唱家呀，是拥有着声音的季节，有雨声、雷声、蛙声、鸟鸣及蝉鸣。可是雨、雷其他季节也有，太平常，鸟鸣又没有春天那样繁盛，蛙声总觉得搬不上台面，而蝉声足以代表夏，是夏独一无二的一处风景，蝉声里的夏天像一首绝句。

绝句就该吟诵，或添几个衬字歌唱一番。儿时，老师会在教室里教我们平平仄仄，有的老教师还会告诉我们只有摇头晃脑地读着诗，才能尝到它的一点鲜味。而蝉是大自然的一个合唱团，以优美的音色、明快的旋律，吟诵着一首夏的绝句。这绝句不在唐也不在宋，无关李白或是杜甫，那是蝉对季节的感触，是它们对仲夏的情感，喷薄而出写成的一首抒情的绝句,只有爱夏的人才能品出几番韵味。诗中自有对世界的爱与感慨和对生命的态度,有些近乎自然的朴质,有些旷远飘逸。更多的时候,尤其当它们不约而同地收住声音时,它们似乎有许多豪情悲壮的故事要讲。也许,那是一首抒情的边塞诗。

晨间听蝉,想其高洁。蝉该是有翅之族中的隐士吧!高踞树梢,餐风饮露,不食人间烟火。那蝉声在晨光朦胧之中飘忽,似远似近,又似有似无。一段蝉鸣之后,心灵也跟着透明澄净起来,有一种"何处惹尘埃"的了悟。蝉,谐音禅,所以有些玉雕作品会传神地刻画一个简简单单的蝉,取名"悟道"。

午后也有蝉叫,但喧嚣了点。像一群游吟诗人,不期然地相遇在树荫下,闲散地歇脚。拉拉杂杂地,它们谈天问地,问候季节,倒没有人想作诗,声浪阵阵,缺乏韵律也不押韵。它们也交换流浪的方向,但并不热心,因为"流浪"其实并没有方向。所以会有人说:"流浪其实只是一种态度。"

长大了一些的北喜欢一面听蝉鸣一面散步。在夏日的微醺里,北站在黄昏里,走进蝉声的世界,宛如欣赏一场音乐演唱会,如果懂得去听的话。有时候我们会抱怨世界越来越丑了,现代文明的噪音越来越多了,其实在一摊浊流之中,又何尝没有一潭清泉?在机器声交织的乐谱里,也有所谓的"天籁"。我们只是太忙罢了,忙得与美的事物擦身而过都不知不觉,太专注于自己,生活的镜头只摄取自我喜怒哀乐的大特写,其他种种,都是一个模糊的背景。如果能退后一步看看四周,也许我们会发现整个图案都变了。变的不是图案本身,而是我们的视野。所以,偶尔放慢脚步,让眼眸充分地把天地浏览一番,我们将恍然大悟,世界还是时时在装扮着自己。而有什么比一边散步一边听蝉鸣更让人心旷神怡的呢?听听亲朋好友的倾诉,这是我们常有的经历。聆听万物的倾诉,对我们而言亦非难事,不是吗?

是聆听,也是艺术。大自然天宽地阔,是最佳的舞台。想象那一队一队的雄蝉敛翅踞在树梢,像交响乐团的团员站在舞台。只要有只蝉起个音,其他声音就纷纷出笼。它们将最美的音色献给你,字字都是真心话,句句来自丹田。它们有鲜明的节奏感,不同的韵律表示不同的心情。它们有时合唱有时独唱,还有和声,高低分明。它们不需要指挥也无须歌谱,它们是天生的歌者。歌声如行云如流水,让人了却忧虑,悠游其中。犹如波涛犹如骇浪,拍打着你心底沉淀的情绪,顷刻间,你便觉得那蝉声宛如狂浪淘沙般地搅走了你紧紧握在手心里的轻愁。蝉声也有甜美、温柔、如夜的语言的时候,那该是情歌吧。一句三和,那倾吐不尽的缠绵。而蝉声的急促,在最高潮的音符处戛然而止,更像一篇锦绣文章被猛然撕裂,散落一地的铿锵字句,掷地如金石声,而后寂寂寥寥成了断简残编,徒留一些怅惘、一些感伤,这何尝不是生命之歌?平平仄仄唱的是绝句,起起伏伏诉的是生命。

4

夏天即将离开北村去往地球的另一个半边。开学在即,愉快地和朋友们过完了大半个暑假的北,也开始收心,准备迎接高中生活。在报到前的一个星期,楠总是约北去县城里的书店,找些高中的书籍翻阅,算是做预习吧。时光倾泻在静静的书页上,等待着迎接新的人生的两个人驻足。

八月末,报到后第二天,学校进行了分班,文理分科之前,学校采取尽量平均生源的分班政策。第八中学是县城里数一数二的高中,也是一所有百年历史的老校。家远的学生可以选择寄宿,当然对于北和楠而言只是比初中学校多了十五分钟的路程。高一年级一共十四个班,北有7.14%的概率和楠分在一个班,分班的公告在报到前几天就贴在学校大门前供学生查询。北和楠去的那天,学校门口人山人海,北怀着比公布中考成绩还忐忑的心情找寻着自己的名字是否和楠在同一张告示上,遗憾的是,北被分在了八班,楠在七班,敬凡在十二班。

宽敞的大门前摆满了鲜花,大门上方是写着"欢迎新同学"的横幅,横幅上方是鎏金的四个大字"第八中学"。门前站了好几个身穿制服维持现场秩序的保安,各个表情严肃,不苟言笑,这让北对这个重点高中又多了几分敬意。

看完分班结果,就可以进入学校寻找自己班级的具体位置了。北和楠并肩走进大门,两个人左看右看。时间已是早上九点多,食堂的工作人员也陆陆续续穿着蓝色的工作服往食堂走去。

学校的平面图就在校园内离大门不远的地方。三栋六层的教学楼和行政楼矗立在远方,四栋住宿楼是学生、老师与工作人员住宿的地方,学校食堂离住宿楼不远。住宿楼之间有假山和小喷泉,一条幽静的小径通向学校的澡堂。温馨的学校生活超市在住宿楼之间,工作人员穿着洁白整齐的工作服,露出甜美的笑容,楼与楼之间有葱绿的景观树和花丛。超市的旁边是铺着木地板的书店,悠悠木香和书香弥漫其中。楠拉着北走进书店,书店里人很多,书店的老板是一位慈祥的大妈,热情地招呼着每一位学生。书店里放满了琳琅满目的辅导书,可是似乎那些言情和武侠的小说更受学生们的关注。楠随手拿起一本小说翻起来,北环顾四周,结账处放着些学习用品,洁白的书架上贴着伟人或是文豪的名言。不知是老板在书店里喷了香水还是那些小说的情节太吸引人,若不是北一再催促,楠竟不愿离开。

走出书店,北和楠一起朝着高一的教学楼走去,北和楠的教室都在三楼,刚走上三楼没多久,楠说:"我到啦,谁先结束就在外面等着。"说完朝北俏皮地一笑走进高一(7)班,北淡淡地一笑作为回应,微微低着头走进隔壁的八班。

班里已经零星地来了一些同学,明亮的教室,干净的黑板,粉笔擦整齐地放在讲台上。教室的四周放着贝多芬、华罗庚、达·芬奇的画像,后面的黑板上用红色的粉笔写着"新学期 新征程"的话语。看着这些洋溢着幸福的陌生面庞,想着和他们又要开始一段新的邂逅,北不由得想到了老卢。北找了一个靠窗的座位坐下,相同的位置,窗外的大树却已经消失不见。靠窗的座位可以看见操场,操场上还有些学生正在激烈对抗。北村中学操场上的一幕幕在北的心头纷飞着,那些渴望胜利的眼神历历在目。北任凭记忆疯狂地蔓延,因为北知道过了今天,以前的种种都是他前行路上的负担,不如就在今天,就在这相同的位置,和昨天的北村中学告别。不知道老卢到了部队里没有,不知道老卢是否知道我到了学校。这里的校园很漂亮,我也会好好努力,空闲时间好好练球,你放心。

陆陆续续地,同学都来到了教室,天空也开始睁开金灿灿的双目。阳光直射进教室,只是少了窗外大树透过来的斑驳的影。北呆呆地看着窗外,眼都不眨一下,北很享受这清闲的片刻,慢慢地梳理着心情。北的教室在楠的教室的后面,以后每当北看着黑板上的字迹,是不是也算默默地看着楠的背影?"不知道楠有没有和陌生的同学打招呼,不知道楠有没有认识新的同学。"北低声自言自语道。北现在的心情应该是担心胜过喜悦的,想起了刚认识楠的那天,楠的热情深深感染了北。此时的北,不希望会有第二个人,哪怕是女生再次得到和他与楠初见时一样的热情。可是北也明白,在这新的环境,谁又能安排或者阻止谁与谁遇见呢?大家都来自不同的地方,大家都需要有新的朋友填补自己心里离开初中的空洞。北想到这不由得想赶快找到敬凡，在这个陌生的地方。北将学校通知单放到抽屉里，起身快步走出教室，去了十二班。他知道，敬凡一定早就在班里了。路过七班，北刻意地朝里面寻找楠，可又想装作无意的样子。北灵机一动，想到可以叫楠一起去找敬凡，可是北看到楠的座位边已经坐了一位男生，两人说着笑着，北转身，却被楠看见并叫住了。楠走了出来，北面无表情，想不到楠走到一半，竟然叫出了那个坐在旁边相谈甚欢的男生。那个男生露出喜悦之情，大步追出来，北刚想说"我去找敬凡，结束了找你"的时候，楠却先开了口："给你介绍个朋友，这是我原来初中的同学，韩智森……"还没等楠说完，那个男生抢着说道："我叫韩智森，韩信的韩，智慧的智，森林的森，你叫我'大中锋'就行了。"楠又补充道："韩智森初中篮球打得可好了，所以大家都叫他'大中锋'。没想到能在这里遇见！""哈哈哈，我也没想到这么巧！"北站在一边，觉得自己像个多余的人，听着他们说了半天，简单说了一句："你好，我叫北。""哈哈哈，好名字，对了，喜欢打球吗？以后有时间一起打。"韩智森笑着说道。北觉得这个人的每一声笑都像是一把刀，拉开了架势准备和北大干一架。北看着韩智森，高大的身材，大概有一米八二的样子，帅气的面庞，本是一副阳光的长相，却好像是"恶魔"的化身。北还是说出了那句："我去找敬凡。"只是后半句却没能说出口。本来期待着楠会说"我们一起去"，想不到楠竟然说："好吧，你去吧，我正好和'大中锋'好好叙叙旧。"北再次转身，面无表情，或者说表情僵硬，只是这一次，楠没有叫住他。北走在过道上，刚刚还觉得夏末秋初的阳光有些温暖，现在却觉得这阳光格外让人不舒服。

　　十二班在六楼，北找到十二班的时候，老师已经在班里说着些什么了。北站在窗前找到了敬凡，敬凡朝北微微一笑，北朝敬凡挥了挥手，就离开了，回到自己的班级。经过七班的时候，北假装目不斜视，但是余光却朝着楠的方位狠狠地看过去,果不其然,楠已经被那个叫"大中锋"的人逗得合不拢嘴了。北看在眼里,记在心里。

走进八班的大门,学生已经来了不少,北一脸阴沉,朝自己靠窗的位子走去。走到跟前才发现,自己的位子被一位刚来的同学霸占了。这个同学直接趴在桌子上,好像很累的样子,一头飘逸乌黑的长发,可以看出来是个女孩子。这下北可算是找到出气的地方了。"同学,这是我的位子。"那个女孩并没有理会,这让北就更加不舒服了。北大胆地上前摇起那个女孩,又一次说道:"同学,这是我的位子。"女孩睡眼蒙眬地抬起头:"你的位子?""我先来的,我的录取通知书在抽屉里。"北没好气地说道。本以为女孩会让出位子,但是,没想到那个女孩把北原先放在抽屉里的录取通知书取了出来。"哦,你叫北啊。"然后把他的录取通知书往旁边桌子的抽屉里一塞,"好了,现在你的东西在旁边桌子里了。"说完又趴到了桌子上。这可把北气坏了,本来就受了"大中锋"一肚子气,现在北感觉自己像"吹弹可破"的气球。北强压怒火,还是摇了摇旁边的女孩,刚准备说"同学,你讲不讲理啊","同学"两个字都还没说出来,那女孩就猛地抬起头先开口说道:"你是不是男孩子啊,你会不会让让女生啊,你这样没有女孩子喜欢你吧,你就坐在旁边怎么啦,不行吗?"北呆若木鸡地站在一边,半天说不出一句话,原本怒火中烧现在也变得无可奈何。女孩的回答让北哭笑不得,他只得乖乖地坐到旁边的位子上。女孩见北"战败"得意地对北一笑:"这就对了嘛,我叫彤。你好。"北斜着眼一瞟:"我叫……""你叫北,我刚刚看到了嘛。"女孩又抢先一步说道。北有些无奈地朝女孩扫了一眼,本想翻个白眼,结果不看不知道,一看吓一跳。这女孩长得竟然是如此漂亮,乌黑的长发,细长的柳眉,长长的睫毛下是一闪一闪的明眸,眉目灵动,颇为秀气。不知道是不是刚刚睡醒眼眶里还挂着些泪水的缘故,她微微一笑竟让人觉得如此可爱动人。滴水樱桃般的嘴唇,完美无瑕的瓜子脸带着笑意,洁白的肌肤,左脸颊上有一颗小小的黑痣,笑起来深深的酒窝掩盖不了一颗调皮的虎牙。无论是在初中还是高中这都是一副女神的长相啊。北问她:"班里那么多位子为什么偏偏选这个,是怕睡觉被老师看到吗?"女孩一脸无辜的样子:"因为这里的位子比较隐蔽啊,至于睡觉嘛,因为不想被人认出来咯。"北一脸惊讶,带着嘲讽的眼神说:"你还以为你是明星啊,还不想被人认出来,真是……"女孩对北开怀一笑:"哈哈,我倒不是明星啦,不过我是,美少女战士!"北这下彻底无语了,刚准备回敬她的时候,老师就走了进来。

5

老师滔滔不绝地在讲台上说着学校有着如何光荣的传统,出了多少成功人士,以及学校如何严格地对待学生。北漫不经心地听着,时不时地看向走廊。当看到七班的学生陆续走过走廊时,北就目不转睛地看着,北希望在这个走廊上看到楠的身影,哪怕是没有笑容地站在那里等着八班老师结束报到的程序。期待着,盼望着,八班的窗外已经聚集了一些等待同学的人,有的人向窗内寻找着自己的朋友,有的则是无聊地看着手机,男男女女,只是没有北期待的那个人。突然北旁边的彤将身子往座位里猛地一缩,吓了专注于走廊的北一跳。北奇怪地转向彤,不解地问:"你又搞什么,这么大动静?"彤似乎很害怕,轻轻地说:"嘘,别看我。帮我遮着点,自然点。"北不解地下意识地往窗外一看,可疑的人倒是没有发现,不过,却看见了那个女孩——楠。虽然楠不在寻找北,也许是因为走廊上人有些多,用欣慰一词来形容此时的北最适合不过了。

老师还在说些关于座位安排、书籍发放的事情,说暂时按今天的座位先坐下,书籍每个同学凭借自己的校园卡去总务处领取。然后开始发放校园卡,告诉大家在学校食堂、超市、书店,都可以使用现金和校园卡,进出校门,进出寝室都需要出示校园卡等等。

北心里的一块大石头终于落地了,现在就等着老师快点结束滔滔不绝的话语了。北一下子变得精神起来,连身子都坐正了些。旁边的彤看见了,问他:"女朋友在等你啊?"北吃惊地带有一些惶恐地看向彤,翻了个白眼:"关你什么事。""叫你别往我这看,你看你,跟打了鸡血似的。""倒是你需要打点鸡血吧。"不过北第一次听到自己和楠的关系里有了个"女朋友"的词,虽然有些猝不及防,不过也是暗自窃喜。

终于,老师滔滔不绝的话说完了,同学们都迫不及待地走出教室,北也欢喜地走出教室。彤挪着碎步,似乎不太愿意走出教室。北回头望了这个奇怪的女孩一眼,女孩的目光似乎在躲着什么人,想对北说些什么却又没说。

北的神情随着走到聚满了人的教室门口来了个 180 度大转变。他看到了楠,也看到了楠旁边的高个子男生。本是面带微笑的北瞬间情绪降到冰点。北咬着嘴唇,一脸无奈地吐出声"你好"。楠一脸歉意地说:"那个,北,真不好意思啊,本来约好了一起回去,可是今天你能不能先回去?我真的好久好久没见到老朋友了,他请我去学校食堂吃个饭,后天就开学了,也没那么多时间叙旧了……"之后楠的解释的话、满含歉意的话,北都听不见了,北只是对"大中锋"面带笑意地说着"北,不好意思啊"记忆深刻。"大中锋"说完就转身走了,楠跟在后面。就像那天傍晚从老槐树下离开的画面,一前一后,只是背景换了,风景也换了。北也转身,装作要离开的样子,可是步子就是挪不动,脑子里全是"大中锋"面带笑意道歉的画面。"大中锋"只露出半张脸的笑容,加上不知道什么情愫的"不好意思",北的心里拧成一团。北又转过身,楠和"大中锋"已経消失在人群渐渐散去的走廊上,北趴在栏杆上,看着学生们涌进食堂,却就是找不到楠的身影。

　　我们的心就像是一个电影院,就那么多座位,有人来就得有人走。一些人遇见了,一些人失去了。也许生活就是这样,四季流转着,最后又会留下谁陪伴在身旁?似乎越来越多的失去,代替了所得。那些岁月中深深浅浅的痕迹,那些无法定格的记忆,又要如何取舍?寻一杯冰冷的水,来解救干渴的喉咙。写一些忧伤的文字,记录着一些琐碎的生活。十指相扣给自己取暖,只能维持瞬间。谁说懂得放开,心胸便会坦然?我微笑,是不是真的懂得成全?一切都会随着时间终归于沉寂,就像我们的一颗心,曾经火热地揣在胸膛里,滚烫得无处安放,急不可待地找人分享,却从没想过它也有一天会冷却,冷到我们只得抱紧自己,小心翼翼,唯恐连这仅有的暖意也守不住。我想,每个人的灵魂深处都是孤独寂寞的,所以我们才会试图在人群中寻找温暖。最终,我们还将只剩下自己,无论哭或笑、悲伤或快乐,一场又一场的游戏,更多的是疲惫和心疼。我们一边笑,一边流泪,一边把幸福藏起来,于是我们得到了彼此的呼吸和寂寞。每条路都是有尽头的,可还是要走下去、走下去。因为我知道,结局永远都是圆满的,那些圆满无关聚散。一张床,一床暖暖的被。蜷缩。安静地听自己的心跳和呼吸,也许就是圆满的定义。有时候,一滴泪,就能看见你的一片海洋;有时候,一抹笑,就能看见你的一座花园;有时候,一个眼神,就能清楚地感受到你的所有。年少轻狂,我们为之轻狂的到底是什么?一个人、一件事,还是一个无关岁月的物件?

　　五岁,邻居的孩子弄坏了我的玩具,我哭了一宿。十岁,弟弟有了我喜欢的游戏机,为此我和妈妈哭求了一夜。十五岁,在乎的朋友和我因为一些小事形同陌路,我把道歉信写了又擦,擦了又写。二十岁,喜欢的女孩疯狂地喜欢上了另外一个男孩,我和朋友在酒吧喝到大醉。

轻狂?

五岁,我用了一个又一个午后慢慢地修复着那个弄坏的玩具。十岁,我哭了一宿,央求妈妈我会乖乖地听话,只想要那个游戏机。十五岁,我想了一万种交给你那封道歉信的方式。二十岁,我手里拿着花,在你的寝室楼下站了半个小时。

难过?

五岁,一个又一个午后,最后只剩下一堆零件陪着我。十岁,我一个人睡进冰冷的被窝,也忘记了自己是如何睡着的。十五岁,那封信直到毕业都在我的书包里,因为我一直带着。二十岁,你告诉我,你和我不是不可能,而是根本不可能。

在意?

十岁,那个我五岁最爱的玩具被我放在储物柜最深处的箱子里。十五岁,那个十岁时最喜欢的游戏机在和朋友的谈话里,我把它形容成"最无聊的游戏"。二十岁,借给弟弟的书意外地被弟弟告知其中夹着一封五年前的道歉信。那么会不会,二十五岁,我牵着一个女孩走在杨柳湖畔,谈起那个当年的最爱时,用"年轻不懂事"来解释?

6

北在意楠,可是会在意一辈子吗?慢慢地,我们都要去学会接受,舍得舍得,舍在得前面,想要得到些什么,就要先学会放弃些什么。时间就是这样一种东西。它能改变一切,带走一切,更能留下一切。昨天仿佛还在眼前,今天却悄悄过去。我们的生命总是那么有限,那些属于你我的年轻也是如此缥缈。拥有时并不察觉,待往事已成过眼云烟,方才了解自己荒废了大好的时光。岁月的掌纹仍在流转，流星划过的刹那，会不会让我们忘记在心中默默许下的卑微的心愿？有些事情，发生得太快，你接受不了；有些改变，发生得太快，你适应不了；有些情况，发生得太快，你应付不了。所以让我来告诉你一个道理：

当你看透了一切，也就原谅了一切。

北呆呆地看着大拨的人渐渐变成零星的人，直到最后一个学生走进食堂。身后的走廊早已没有一个人。北本想等到楠出来，可是想想自己再次见到楠时的手足无措，只能一个人默默地走下楼梯。北双手插在裤子口袋里，一副孤独冷漠的神情，目光黯淡。一个人默默地前行，感觉像是失去了什么。正午的阳光，刺得人想流眼泪。出了校门口没多远，一声"你到底要干吗！"惊醒了像失了魂的北，似曾熟悉的声音。北循声望去，离门口不远的一棵树下，一个男孩紧逼着一个女孩，女孩一脸厌恶。是彤。北走近些，停在那里，朝彤看过去。

"你能不能不要缠着我了？"

"我大老远地过来找你，你就跟我说这个？你知道我费了多大力气才找到你的班级吗？不就是想让你陪我走走吗？"

"你有病吧，你来找我就要听你的？"说完彤就要走。

男孩一把抓住彤的衣袖，彤吓得大喊："你要干吗，你给我放手！"

"你到底答不答应我？我追了你那么久，你就一点点没有动心？"

"我是不会喜欢你这种人的，初中的人谁不知道你是什么人？你给我放手！"

彤有些歇斯底里了。那个男孩不依不饶："我告诉你，除非你有男朋友了，不然我会一直缠着你的，反正我也没学上，有的是时间陪你耗！就算你有男朋友，我也会搞得没人敢喜欢你，反正你也知道我的，我什么事都能干得出来。"

"你不要脸!"彤已经有些失态了,感觉就快哭出来了。北感觉到异样,强烈的正义感让他走上前去。彤看见了北,仿佛看见了救命稻草一般。"北!"北还在想怎么帮彤解围呢,彤这么一喊,北反而愣住了,还没等北反应过来,彤就跑到了北的身后。那个男孩显然有些愤怒,看着北,一脸恶意:"你他妈是个什么东西?"北心里明白,这可不是件好事,他本想说只是彤的同学,从这里路过而已。还没等北先开口解释,彤就说:"这是我男朋友,我上八中就是为了他!""啊?"北一脸惊愕,还没等北反应过来,那个男孩已经撸了袖子大步走上来,一把揪住北的衣领:"小子,你知道我是谁吗?"这下北可生气了,一把反揪住那个男孩的衣领:"我管你是谁,你给我把手放下。"那个男孩朝北一个冷笑,冷冷地说一句:"呵呵,找死是吧。"北也不依不饶,恐吓这种东西,对北来说从来都不起作用,北一脸刚毅,没有说话。彤躲在北的身后,有些害怕了,赶快站了出来:"你们两个都给我放手!"路边剑拔弩张的两个人,也引来了些许路过的同学驻足观望,就连学校保安也闻声从远处走来。

那个男孩见状,只得放手,用手指着北的鼻子说道:"小子,你有种,你等着。我会让你知道你是跟谁在抢女人!"说完嚣张地朝观望的人大吼,"看什么看,谁还敢看!"便大步地走开了。学校保安见人已经散开,加上是在学校外面,也转身回保安室了。

人群散去,彤瞬间崩溃,蹲在地上失声大哭起来。北顾不上理清情况,蹲下来问彤:"他是谁?你到底怎么了?"不问还好,一问反而让彤哭得更厉害了。北也不知所措了,陪她蹲在校外的树下。彤哭了足足五分钟,捂着脸抽泣地说:"对……不起……"北叹了一口气说:"不说这个了,你先起来,好好说怎么了,这都什么人啊?"说罢,北扶着彤缓缓地站起来,彤始终不肯把手从脸上拿开,一遍又一遍地对北说着对不起。北双目放空,看着远方。又过了一会,彤的抽泣声渐渐停住,手也放下了,任凭刺眼的阳光晒干泪痕。她缓缓地开口:"他是我们初中出了名的混混,初中和我一个班,从初一就开始不停骚扰我,要我做他女朋友。"北听到彤开始说话了,才将目光收回。"他有一个亲哥哥,比他大几岁,在当地也是出了名的痞子,因为打架还进过少管所。凡是我接触多的男孩子,他就从头打到尾,因为是义务教育,学校也没办法开除他。""叫他家长来啊,他父母总能制止他吧!"北义愤填膺,换来彤几声苦笑:"他父母离异,爸爸在当地是黑社会,开个'游戏厅',其实就是赌场,认识很多'道上'的人,老师都不敢多管他,找他家长有什么用?""那就一点办法都没有了吗? 你跟你家人说啊!"说到这,彤的脸颊又滑过两条泪痕:"我警告过他,他说,我家的地址、我父母工作的单位他都知道。他说他爸爸'黑白通吃',不然赌场也不会一直搞下去,说如果我转校或是换班级,就搅得我家人寝食不安……""流氓! 无赖!"北气得直摇头。"我告诉了老师,老师也只能在班里把我和他的位子调得远远的,还叫我爸爸天天来接我,他、他真的会跟踪我! 呜呜……"彤又开始哭起来。"我明白了,你要躲的就是他啊。""嗯……这下,他没考上高中,要跟着他哥哥混,有的是时间……"说着彤的手又一次捂在脸上。北叹了一口气:"哭也没用,既然到了这里就好好读书,考个好大学,出去吧,远离这里。"彤抽泣着,没有说话。北继续说道:"嘿,你不是说你是美少女战士吗? 是战士的话就要勇敢地面对敌人呀,哭有什么用呢,对吧,美少女战士?"彤没有反应,北尝试着转移话题说,"那个,你要怎么回家啊?""公……交车……"彤断断续续地说道。能说话就是好事,北继续问道:"几路车啊?""226 路。""哦,226 路车站啊,正好和我一路,我送你去车站吧。""嗯……"彤低声地答应,这才停住抽泣,慢慢地抬起头。此时,北一脸凝重,远远地朝 226 车站的方向看去。

路上，彤一再说着对不起和谢谢，北说没事。彤提醒北，那个人什么事都能干得出来，说拖累了北，要北小心。北很无奈，看着这个女孩，那么漂亮，那么无助。送彤上了 226 路车，说了后天见，北穿过马路，不远的前方，北看见，楠站在那里。

故事和诗

1

"这么快就吃完啦?"这是北的开场白。

"这么快就送上车啦?"这是楠的开场白。

回家的路上两个人刻意没有并肩走,似乎都有话要说。眼看北村渐行渐近,北先开了口:"那个'大中锋'……长得很帅啊。"楠想也没想:"那个女孩也好漂亮。"新的一轮沉默。风吹起土路上的尘土,扬起一小片风沙,前行的路显得模模糊糊。不到五分钟就要走到楠的家了,北想说些什么,可是犹豫着,楠的家已经进入视线了。

北很忐忑,想说,却又不想说。很快,在北的感觉里,就像是一瞬间,眼及之处,就是楠的家门了。"我走了……"楠说道。"嗯……"北有些欲言又止。楠转过身朝家门走去。看着楠前行的背影,突然北想起了,那天晚上,楠拿着那本黏好的数学作业本送给北后走向家的背影。"那个,等下!"北不再犹豫,叫住了楠。楠回过头:"干吗?还有什么事吗?"北拼命地抓着自己的后脑勺:"那个,那个,就是,呃……"楠走到北的身边:"到底什么事啦?"北换了个手,继续拼命地抓着自己的后脑勺:"那个,就是那个'大中锋'……"楠似乎已经明白了北想说什么,楠笑了,北有些找不到北了。"嗯,明天陪我去买辅导书吧,好不好?反正你也需要的,正好我想去书店,顺便再看点今天没看完的小说。"北笑了:"好!好!好!""那我回去啦,明天见!"说完楠朝北笑了一下,转身走去。北看着楠,舒眉一笑,之前的紧张感,全部消散开来。

北回到家,爷爷不在家,可是午饭放在桌上。北还没吃午饭呢,虽说不饿,可北还是盛了点饭,吃起来。听到动静的灰灰,知道北回来了,从院子里跑出来,朝北撒着娇。吃完饭,北收拾好桌子,回到房间,坐在桌前,翻找书包里装钱的口袋。"看来晚上爷爷回来要找爷爷要钱了……"北叹了一口气,灰灰在桌子下,不停地用嘴扯着北的裤脚,然后站起来,小爪子趴在北的膝盖上。唉,北叹了一口气,抱起小灰灰,小灰灰伸出舌头,一双乌黑发亮的大眼睛看着北,北往椅子上一靠,托起灰灰:"小灰灰,你说,那个'大中锋'是不是对楠有意思啊……""呜……"灰灰用舌头舔一下鼻子,"该不会是楠……"灰灰将小头扭向一边,发出不想理会的叫声。"要是……要怎么办啊……"小灰灰的耳朵耷拉下来,眼睛看向一边,又舔一下鼻子,表示"嗯,我还在听"。"啊……"北托着小灰灰的两条前腿左右摇晃,"小家伙,你说楠不会看上那种家伙吧!"灰灰被晃得晕头转向的,发出"呜汪呜汪"的声音。"真要是那样,我要怎么办啊!死灰灰……"北前后摇晃可怜的小灰灰。停下后,小灰灰将头远远地甩向一边,看也不看北,偶尔耷拉一下小耳朵。"唉……"北叹了一口气,将灰灰放下,不到几秒,它就不知道跑到哪里去了,看来,灰灰早就开始烦了。北站起来,猛地一头扎到床上,满脑子那种问题,那种没有发生,就算发生了也想不出答案的事儿。

傍晚的时候,爷爷回来了,晚饭间,北告诉爷爷要买书,可是自己身上没钱了。爷爷问北:"买书几个钱?"北支支吾吾,没有说。"嗯。"爷爷低沉地答应了一声,开始掏口袋,拿出一张一百元,递到北的面前。北接过钱,装进口袋里。"装好了,别丢了。""嗯,放心吧,不会的!"说完,爷爷又从口袋里拿出香烟,随手朝门外丢出一团废纸,然后点起一根烟,若有所思地说起来:"这个,高中啊,就要开始了,你爹妈不在身边,可是也都很关心你,你好好学。""放心吧,爷爷,我会努力学习的,今天报到了。""还有,在学校,团结同学,听老师的话……"北笑了笑,看着昏黄的灯光下的爷爷,说:"嗯,知道啦。"

饭后,爷爷就回房了,北也回到房间,没过一会,爷爷敲门进来,又给北补了几十块的零用钱。北接过钱,爷爷问北明天几点上学,北说早点去吧,楠会和自己一起去。"中午不回来了?""嗯……应该吧。"北回道。爷爷默默地走了出去。

第二天,北起来的时候,爷爷已经出去了,北背上书包,走出门时,瞥见了爷爷昨晚丢的纸团。北一眼看过去,觉得丢在自家门前怪难看的,于是就将纸团攥在手里,准备找个地方扔掉。"嘿!北!"声音很清脆,北猛一回头,原来是楠。还没来得及丢掉手里的纸团,北就一下子紧张起来,昨天那些奇奇怪怪的问题又在脑海里游走。北顺手将纸放进口袋,说:"嗨,早上好!""这么巧,还准备去叫你呢。我们走吧!""嗯,好。"说完,北和楠就朝村口走去。路上,北还是有些心不在焉,楠看出来了,问:"你怎么啦,昨晚没睡好?""没有啦。""那你是怎么啦?"北一听,又连连承认说:"不,不,昨晚确实没睡好。"楠把嘴一撇:"讨厌,你明知道今天要和我出来,还晚睡。"北一听,又开始解释:"不是,不是,我昨晚睡得很好啦。""那你到底怎么回事呀,从刚才就一直心不在焉的。"楠不依不饶地问道。"呃,那是,呃,因为,那个……"北支支吾吾的。"你说不说?不说我不开心啦。"楠一再问下去,北也显得有点难受的样子:"今天,就我们两个人吧……该不会那个家伙在书店等你吧……""你在说什么呢,当然就我们两个啊,你在想什么啊!"楠显然有些吃惊,语气也有些生气。北连连道歉,说自己不是那个意思。楠说:"北,'大中锋'只是我初中的好朋友，我们有几年没见了，所以多聊了一会，我知道那天放学吃饭的事是我不好，我先答应了你，可是，当时我也是盛情难却。""不是，不是，你别生气嘛，吃饭的事我没在意啦。"北连连哄着楠。一路上就是这种奇怪的气氛。楠用解释的语气、生气的情绪，说自己和"大中锋"只是几年没见的朋友而已。北也一再用淡定的语气说自己没有生气，也没有多想。

到学校书店的时候，已是十点多了。书店里的人依然不少。楠走进书店，先到放小说的专柜，翻起那天未看完的小说。北漫不经心地拿起一本相同的小说，泛泛地看起来。没过多久，楠放下书，北看了楠一眼，问："这么快就看完啦。""不是啦，我是想以后还有时间看完嘛，你也等了好久，我们去看看辅导书吧。"说完，楠就向辅导书的专柜走去，北跟在后面，回头瞥了一眼那本小说：《风起时候想起你》。

辅导书的专柜前聚集了书店大部分的人，各式各样的辅导书让北眼花缭乱，一时间也不知道要选择哪一本。倒是楠，拿起好几个版本的辅导书，翻开，一本一本、一页一页认真地比对起来。北在一旁窃窃地高兴，仿佛就是这样一些东西深深地吸引着北。终于在楠说了一声"好啦，就选这种啦！"后，他们结束了辅导书的挑选。楠看了看书后的价格，说："三十多块，这么贵啊，北你要买几本，还是说你选别的？"北笑起来："我们全班第一都说选这种，我肯定选这个啦。""可是，好贵呀，我本来以为没这么贵的。""那你要买几本？""我暂时就买一本数学好了，其他的看上课情况再说吧。你呢？"北撇撇嘴："我，呃，买数学和英语吧。""你傻不傻啊，我都买数学了，你可以拿我的看，或者复印，肯定都比这个便宜，省下的钱可以再买别的学科嘛。"北笑了笑："对哦，你好聪明哦。"说完，楠就拿起一本物理的辅导书："这个你拿着，你不是说你物理有些吃力吗？你不是不擅长力学吗？高中力学很重要哦，这个我看过啦，最适合你了。都是基础的讲解,而且很详细,课后的习题也偏基础,对力学的讲解也很到位,等你学好了再去选难一点、提分的……""嗯……好,你怎么知道得这么清楚?"楠冲北一笑:"笨蛋,我预习过高中的课程啦。""原来这样啊。"北低声轻轻地说,"我是说我物理力学不好这一点。""啊?你说什么? 我没听清。""哈哈,没啦,没啦……"北又笑起来。似乎北的声音还不够低,楠也俏皮地一笑,对北说:"你以为只有你会偷偷看别人的成绩吗? 嘿嘿。"北的笑容更加灿烂了,将楠选的那本辅导书拿在手里。

最终,北买了英语和物理辅导书,楠买了数学辅导书。出了书店,楠还去文印室复印了数学辅导书的第一章给了北。出了文印室,刚好是吃午饭的时间。楠告诉北,上次"大中锋"请她吃的盖浇饭特别好吃,一定带北去尝尝。北嗤之以鼻地说:"我最讨厌吃盖浇饭。"楠无奈地笑笑:"好,你说吃什么我们就吃什么。"

2

还没开学,在学校食堂吃饭的都是住宿生,所以人不是很多,想吃的菜品应有尽有。北没有刻意点什么,只是特意选了一个靠窗的座位。吃完饭,北和楠先去总务处领了教科书,然后就在学校书店度过了曼妙的午后时光,直到晚霞渐渐爬上天际。他们约好开学的第一天一起上学。

晚上回到家,和爷爷吃完饭,北回到房间从口袋里掏出剩余的钱,爷爷丢到门外的小纸团也一起被掏了出来。北随手清点了今天的开销,自言自语道:"现在的书真是贵啊。"北对着小票清点完,无意间翻开那个小纸团。那是一张发票,写着药店名字的抬头,是爷爷在药店买的药。"布桂嗪,这是什么药?"北想到爷爷前段时间参加村里的体检。北对于这种叫布桂嗪的药物一无所知,而且明天就开学了,也没有时间多想了。北将发票丢进垃圾桶,简单地看看新买的辅导书,就睡下了。

第二天一清早北就起来了,穿得整整齐齐,出门前爷爷再三叮嘱,他也告诉自己,新的征程开始了。北和楠前后脚来到学校,分别进入了各自的班级。毕竟北村到学校还是有点远的,所以到学校的时间也并不早了。过半的同学已经坐在位子上了,北旁边的位子还是空荡荡的。北有点尴尬,突然前排一个男生的脑袋向北伸了过来:"嗨,你好!"北看着前排的男生,剃着很短的头发,显得很精神,戴着一副黑框眼镜,一看就是一个外向热情的人。"哦,你好。"那男孩又说:"从今天开始我们就是同学啦。我叫杨晨。""北,我叫北。"在农村长大的北显然交流技巧远远不及城市里长大的孩子,就连表达技巧也很贫乏。那个男孩很热情地跟北打招呼,即使北愿意多说几句也只能憋出一句"北,我叫北"。杨晨将身子侧过更大的幅度:"你旁边的女孩好漂亮啊,叫什么名字啊?"北觉得很好笑,第一次有人和他打听女孩子。"她说她叫彤。""哦,彤啊。"杨晨机灵地笑了笑,"你运气很好啊,刚来就坐到大美女身边,瞄了很久吧。""我先到的,她是后来坐过来的。"北解释道。"哟,哟,我可是看到她先来,你再来的,哥儿们,都是男孩子,没事,'窈窕淑女,君子好逑'嘛。我就是看你坐在旁边了,我就只能坐前面了。"北有种百口莫辩的感觉:"我先来的,后来又出去了,再回来她就坐在这儿了。""哈哈,我信,我信。"杨晨笑起来,北抿着嘴,显得很无语。"你都说你看到她坐下我才来的,当时旁边座位空着,你怎么不坐?"北问道。"拜托,当时那个女孩趴在桌子上,我又看不清……谁知道这么漂亮,再说主动坐过去,是不是也太那个了……"杨晨吞吞吐吐地解释道。北心想:"你也会不好意思啊……"突然,杨晨伸出手,做出要握手的样子:"北,我们脾气挺像,交个朋友吧。"北有些猝不及防,但是碍于面子,也只能伸出手,两个人握了握手,北心里却想:"和你脾气挺像……你在逗我吧……"此时班里的人也差不多到齐了,老师走了进来。开学第一天,老师到的时间早些,班里瞬间安静下来。老师严肃地说道:"从今天开始,你们要忘记原来的种种光荣,目标直指高考,先找几位同学打扫一下卫生。"老师还没说完,响亮的"报告!"声回荡在安静的教室上空。北往教室门外望去,是彤。毕竟没到上课时间,老师简单说了几句有关开学的话就让彤进来了。北隐约地听到后面有人在议论:"那个人就是彤,在初中是公认的校花,追她的人能凑一个班……"北刚想回头看看到底是谁在议论这些,彤就走到了北的旁边。"早上好呀,这么快就又见面啦。"北站起来给彤让位子,简单回应了句早上好。

彤坐下来,打开窗户,一阵清风吹来,一股浓浓的香气钻进北的鼻子,北差点打个喷嚏。"不是吧你,上学也用香水啊。""才没有,这是衣服的味道,不信你闻。"说完彤就把衣袖伸到北的眼前,北猛地往后一退,脸瞬间通红,从来没有和女孩靠得这么近,半天才说出一句嗯。"对吧,对吧,是衣服的味道吧。"彤朝北甜甜地一笑,北不知道是味道太香还是刚刚心跳太快,头现在还晕乎乎的。这时杨晨也红着脸转过头,向彤打着招呼:"你好,我是杨晨……""哦,我叫彤,你好。"气氛让杨晨有些尴尬,话锋一转,杨晨对北说:"你们相处得很好嘛,以前就认识?""没有。"北也是干脆地回答。"他是我的护花使者呀。"彤朝北伸出舌头做了个鬼脸,北一脸惊愕,半天说不出一句话。杨晨悻悻地回过头。没过一会儿,高中生涯的第一声铃就响了起来。

第一节是数学课,数学老师用十秒钟介绍了自己,然后用剩下的四十四分零五十秒上完了第一章一大半的内容。那个速度,别说睡个觉,估计抬个头的时间书就得翻一页了。第一节数学课,北听得焦头烂额,感觉完全无法适应高中的上课节奏,特别是重点高中的数学。老师似乎一堂课都在写板书,写了擦,擦了写,大家也似乎一堂课都在齐刷刷地记笔记。下课了,大家都像开了一场头脑风暴的会议似的。彤大大地伸了个懒腰,北低着头一遍一遍地看着笔记。高中第一个课间,大家似乎都显得有些陌生。记忆里,课间总是闺蜜们手牵手一起去卫生间,哥儿们聚在一起吹吹牛。这里的高中就连下课都静静的,大家几乎都乖乖地坐在座位上。

"北,你中午在哪里吃饭呀?"彤问。"糟啦,忘记告诉爷爷中午在学校吃饭啦!"北恍然大悟,显得有些烦躁。"你和爷爷奶奶生活呀,好幸福哦,我都没见过我爷爷奶奶。"彤睁大眼睛,看着北说道。北还在懊恼,彤又说道:"不然,我们一起吃吧,我父母都上班,我家离得也远,好不好,好不好,好不好吗?"北给问住了,原先也没和楠商量好吃饭的事,于是只能答道:"到时再看吧。"说完,一看时间,已经快上课了,心里想着下节课下课再去找楠商量吃饭的事。

第二节是语文课,语文老师是一位很有气质的中年女性,谈吐间就能感受到她的博学多识。一堂生动的语文课,不知不觉就这么过去了。下课后,北就去七班找到楠。透过窗户,北向楠招手,楠看见北走了出来,北同时也看见了楠的新同桌——"大中锋"韩智森。楠刚走出来,北就问:"你怎么和他坐一起啊?!""那有什么啊,班里只有我们两个认识,就坐在一起啦,老师今天又没换过座位,你怎么啦?"北显得有些生气,窗内,"大中锋"的目光也对着走廊上的北。"怎么样,上课还习惯吗? 我们班上得好快呀。"楠问道。"还好。"北略带气愤地答道。似乎楠也有些反感北的态度了。"没什么事我进去了啊。""中午怎么吃饭?"北尽量平静地问道。"嗯……"楠似乎有些不好意思,"你又没提前和我说好……""又和他一起吃,对吧?""你能不能别对我的朋友有偏见?"楠也显得有些生气了。北哼出了一口粗气。两个人都没说话。这个时候"大中锋"走了出来,还是带着那半边脸的笑容,向北打招呼:"哟,北。"还没等北回应,"大中锋"就对楠说,"我在里面看见你神情不太对,出来看看是不是遇到什么困难了。""没事……"说完楠就转身进去了。"大中锋"也随楠转身进去,进门的时候还不忘回头丢给北半边脸的笑容。北生气地站在原地,什么都干不了,什么都说不了。回到班里,北气呼呼地对彤说:"中午一起吃饭吧,想吃什么,我请客。"彤听出北生气的语气,问:"不用啦,一起吃饭就好了,你怎么啦,找你女朋友不顺利吗?""我没有女朋友!"北的语气更重了。"哎呀,我跟你开玩笑的啦,别生气啦,好不好,好不好?"这时上课的铃声又响了起来,北这才坐下来。

上午的四节课,很快就结束了,除了第一节数学课有些难,语文和英语课还是可以让北接受的。放学的时候,彤笑着对北说:"走吧,吃饭去啦。""哎哟,不错嘛,第一顿饭就和美女吃呀。"杨晨调皮地说。北没理他,和彤走出了教室。彤像个小女孩似的,一直跟在北的身后问他下课为什么不开心。北缄默着,不回答。走到七班门口,"大中锋"正好和楠也前后走出来,目光交错,楠看着北,"大中锋"看着彤。

在去食堂的路上,长得漂亮的彤自然回头率比较高,而且北走得很慢,任凭"大中锋"超过自己,走在前面。饭间,时不时会有男孩子朝北和彤吃饭的地方看过来,北低着头,用力咬着饭粒。对面的彤像个小女孩,不停地问着北这个那个,北都是简单地回答着。

午后,北在教室休息,彤去超市买些用具。楠来到了八班,叫出了北。

3

午后的悠闲时光,学生们有的逛超市,有的回寝室休息,有的在操场上练练球技，有的在书店看些自己喜欢的书。而北，却在操场上和他最好的朋友——楠，大吵了一架，因为北对楠的朋友的态度。楠一遍又一遍地质问北为什么对"大中锋"有意见，一直对他有不屑的敌意，一遍又一遍地说着"大中锋"对北的印象很好。北能怎么解释呢？沉默着，沉默着，但是沉默久了会爆发的，最后北说了一句："我就是看他不爽，怎么样？"楠生气地丢下一句："你怎么这样！"转身离开。楠走后，北坐在操场边的椅子上，静静地让午后的阳光流淌在这片情窦初开的小小天空上。

就像现在的楠不会知道北为什么对"大中锋"有意见，现在的北也不知道，他在楠的心里到底是什么样，还是那个拼命证明自己的男子汉吗？还是那个会为她站出来一个打几个流氓的英雄吗？还是那个会带她去看小清溪、老槐树的好朋友吗？北坐在操场上，一言不发。

青春的故事从来都不缺乏情窦初开的情节，也许只有这样的争吵在往后的岁月里看起来才会那么透明，那么纯粹，那么让人感动。

下午放学，北在彤的请求下，再次送她上了 226 路车，但是没能再见到楠。这条路，北走得很慢，似乎晚霞也显得瘦弱了起来。这条路，北走得很沉默，心事重重。缠着彤的那个流氓、爷爷的发票、今天的功课，还有最主要的是楠，这些问题都在北的心里萦绕着。

回到家，爷爷已经做好了晚饭。北向爷爷道歉，说以后都在学校吃午饭。爷爷并没有怪北，说自己今天中午回来晚了，也没做午饭。北问爷爷为什么回来晚了，爷爷说去了医院，给家里添些药，秋天了，怕气候突变，北要是生病了，家里也有准备。北突然想起了那天爷爷说去体检，问起爷爷，爷爷一语带过。晚饭间的谈话持续了差不多半个小时，爷爷说的绝大多数话都是让北努力学习，北左一个好，右一个好地答应着。

高中的生活远远要比北想象的吃力。高一没有分科，所有的科目都

故事和诗

得学习。尤其是数学、物理这两门课，北的基础本来就不是很好，所以每天都要学习到很晚。每晚北都会爬上墙头静静地看着楠家的窗户。有那么一段时间，北没有和楠一起回家了，午饭也是北一个人或和朋友们一起吃，北似乎从来没有在食堂看见过楠。可每每尴尬的是，下课后，北走出走廊还时不时能看见楠，两个人打个招呼，或是北躲着楠，形如陌生人。那个骚扰彤的男人没有再出现。时间仿佛放慢了它的脚步，高中生活的头一个月，那么平静又那么充实，那是多么纯粹的一段岁月啊。北很努力，虽然他的成绩只是在班里的中游偏下，但北中考时可是贴着分数线进去的。一时间，"理想"成了那段时间最核心的词汇。可生活就是这样，有起就有伏，平静也许只是暴风雨的前奏。

那天生物课，老师在上课前拓展着一些关于生物的课外知识，随口说了一句："一些癌症患者晚期是非常痛苦的，需要服用一些止痛药……"说完，老师用投影仪放映出几张止痛药的图片，北在那几张图片里看到了"布桂嗪"三个字。之后的整整一节课，北的心思都不在课堂上了。北在心里怀疑、否定、安慰，胡思乱想，然后再怀疑、否定、安慰。好几次回到家，北想问爷爷，却无从问起。北想找楠倾诉苦闷，可是每每走到七班的窗前，北却又独自回头。那天是周五，北一个人学习到很晚，突然间的一个想法让北走到爷爷房间的门口。北在门前站了很久，想推开爷爷的房门，结果还是一个人默默地走开了。第二天是周六，北决定去趟村委会，问问体检的事。早上北起来的时候爷爷已经出去了。北来到村委会，找到了村委会的工作人员，问询的结果是：村里根本没有什么体检。北愕然，回到家，走进爷爷房间，在枕头下，北找到了爷爷买的布桂嗪。

北似乎知道了些什么，但是又似乎什么都不知道。是不是生活跟北开了个大大的玩笑？生活就是这样，有时让人猝不及防。飞溅的岁月，给人的总是平静、无奈和感慨；缤纷的世界，给人的总是沧桑、眷恋和凄苦；清浅的时光，给人的总是落寞、执着和坚强。若眼泪流下来，就睁开眼睛，路途会更加清晰；若心绪难抑，就伸开双手，触摸身边的温暖和远方的期待；若累了苦了，就稍作停留，再让脚步继续前行。

转眼就快到十一月了，期中考试在即，这是进入高中以来全校组织的第一次考试。经过两个月的相处学习，北在新的环境里也交了很多新朋友，但和楠还是那样，各自吃着午饭，各自走在回家的土路上，各自经历着自己的快乐难过。就像不和谐的墨点洒在青春的书卷上，阳光还是那样安详地看着八中的学子们。似乎大家都来不及思考喜怒哀乐，所有的心情都藏在淡淡的回眸中。也许在某个北路过七班门前的时刻，楠是不是也会想起来，和北，有些青春的秘密没有说清楚？

一个又一个安详的午后，教室里只有寥寥的学生。北知道此时此刻，楠就在墙的那边，想找楠，也许只要一个笑容就可以化解所有的尴尬。只是北知道，始终有一个男生找着各种各样的借口待在班里不肯走，所以，一次又一次，北就怀着各种心事在桌子上趴着睡着了，而彤也会有着各式各样的理由留在班里。

4

期中考试结束了，学校把全校前一百名的名单贴在了一楼入口的大公示牌上，北如愿以偿地看到了楠的名字。北真正地笑了一次，虽然自己在班上六十个人里只排到了第四十三名。

期中考试结束后，班主任告诉大家，经过了短暂的两个月的学习，大家也算是适应了高中的生活，为了更好地提高大家的学习效率，学校决定开设晚自习。晚自习会有各科的老师轮流坐班，也方便为大家解答问题,除了家远的学生,其他的一律强制性要求参加。刚宣布完这个消息的课间,楠就来找北了,说下了晚自习天都黑了,问可不可以和北一起回家。北一笑,两个人就这样变得一如从前。也许楠也在等,等一个契机,和北开口说第一句话,因为楠也知道,和北,只是一个微笑的距离。

那段时间,北都是和彤一起去车站,然后再自己回家的。这下北又遇到了新的问题:该如何开口和彤解释。因为晚上本来就不安全,再加上北担心那个男人再来骚扰彤,可是彤的事北又不能告诉楠。北支支吾吾开不了口。彤是个懂事的女孩,先开口说:"没事,我走到车站就行了,而且那个人很久没有来骚扰我了,我跟在你们后面就好。"北还没开口,彤又调皮地补了一句,"毕竟陪女朋友比较重要嘛。"北没有说话,一抹淡笑。

自己的排名并不理想,北暗下决心,高一上学期结束后一定要挤进前三十名。北夜以继日地努力着,早上起来,走在上学的路上也不忘背单词,下课的时间也舍不得耽误,能多做一题就做一题,晚上吃饭时北甚至叫杨晨帮他带饭,自己在教室看书。晚上和楠一起回家成了北每天唯一放松的时刻,一天绷紧的神经在和楠的聊天里得到舒展,彤就不远不近地走在他们附近。有时北和彤一起出来,遇到楠简单说几句话,久而久之彤和楠也成了朋友,甚至两个人聊到起劲时,还不理睬一边的北。晚上回家,北继续做题,看书,有时甚至要到凌晨两三点才睡觉。于是三个人渐渐形成默契,为了避免给别人看见说闲话,也为了不让老师看见,他们总是在校门口互相等对方。爷爷看到北学习努力,心里也是美滋滋的,周末会多做几道菜,还给北买箱牛奶,不声不响地放在北的房间。爷爷的身体确实是大不如前了。吃饭时,北看到爷爷拿筷子时微微颤抖的手和越来越少的饭量,心里难过,但是他也知道,自己的成绩是对爷爷最好的良药。

5

我记得小时候有人跟我说过,幸福就是付出努力朝着梦想一步一步迈进的感觉,路是大地一道深深的伤痕,所以我们走的每一步都隐隐作痛。每一次努力都会那么疼,每条路都不好走,要想看到最美的风景,必须要经历崎岖,穿过荆棘,走的都是上坡路。时间太瘦,指缝太宽,总是不经意地从指缝间溜走,伸手紧握,抓住的只是空气。但是无论命运的掌纹有多曲折,努力地握住梦想,命运始终在自己的掌心里。青春是无知的,在布满藤蔓的围墙上,缓慢地攀行,回望,是散落一地的音符,被记忆沉吟着辗过,又被风卷起。天高云淡,仅有几缕洁白的云,在天空中游走,把青春塞进时间的间隙,时间卷起所有纯净的美好,留下如水的平淡。青春的容颜一直写在脸上,不断地被岁月剥落,如同花瓶被剥落所有的装饰,只剩下赤裸裸的瓶胎,纯洁如雪,不禁让人想起冬季包裹的无数的纯情。而那种愿意为了梦想不计后果的冲动就是纯情最动人的地方。冷雨打着窗子,青春总是磕磕绊绊地颠簸在前行的路上,努力总是夹杂着难以言表的痛。雨摇晃着即将溢出的泪,期盼着诠释出痛并快乐着的真谛。

北的努力换来了微小的收获,前进的脚步是那么静悄悄的,单科考试、随堂测验,北都取得了进步。北估摸着,自己第一学期的期末考试差不多可以进入班级前三十名了。

转眼,天气见凉,又是入冬的光景。这一年注定意味着即将崛起,奇迹在被创造之前没人知道那是个奇迹。高一上学期的期末考试北以全班第二十四名、全校第二百七十四名的成绩完美收官。也许在别人眼里,这个成绩并不能说明一个经过拼搏换来收获的故事的意义,但是对于北,足够了。北兴奋地告诉爷爷自己的成绩。爷爷知道后并没有说什么,过了几天,爷爷给北买了一辆崭新的自行车,告诉北,骑车上学,省点时间。北想着以后可以天天带着楠骑车上学、回家,不由得兴奋到不行。

今年过年,北几乎把全部的时间都献给了厚厚的习题书,爸爸妈妈还是按照往年的时间回来了。北的母亲听到北说下学期要努力进入全班前十名,说老师说进入前十名就能考上好大学时,不禁红了眼眶,偷偷背过去拭去泪水。今年的冬天,北村没有下雪,却年味依旧。以前那个过年天天跑出去玩得找不到人影的孩子,现在已经逐渐成为往返在书店和家的路上的少年。不知不觉间,就这么长大了。也许是妈妈一句简单的"你又长高了",北才反应过来,自己真的长大了。如今的北已经一米七几了,那辆爷爷买来的自行车,北骑它带着楠去书店或者回家,虽然有几次楠也受到"大中锋"的邀请去别的地方玩,而北只能独自去书店的自习区看书,但是北也渐渐地习惯了。

冬天,就这么快地过去了。高一下学期的战斗号角即将吹响,北的努力温暖了整个季节。开学的时候,北村的树有些已经长出新的枝叶,北骑着自行车穿梭在这里,默默无声。直到高一下学期的前半段北的成绩一直都在上升,数次的考试,北都能将自己的成绩稳定在班级前二十名,根据学校的排名来看,推测北的高考成绩也可以达到一本线附近。那些晚风拂面的安静深夜,北多少次坐在院子的墙头上,往北眺望,他告诉自己,一切的努力都会有回报的那一天,对北村以外世界的向往萦绕在北的心里。

6

转眼五月,日子依旧是那么平淡而美好。一天,晚自习最后半个小时,北正专心致志地写着作业,班级里鸦雀无声,旁边的彤用胳膊捣了捣北,北不耐烦地说:"干吗呢？没看见我做题呢?"北连头都没抬,就听到彤弱弱地说:"北,你看……"北抬头看向彤问:"什么呀?"只见彤的脸上闪过一丝惶恐,北侧过脸朝窗外望去,一个人靠在走道的栏杆上,没错,是他,那个骚扰彤的小混混。北心里明白了。"他是怎么进来的?"北问彤。彤已经快抑制不住自己的泪水:"不知道……""怎么办?"北低声地问彤,也是低声地问自己。北看看时间,差不多还有二十多分钟就放学了,正准备和彤商量对策,却看见彤已经趴在桌子上偷偷地哭了起来。北沉默了一会,找前排的杨晨要了一张纸巾,等彤抽泣的声音渐渐小了些,北把纸巾递了过去,说了一句:"你就不能勇敢一点吗？你打算就这样躲下去?"彤接过纸巾,轻轻地对北说:"我是害怕他再伤害我的朋友。他以前……""好了,好了。"北打断彤的话语,呼出一口气,"你先看书,放学你跟着我走就了。"说完北就低下头一脸凝重地继续做题。彤红着眼眶,甜甜地一笑:"嗯。"前面的杨晨似乎听到了些什么,回过头问:"北,什么情况?"北头也没抬地说:"你能不能别操心?""话不能这么说,你是我朋友,你的事就是我的事。说吧,怎么了?""你很烦。"杨晨一撇嘴,看看彤也低着头,说:"那你有事就说啊,别见外哦。"说完自己转过头去。北面无表情,还是在练习册上做着题目。那个时候杨晨在北的眼里就是个自来熟的逗货,虽然人也好相处,可北总是觉得和他缺少了些感情的默契。全身心投入学习的北直到下课铃声回旋在八中的上空时才从习题的海洋里游出来。北大概猜到了接下来的一番情形,看向彤,彤早就坐立不安地期待着北的"指令"。北看向窗口,那个人早已不耐烦地徘徊在走廊上,时不时朝班里窥探。随着下课铃的响起,班里的同学开始沸腾起来,大家有的站起来收拾书包,有的伸着懒腰,有的开始大声讨论起来。北突然灵机一动,对彤说:"你赶快收拾书包,看能不能跟着人群混出去。""好,好。"彤连声答应,迅速地收拾起来。北看彤收拾好了,已经有三三两两的同学走出教室。北一瞥窗外,那个人还在左顾右盼地找彤,北见机迅速起身,对彤说:"跟紧我。"这时北突然看到杨晨也准备走出座位,机智的北一只手抓着彤的衣袖,一只手突然搂向杨晨,"小晨子。"杨晨有些吃惊地看着北:"小北子,你没事吧?""你刚刚不是问我怎么了吗? 我们一起出去,我和你好好说。"说完把杨晨一搂,自已侧低着头,北心想,跟着杨晨出去,让他做自己的一个掩护,看能不能不被那个人发现。三个人就这样走向门口,杨晨对北说:"你真奇怪,刚刚叫你说你不说,现在又拉着我说,说吧,什么事?""你别急嘛,你不是说有事就找你吗? 我刚刚没事,现在有事了嘛。"北用余光看着外侧的走廊,那个人还在往里面看。说时迟那时快,北拉着彤,搂着杨晨,大步走出教室,迅速地背对着那个人,朝前面的出口走去。彤和北贴得很紧,手抓着北的胳膊,短短几秒的时间,三个人就走到楼梯口。三个人前后转身下楼,北长叹一口气。杨晨还在不停地问:"什么事,什么事呀?"北仿佛心里一块大石头落地般,告诉杨晨:"刚刚有事呢,现在没事了哈,谢谢你啦。""什么呀?"杨晨一脸疑惑,彤也低头笑了起来。三个人就在杨晨无休止的询问和北无休止的敷衍打岔的对话里一步步走下楼梯。

　　眼看就要走出教学楼,正当彤真正地放下心的时候,突然一只手从后面拉住彤的肩膀,往后一拽。也许是发生得太突然,彤猝不及防,被拽得"啪"地一下摔坐到了地上,发出"啊!"的一声惊叫。北和杨晨不约而同回头看去,那个人一脸愤怒地站在后面。就在一瞬间,北看到摔到地上的彤,还没等彤坐起来,北就一步走到那个人的面前,怒目相对,大吼一声:"你干吗!"杨晨见状,赶快扶起彤。彤站起来,一下子跑到北的身后,狠狠地抓住北的衣服,往后拉,暗示北要冷静。那个人见彤站起来跑到北的身后,抓住北的衣服,就一把上去抓住彤的手。"你放开!"彤大叫起来。北见状也一把抓住那个小混混的手："给我放手！"那个小混混听了，蛮横地说："你给我放手，我数到三。"北一脸不屑，紧紧地抓住那个小混混的手腕。"一……二……"北没有一点放手的意思，那个小混混还没数到三，突然一拳就打在了北的脸上。突然的一拳让北有些招架不住，北闭着一只眼，想也没想，用另一只手"啪"地打在那个人的脸上。双方互挨一拳，两个人同时放开手，一场避免不了的架，开打了。

杨晨赶快将彤拉到一边，那个小混混经常打架，下手狠毒，拳拳都打在要害，几个回合下来北就面露痛苦的表情。周围渐渐围满了放学的同学，北被动地挥舞着拳头，那个小混混嘴里还不时骂着难听的脏话。突然，小混混重重的一拳打在北的鼻子上，鲜血向瀑布一样喷出来，北痛苦地发出"呜呜"的声音。还没等北反应过来，那人对着北的小肚子又是重重的一拳，北捂着肚子，一下子瘫倒在地上。杨晨对着围观的同学大喊："去叫老师啊！"彤流着泪跑到北的身边，扶起北，哭着喊道："北，你怎么样？"那个小混混一脸阴笑，带着胜利的恶毒的笑容，走到北的身边，蹲下来，一把揪住北的衣领。彤赶忙上去死死抓住小混混的手，小混混将北的脸贴近自己另外一只拳头，做出要打出最重一拳的姿势，狂妄地说："让我来告诉你碰老子女人的下场。"北已经无力抵抗，脸上沾满了鲜血，血染湿了彤衣服的一角。北闭上眼，等待着未知的结局。就在小混混准备打出致命一拳的时候，另一个拳头重重地打在了小混混的脸上，仿佛是集中了全身力气的一拳，小混混给打得有些晕了，他放开北，靠在楼梯上，甩着头。北睁开迷糊的眼睛，目光里，是杨晨愤怒的表情和大喘气的样子。小混混回过神，回头就是对杨晨的脸一拳，杨晨的眼镜"啪"的一声被打飞。杨晨捂着脸，小混混紧跟着一脚踹在杨晨的肚子上。这一脚踹得杨晨有些无法招架，痛苦的表情蔓延在脸上。小混混一把抓住杨晨的头发，杨晨面朝上，小混混举起拳头。北知道这一拳要是打在杨晨脸上，一定会出大事。北咬着牙，怒吼一声，朝小混混冲去，一把抱住小混混的腰。小混混不停地用胳膊肘狠狠地捅向北的后背，北使出所有的力气，两个人一并摔在楼梯的栏杆上。杨晨见北这么拼命地来救自己，也朝小混混打出雨点般的碎拳，一时间，三个人厮打在一起。就在三个人打得难舍难分的时候，保卫科的老师来了。

保卫科的老师简单问明白事情的经过后，了解到小混混不是本校学生，是翻墙进来的。在调查了事情的来龙去脉以后，保卫科的老师拨通了医院的电话，就叫北和杨晨先在这里等医院的救护车，明天到学校保卫科交代情况，又带着彤和小混混去了学校的保卫科。老师带着小混混和彤走了以后，围观的学生也渐渐散去。北和杨晨坐在楼梯上，两个人互相看着对方狼狈的脸，不禁都哈哈大笑起来。杨晨告诉北这是他第一次打架，北问他为什么会出手，杨晨笑笑说，不忍心看着朋友被欺负。两个人都清楚，在八中这样的重点高中，打架这种事是绝对不允许的，情节严重的是要被劝退的，就算不劝退，在学校和社会人员发生斗殴事件，再怎么说也是要被警告的。北没有想这么多，只是两个人，因为一拳头的感情而成为好兄弟了。就在两个人都浑身疼痛地靠在楼梯上笑着谈天论地的时候，楠惊恐地从校外的方向跑了过来。

什么都没说，看到北满脸的血迹，楠捂住嘴，哭了出来。"你怎么来了？""你怎么了？和谁打成这样！我陪你去医院！""老师叫了救护车。""你到底怎么了？和谁打成这样！""回去和你说行吗？"楠告诉北，她在门口等北，等了很久北都没来，正好听说学校里有人打架了，保卫科的老师都去了，说好像是八班的三个人打了起来。楠不由得心一惊，跑来一看，果然是北。没过多久，救护车就来了，在医务人员的搀扶下，三个人一起上了救护车。上车前，杨晨还对北调皮地说："小北子，你可以啊，身边漂亮女孩这么多。"北疲倦地一笑："怎么，羡慕嫉妒恨啊？"说完两个人相视一笑。

在医院包扎完，杨晨的家长接走了杨晨，北则在楠的陪伴下离开医院。路上，北告诉了楠全部的情况，本以为楠会狠狠地责怪自己，可是想不到，楠只说了一句："这才是男子汉嘛。"北欣然一笑。楠不再问北打架的细节，只是一路上问北疼不疼要不要走得慢些。北看着楠，心里暖暖的。

7

回家的灯光是那么温暖，淡淡地洒在北和楠的身上。楠搀扶着北，一步一步地向家的方向走去，风时不时吹来楠的关心，那些"痛不痛""要不要走慢点"的话语随风萦绕在五月的夜晚。路上没有什么行人了，楠扶着北，微微喘着气，顾不上将起散落的头发，这些画面让北的胸腔突然发热，发烫，直到融化。楠的一举一动像止痛剂般，北渐渐地感觉不到疼痛。北呆呆地看着楠，楠专注地看着前面的路，生怕有什么异物。北抬头看一眼她散下的头发，想伸手给她理一下微乱的长发，慢慢地抬起手来，最终却是整了整自己的衣襟。在昏暗的光线面前，睁开两眼，只为记住你的脸。

一路上，北忐忑着，滚烫的胸口死死地憋着那四个字，多少次，北差点就将这四个字脱口而出，可惜到了家门口，北还是只说出了一句"谢谢，再见"。楠微笑着朝北挥挥手，告诉北这几天就别那么拼命学习了，多休息。北也微笑着挥手答应，转身进门的时刻，他默默地说出了"我喜欢你"。

在医院经过包扎，看上去也没有那么狼狈了，北装出没事的样子，告诉爷爷自己是上体育课打球的时候被同学不小心撞伤了。爷爷什么也没说，颤颤巍巍地转身走进了房间。

　　第二天,北和杨晨在议论纷纷里走出班级,保卫科老师、班主任、教导主任、副校长,在办公室里和两个人谈了一个多小时。北清楚,也承认,架是自己打的,祸也是自己闯的,北只是希望可以减轻对杨晨的处罚。经过调查以后,学校最后还是给出了定论。北和社会人员斗殴,严重破坏学校秩序,给学校带来了极坏的影响,给以记过、叫家长和全校通报批评的处分,并被告知如有下次就做劝退处理。杨晨参与斗殴,不是主要闹事人员,给予警告和全校通报批评的处分,如有下次,情节严重也做劝退处理。于是在这个星期的大会上,北和杨晨的名字回响在操场的上空,着实让两个人"火"了一把。

　　从此,老师对北的态度完全变了一个样,甚至索性将北、杨晨、彤调到最后一排。在这个以成绩论英雄的八中,没人知道,也不会有人愿意知道,对"英雄"的定义到底是怎样。那些跟北关系一般的朋友也开始对北敬而远之,似乎觉得和社会上的小痞子沾上关系的都不是好人。一时间,北很痛苦,但是杨晨却和北的关系越来越好,北也渐渐发现,杨晨原来也是够义气的好男人。尤其是彤,自从那件事以后,对北似乎也产生了另一种感情,说不清,道不明。其实不管是老师的态度,还是同学的态度,北都不在意,打架事件过去快一个星期了,北一直都没有叫爷爷来学校,每次老师提醒北,对北的惩罚措施里有叫家长这一条时,北总是搪塞。可是北知道躲得了初一,躲不了十五,这么拖下去不是办法。恰逢五月中旬,学校又要举行期中统考了,老师一时间也没有闲心过多留意这件事,毕竟这次考试成绩是要班与班之间比较的,老师们自然非常重视。

　　老师的态度突然转变,同学们避之不及的举动,担心爷爷知道后的反应,种种因素对北学习的干扰一下子多了起来。身体上的疼痛尚未完全消除,加上这件事在学校里传开以后,全校流传着各种版本的故事。

大家似乎都知道了,北和那个小混混是因为都喜欢彤而大打出手,北打不过小混混,叫杨晨这个帮手一起打。在八中那样的重点高中里,打架这种事可是大新闻,对于天天苦读书的学生而言这是最好的谈资了。随着故事越传越离谱,大家似乎都知道了彤是大美女,所以经常会有陌生的男生,不管是高一还是高二高三的都来八班门口看彤,顺便看下为美人大打出手的北。渐渐地,彤收到的莫名其妙的纸条、信件也越来越多。一时间,北被搅得心烦意乱,学习效率也大幅下降。

　　果不其然,高一下学期的期中考试,北的退步也让人吃惊,全班第四十六名,按照全校排名的预测,这个排名,只能上个三本。紧跟着的家长会,愤怒的老师单独把北的爷爷留了下来,新账旧账一起算给了北。老师嘴里说着"动人婉转"的北打架被记过的事和北"惨不忍睹"的成绩以及这个成绩背后那"穷途末路"的未来,说着这样的学生是如何有无限的可能成为八中这所重点高中的害群之马以及未来社会的不安定因素。爷爷的嘴角抽搐着,苍白的胡子随着抽搐的嘴微微颤动,手微微抖着,双眼瞪着,紧咬牙关,一言不发,面红耳赤。北看在眼里,眼泪在眼眶里打转。老师还在"眉飞色舞"地讲述,叫爷爷加强对北的教育,一再强调八中这个重点高中是绝对不会允许北这样的学生存在的,老师似乎都讲累了。最后老师说谢谢北的爷爷对自己工作的配合,这次谈话结束后,千万不要再出现这样的情况了。就在这时,突然一个重重的巴掌打在北的脸上,爷爷一眼都没有看北,转身走出办公室。北低下头,泪水顺着脸颊滑落。老师马上话锋一转,跟北说这是为了让他深刻认识到自己的错误,防患于未然等等。北抬头,狠狠地瞪了一眼老师,转身走出办公室,去追爷爷。

　　爷爷颤颤巍巍地走在前面,北跟在后面。北看着爷爷略微弯曲的后背,心里就像针扎一样难受。爷爷走到楼梯口,迈着碎步蹒跚地下楼,北赶快上前搀扶，爷爷用力将北推开，一个人默默地下了楼。北生怕爷爷腿脚不利索会摔倒，在后面保护着爷爷。爷爷就这么喘着粗气，一步一步地往下走，走到累的时候，还会停下来喘一会。当走到最后一段台阶的时候，爷爷只能扶着楼梯的把手一阶一阶地往下走。北实在忍不住，上去一把搀住爷爷的胳膊，爷爷还是将北推开。这次北死死地抓着爷爷的胳膊，眼里充满了泪水，可爷爷还是一眼都不愿意看自己的孙子，用低沉的声音吼道："你给我放手！"北强忍着泪，就是不愿意放手。"我叫你给我放手！"爷爷愤怒地再一次吼道。北不放。"放手！"说完爷爷使出全身的力气，转身用两只手全力地推开北，北被推开了。在北惶恐的眼眸里，失去重心的爷爷，摔下了楼梯。被推开的一瞬间，北看见爷爷的眼眶也是红的。

"爷爷！"北赶忙从楼梯上大步跳下去。

8

如果说命运就是心念一转的轨迹，那爷爷红着眼眶看北的一眼也许就是那淡淡的轨迹。命运从心底抽走了我们生活的一部分，力气就从被打开的缺口流出来，舒展的身体缓缓贴着墙壁折叠起来，被光留在后面的影子是一块辨不出的形状，而这形状也许就是命运的模样。我们的故事颠沛流离在这素颜朝天的城市里，那些洗尽铅华的容颜，在命运的齿轮翻滚中，全部沦陷。擦肩而过的人，各自辗转在不同的命运里，各自匍匐在不同的伤痕中。我常常在想一个问题：是命运决定了我，还是我决定了命运？很多人说从你流着眼泪呱呱坠地的那一刻起，命运就让人生斐然成章，我们无论扮演什么样的角色，以怎样的方式演绎生命，终归逃不过那命运的剧本。有的时候我们无法驾驭命运，只能与它合作，从而在某种程度上,命运使我们引导自己前行的方向。我们其实并不是心灵的船长,也许只是它闹闹嚷嚷的乘客。北很清楚,当爷爷摔下楼梯的那一刻,执笔写下自己命运的人已经改变。有时候写下我们命运的人其实并不是什么神或者上帝,而是那些和我们有关系或没关系的人。

其实想想也挺有意思的,爱德华·罗伦兹笔下的"蝴蝶效应",一只南美洲亚马孙河流域热带雨林中的蝴蝶,偶尔扇动几下翅膀,可以在两周以后引起美国得克萨斯州的一场龙卷风。而如果不是楠这只蝴蝶在他的生命里挥动了几下翅膀,也不会有北在八中这块地方刮起这一阵龙卷风。我们不可能回到以前用改变过去的方式来改变未来,我们需要的是正确地把握当下,也许,以后的结果就会趋向好的方面。你大可相信,所有的结局都是最好的安排,但是你倘若走错一步,可能短时间你无法发现那个后果,而几十年后断送的,也许就不仅仅是你的未来,而是更多。

就在爷爷摔下楼梯的瞬间,北开始仇恨这个老师,仇恨这个学校。这点小小的仇恨也许在匆忙的过往中只像蜻蜓点水般,但对于北来说这足以改变他的整个世界。

所以故事和诗,
你更喜欢哪个?

风筝飞　人儿追

1

医院的走廊,仍然是那么寂静。爷爷摔成轻微的脑震荡,需要留院观察,夜晚的灯光照亮了北回家的路,却怎么也照不出归家的心路。爷爷没有让北留在医院,而是让北回家写作业。迎面而来的灯光拉长了北的身影,北不敢想太多,因为他一个人。

回到家里,北任凭眼泪泛滥在自己的眼眶里,某种情感决堤了。空空荡荡的家里,倾泻出北曾经藏下的太多秘密,也就是那一天,北第一次抽烟。

北强忍着自己不咳嗽,尼古丁不断让北的思绪沉沦,一口,又一口。粗劣的烟,将已经昏昏沉沉的北拖向了人生的十字路口。

一根烟很快燃尽,北看了看书包,又看了看从爷爷房间拿的香烟。书,静静地安睡在书包里,连同那些北奋斗过的日子。烟,沉默地排列在烟盒里,连同爷爷的叹息。北定格在这个瞬间,他不知道此时该选择什么,也许就是这样安安静静地流淌的时光,在这北城的夜晚,决定了一个少年的一生。

烟的气味,还在屋里弥漫,北已停止了哭泣。房间里,好安静。

2

　　上帝那晚喝了点陈年的威士忌,有点醺醺醉意,随手从命运的书架上抽出一本,那正是北的命运剧本。他点上一盏煤油灯,翻开北命运的剧本,那正是北十五岁夜晚的那一段。他用雪白雪白的鹅毛笔蘸上乌黑乌黑的墨汁,看着北命运剧本上十五岁那夜以后的文字,准备提笔修改的瞬间,北轻轻地从烟盒里又抽出了一支烟。上帝若有所思,不知道该修改些什么,北没有点上那支烟,上帝看着那些记录以后的文字:"北,因为不能辜负爷爷的期望,反而比以往更加努力,最终……"而北此刻,正盯着自己的书包发呆。上帝在醺醺醉意里突然有些扬扬得意,他生活在最高维度的世界里,掌握着所有人命运的起承转合,他翻看着北之前的篇章,此时北已将书从书包里拿出。静静的灯光下,香烟和书,并排放在桌子上。北此时心烦意乱。妈妈幸福地转身抽泣,北翻开作业,老师张牙舞爪地表达,北又合上作业;知道自己考上八中能和楠在一起的喜悦,北拿出水笔,爷爷摔下楼梯回头的一推,北又将笔放回;知道北打架了同学和老师们的冷漠,北将烟夹到手上,看到自己深陷困境杨晨奋力的一拳,北又将烟放回桌上。站在人生十字路口的北啊,一时间,不知道自己到底是继续点上一支可以使自己昏昏沉沉忘乎所以的香烟,还是拿起水笔,翻开作业奋力地书写。上帝翻着北之前的篇章:"考上八中,母亲落泪……可以和喜欢的女孩共上一所高中……因为打架结识了朋友……因为打架被学校记过,爷爷住院……"上帝翻到了北十五岁那一夜的篇章,饶有兴致地喝下一口陈年的威士忌。这个故事,上帝也忘记了自己是什么时候写下来的,毕竟每天都有这么多人出生,也难怪上帝自己都对这个故事感到陌生。上帝看着这个少年以后的人生剧情,又喝了一口陈年威士忌。上帝已经醉了，得意的情绪涌上心头，当年上帝以自己为原型创造了人类，给予人类和自己相同的感情，可不同的是，人类终究敌不过命运。上帝越想越兴奋，手上的鹅毛笔已经按捺不住，借着酒劲，上帝轻狂地一笑，似乎是用北的命运证明了自己的权威。上帝一时兴起，用那蘸满了乌黑乌黑墨汁的雪白雪白的鹅毛笔，将北以后的篇章重重地一笔画去，浓浓的油墨在北命运的剧本里慢慢弥散开来，直到墨迹将"北，因为不能辜负爷爷的期望，反而比以往更加努力"的描写全部掩盖。北将烟夹在手上，却看着桌上的作业迟迟不肯点燃香烟。上帝看着墨迹在北十五岁以后的片段里洇开，直至停止，才用鹅毛笔又蘸下一点乌黑的墨汁，轻轻地写下"then his hatred destroy the whole him"（仇恨完全毁灭了他）。突然北的脑海里闪过爷爷被医生抬上救护车的一幕，北莫名地愤怒，如果，哪怕是如果，老师可以稍微地委婉一些，也许爷爷就不会摔下楼去。上帝放下笔，举起酒杯喝完了最后一口陈年威士忌，合上北命运的剧本，轻轻地一笑，淡淡地说出一句"story period"（故事结束），然后将北命运的剧本放回书架，熄灭了煤油灯，转身，离开。而北，第二支烟，已燃到一半，作业还在桌上，只是班主任教的那门课的作业，已经成了碎片，七零八落、支离破碎地在垃圾桶里无声地哭泣。

之后的数天里，北对老师的愤怒不断蔓延，他开始憎恶这个老师、这个学校，上课怎么能让老师别扭他就怎么让老师别扭。高中的课程，五分钟不听甚至都会导致整个高中学习的断层，更何况数天？晚上回家，北也无心学习，爷爷在医院，北抽完了爷爷剩下的烟。

北的学习态度引起了老师的回应，老师直接从档案里调出了北父母的电话，第三天，北的父母出现在了老师的办公室，北愕然。之后，北的父母也知道了爷爷的事。

岁月安静地睡在教室靠窗的一角，一份淡淡的心情荡漾在被阳光浸润的桌面,父母没有留下一句要对北说的话。北静静地趴在桌子上,其实教室里人是很多的,可北就是觉得教室那么安静,静到连时间都忘记了流淌。

北的父母决定留在北村一段时间,给爷爷做一次全面的检查,等爷爷出院,顺便照顾北的一日三餐。那段时间似乎并没有在北的世界里留下什么印迹,因为一切都太突然。六月的天,已然闷热起来,太阳失去了三月的温柔,时不时会在这个季节下一场六月的雨。细细的雨,编织着那些故事里的爱恨情仇,打在北有些繁华落尽的世界,寂寞如花。窗外的故事,大概现在的你看了许多也还是枉然,有些事还停留在枯叶飘落的季节,抹不去,擦不掉。此时的窗外,暮霭沉沉,落日的余晖,将初夏的翠绿染成了红色,头顶是交错而过的云线,分割着不明不暗的天空。云很低很低地浮动在狭长的天空上,铅灰色的断云,沿着窄窄的天际投下深浅交替的光影。记忆像腐烂的叶子,那些清新、那些嫩绿的早已埋葬在时间刻度的前段,唯有铺天盖地的腐烂气味留在时间刻度的尾部,过去的一页,能不翻就不要翻,翻落了灰尘会眯了双眼。可是人有时就是这样,总是忍不住将过去一遍又一遍地翻阅,就像是受伤的猫会一遍又一遍地舔舐自己的伤口,用邪恶的快感虐待自己,从痛苦中得到满足,与痛苦形影相吊。浑浑噩噩的日子里,检查结果证实了爷爷癌症晚期的消息。北已经记不清父亲告诉他这个消息时自己的模样,昏黄的灯光下,母亲沉默着,父亲低着头,半天,说出一句:"你也长大了。"

3

北的脸上,失去了往日的朝气,他留起了长发,刘海很长很长,长到可以盖住一只眼睛。北不抱希望这是什么骗局,抑或这只是自己趴在课桌上的一场梦。北徘徊在悠长悠长的医院过道上,站在门外,静静地深呼吸,感受着世事无常的味道。他开始渐渐地强迫着自己学会原谅,可是直到离开,他都未曾学会,因为他从始至终都未参悟世事轮回的那一抹忧伤。

爷爷没有继续治疗,回到家里,他开始变得话多了,对北也没有那么苛刻了,也不像以前那么关心北的学习了,虽然还是叮嘱着北尊敬老师,团结同学。茶余饭后,爷爷会和北说说北小时候那些不为人知,对于北来说是无法回忆的曾经,对于爷爷来说却是回不去的当初。

六月的晚风,拂啊拂,爷爷端上一杯茶,微笑着告诉北作业写完了就去院子里坐坐。

夜太美
一整个六月

朦朦胧胧地明灭
析出
色彩斑斓的
梦幻

伸出手来
触不到
天际的
一缕月光

踮起脚尖

抓不住
六月的
一丝夜色

在每一个
寂寞的空间
总是有人诉说寂静

在每一段
孤独的时光
总是有人聆听悠扬

爷爷的每一句
生前身后
多少年

爷爷的故事从来都没有结尾
只剩星河
睡眼
太惺忪

晚风里　月夜中
爷爷淡淡的一句
困了
结束了所有的故事

那时北年幼

莞尔一笑的是时间

沧海桑田的是我们

紧握的双手

却始终还是扣不住从指缝间滴落的曾经

合十双手

虔诚的程度

悔不悔

痛不痛

从来不曾怪过你来得太仓促

深深暗下去的夜空

只是有时会恨你走得太匆匆

关上灯

闭上眼

夜阑枕上的

那一整个六月

4

　　记忆在岁月的海水里被漂得雪白,时间和生命始终都是无法磨合的伤痕,所有的微笑和泪水都只是征途中的过程,我们路过电影里那些早已完结的故事,从最初到最终,然后沿着结局开始新的故事,到底是一段记忆留在了你的生命里,还是你的一段生命留在了那片婉转的声色中?你或许永远都不会知道谁才是这出戏真正的主角,只知道故事只是那些风景的流转,换了人看。

初生的朝阳唤醒了北,他睁开双眼。这一天,枕边微湿,他回想起昨天的梦,梦见美丽的童年,像太阳下跳跃的斑点,还有那个奔跑在田间的少年在记忆里一页页地纷飞。夕阳下,男孩雪白的衬衫被余晖染成橘红色。北村的上空,归鸟开始游唱,蝴蝶破碎的影子,变成穿越时空的光线,诉说着花伤了蝶、树枯了叶的故事。

走在上学的路上,北低下头,一条荒凉的土路直直地通向远方,神秘的去向。北一直在想,会不会有一个这样的空间——没有亲情,没有友情,也没有爱情。在这样的世界里,我们完全受到别人的支配与排斥,我们开始慢慢怀疑自己存在的意义。一切的灾难都是突然降临到身边,没有如果,一切的然而都成了必然。故事里的循环逻辑造就了我们,让我们不断毁灭着它们,最后开始习惯毁灭自己。

颓废的火焰熊熊燃烧在北的全身,那时楠并不知道发生在北身上的事。她一边认真准备着自己的期末考试,一边时不时和"大中锋"一起去老师办公室问题目,从坐在座位上懒洋洋的北的眼前一闪而过。彤没有问一句话,开始时看到早上北抄作业的狼狈样,彤会静静地帮北一起抄,直到最后,抄这种形式已经在北的世界里失去了意义,彤干脆把北的作业带回家替北完成了。

六月在虚幻和现实里浑浑噩噩地离开了,爷爷的身体每况愈下。七月,是考试的季节。就像北村的庄稼人都耐得住时间的等待,八中那些优秀的人也耐得住考试的等待。可是,北却不一样,单调的生活,乏味的日子,时间对于北而言有时就是一种折磨。北早已忘记自己的书应该在上课时翻到哪一页,他只记得在那些颠沛流离的日子里,在老师嫌弃的语言里会夹杂着彤的一丝微笑。

　　期末考试，北是最早走出考场的人之一，当然，也是全校倒数一百名中的一员，北冷笑着，竟然有人比自己还差。北差得离谱的成绩换来爷爷的唉声叹气。北一边看淡自己对于学校的一切，却又暗暗因为爷爷的情绪咬牙切齿。这是怎样的一种心情？楠的成绩也比上个学期略微退步，所以楠告诉北，这个暑假不出来玩了。北只是微微地笑，缓缓地转身，淡淡地走开。也许北知道，现在的自己甚至连和楠这样的学生说笑的资格都没有了，痛快、心碎，或许干脆。

　　爷爷的失望越发加重，已经到了不再言语的地步。也可能是爷爷的心态起了变化，甚至北有时还想拾起失去的勇气，只是，翻开书，茫然的情绪铺天盖地地向北席卷而来，最终他还是不得不烦躁地将书摔在桌上。

　　高一就这么结束了，假期开始，在拿成绩单的那天，老师宣布八月初需要大家选择文理科，给大家一个月的时间思考自己的未来。北哼了一声，瞥向一边的窗外。

　　依旧是那个蝉鸣的夏天，只是少了楠。北每天睡到自然醒，爷爷虽然不说什么，但是也看在眼里，时不时地叹气。父母已经回了北京，甚至北也记不得父母是哪天走的，只是某一天，北一睁开眼，父母就离开了，未留下只言片语。

　　整整一个月，北在千篇一律的无聊里度过，无聊是让人堕落的一剂毒药，而堕落是因为天堂无聊，地狱痛苦，所以沦落人间。这个时候的北，处在了人生尴尬的境地，虽然无聊之余他也想过从头再来，但是似乎时间没有给他第二次机会，就这么到了选择决定文理科的那天。

　　那是北这一个月以来第一次看见楠，她和"大中锋"在走廊上讨论着选择文理科。北微微一笑，其实北是多么想问楠选什么，可是他再也没有那份开口的底气了。楠看着北，想对北说些什么，北只是看着楠和滔滔不绝的"大中锋"，北和楠擦肩而过，楠未追，北未回。

坐在班里，大家都在嘈杂地讨论着文理科，北打开窗户，静静地坐在窗边。彤睁大双眼问北要选文科还是理科，杨晨也回过头想要和北讨论。北漫不经心，寥寥数语，风从远方吹来，吹动北的刘海。杨晨看着北瞥向窗外的目光，便和彤讨论起来，彤告诉杨晨，她还没最终确定。北的思绪随着风飞回去年的八月。那个八月，什么都没变，就是再大的风也吹不起北的刘海；那个八月，什么都没变，炎热的日光炙烤着大地，只有闷热没有躁动；那个八月，什么都没变，还是会有村里的孩子放着风筝，没有烦恼没有悲伤。风再一次吹拂北的刘海，不觉得炎热，只觉得攀附了淡淡的忧伤，什么变了？什么都变了。什么没变？只有每年的八月。

北还来不及想想明年的八月，老师就走了进来，手里拿着一沓志愿单，一遍又一遍地重复着要慎重再慎重地选择，一遍一遍提醒着同学们，这会影响一辈子的命运。老师发下志愿单，北环顾四周，心意已决的同学短短几秒斩钉截铁地写下"文"或"理"，有的同学似乎是提笔忘字，犹豫不决。北用手支着头，看着志愿单上的"文""理"跳跃在眼前，他看不出什么命运。北迟迟未动笔，教室里有些躁动，但是又掺杂着严肃紧张的气氛。彤用笔杆戳了戳了北："喂，我都问你到现在了，你选什么啊？"北歪着头看着彤："不知道。"北一看，彤的志愿单上也是只有姓名和班级。"你怎么也不写啊？""我也没选好。"彤一双大眼闪烁出些许期待。时间一点一点地过去，直到老师让班长组织收一下志愿单，北才反应过来，苦笑一声："决定自己命运的时候到了。"杨晨走上前去交了自己手中的志愿表，回到座位上说："北，我选了理科，要不你跟我一起学理吧。"北看看杨晨，彤看了看北。北呆呆地定格了数秒，静静地说了一个"哦"，然后在志愿表上写下一个"理"。北起身要去交志愿表，彤也起身,一前一后,两人交了表,北走在前面,彤走在后面,北目光一扫,看见彤的志愿表上也写了一个"理"。

回到座位上,北惊讶地问彤:"你文科比理科好,为什么要选理?"彤淡淡地说:"没有啊,我文科也没有好多少啦。""没多少也是多少啊,能选强项干吗不选强项?再说,理科数学多难啊。""哎哟,文科不好找工作啦。"彤想了想,补了句,"美少女战士嘛,不是应该迎难而上吗?"北无奈地叹了口气,再次看向窗外的风景,低沉地吐了句:"傻不傻……"北以为自己说的声音很低了,可彤还是听见了,正当彤准备回应的时候,老师恰好说了一句:"同学们未来的命运都已经自己决定过了,决定是自己做的,就不要后悔了,没人知道未来会发生什么,努力不努力就看你们自己了,没什么事的同学收拾东西可以回去了。"老师的话正好是彤想说的,彤笑着,眯着眼,吐出一句"嗯"。

大家都收拾着书包陆续离开,杨晨回过头问北:"北,明天有事吗?""啊,没事啊。""一起出来玩吧,这几天我都急死了,又联系不到你们。""啊……"北还在迟疑着。"那这么说定了,明天早上十点,学校门口啊,今晚我家来人,先回去啦,明天见!"说完杨晨就背着包匆匆忙忙地跑出教室。北呆坐在座位上,看着杨晨轻快的脚步,也不知道他在开心什么。

彤和北一起走出教室,经过楠的班,教室里早已空无一人。彤一路上心情很好,没有说话,北也缄默着,学生们三五成群地从北身边掠过,还有学生拿着球三三两两飞快地跑向球场。到了车站,车来,北丢下一句"拜"。"一个月不见我,不要想我哦。"彤俏皮地回道。车走,北嘴角扬起弧度,丢下一句"傻子"。

老师将这些"决定命运"的志愿书放在了办公桌,然后离开了办公室,锁上了门,也锁上了"命运"。

5

很多事情就是这样,你还没准备好的时候它已经开始了,而当你准备好的时候它却结束了。也许北在写下"理"的时候,命运真的为这个字蓦然回眸,但是这心念一转的轨迹又终究能将北带去什么地方呢?我时常会想,究竟是这些零零散散的心念塑造了我们的命运,还是我们的命运促成了这些零零散散的心念?但是都不重要,不管什么因果,至少无论什么时候,路都在我们脚下。不去管什么命运,因为那是我们无从驾驭的未知,走好自己的路,就是我们用一生向命运致敬的唯一方式。人们常常会害怕命运,其实他们害怕的不是命运本身,而是充满在命运里的未知性。但是,未知性本身就是命运的灵魂,天比人高,但脚比路长,心若笃定,又何惧远方?

第二天,北为了赴杨晨的约八点多就起来了,爷爷也起来了。北从放假开始就没有起这么早,爷爷略带诧异地问北起这么早干吗。北想也没想地说:"同学约着一起去图书馆。"爷爷没有说话,静静地干着自己的事。十点,杨晨如约出现在校门口,见到北,冲北狡黠地一笑,从口袋里掏出两张卡片。北接过一看是身份证,一脸疑惑地问杨晨:"你给我身份证干吗?""见过世面没啊?待会带你去见见世面。"北跟着杨晨走了很久,最终两个人的脚步停在了一个弯弯曲曲的小巷尽头的一家门面前。北抬头看看招牌,是用记号笔在 A4 纸上写下的两个字"网吧"。北犹豫了,傻傻地站在门外。杨晨拉着北:"愣着干吗啊?进去啊。""网吧未成年人不能进的吧。""你傻啊,不然我带我哥的身份证来干吗?""会不会不太好啊?""拜托,偶尔玩一下可以啦,只要别沉溺进去就行,我也只是这一个月玩玩而已。来,我带你玩一个特别好玩的。"说罢,杨晨就拉着北进了网吧。那是北第一次进网吧,网管随意地拿起杨晨带来的身份证在机器上刷了一下,看也没看就热情地招呼他们去里面的位子。北有些紧张,跟着杨晨走到里面,刚进房间,北一看,全是学生模样的孩子,有的看个头只是小学生。北的紧张感消失了一些,杨晨让北在座位上坐下,熟练地帮北输入账号、密码,打开游戏。也就是在那一天,北知道了一个叫 *DOTA*(《守护古树》)的游戏。

灭敌的快感,救队友的义气,以一敌五的豪情,以及五人合作保护基地的游戏主线,无不是那个年纪的少年深深喜欢的。对线、操作、意识、反应,无不让北觉得似乎找到了曾经失去的东西。不消一个上午,北就基本掌握了游戏的玩法。北甚至顾不上吃午饭,和杨晨玩了一盘又一盘。这是需要熟练的游戏,所以北还没有完全体会到这个游戏的乐趣,但是可以看出来,北喜欢上了这个游戏,尽管游戏里北操作的人物阵亡十次只能击败敌人一次,但是也足以让他对杨晨念叨五分钟。直到夕阳西下,北和杨晨离开网吧,北还念念不忘,迫不及待地和杨晨商量着下次来玩的时间。

网络世界对于北来说像是一片新的天地,在游戏的世界里,每一个人都以自己的实力说话,自己是自己的主宰。这也许是那么多人喜欢网络游戏的原因。

那个暑假,没有楠,北一心迷在游戏上,各大黑网吧成了北告诉爷爷去图书馆后的目的地。游戏的快感像毒药般在北的精神世界里蔓延,游戏里的畅快淋漓像毒瘾般焚烧在北的心头,每经历一次游戏里的英雄人生,北就像接受了一次洗礼般感到愉悦。这不是个好兆头,但是好在北并没有试图用网络游戏麻痹自己,也会留意回家的时间,不能回去太晚让爷爷担心。

七月的雨，八月的风，九月的脚步。

6

新的学期，爷爷已经到了生命的边缘。开学这天，楠在教学楼下遇到了北，楠告诉北她选了理科，因为理科更有前途，自己也是理科更擅长些，而且她打算试试学校理科实验班的考试。楠滔滔不绝地说着，那是她一整个暑假以来第一次和北说话。楠告诉北，是老师的建议让她有些心动，试试能不能进入理科实验班，如果拿到竞赛的名次也许还能保送上一个好大学。北告诉她，遵从她自己内心的选择，楠说谢谢。北没说话，楠看了北一眼。北微微地低下头，刘海刚好滑过眼眸，北有些难受，表情有些苍白，却因为楠的每一个神情心疼。两个人面对面，不再有后续的对话。北看出楠有些尴尬，就回了个"嗯"，转身背对着楠。北没有想象楠的神情，先小踱了几步，然后大步地走开。也许现在的北，对楠表达深情的方式穷酸得只剩下自己先结束尴尬。

北背对着楠，表情惨淡，只有自己的内心能够看见。"北！你选了什么呀？"突然，楠的声音从后方传来，欢快，充满阳光的灿烂。北突然定住，像醍醐灌顶般，直了直身子，回头，楠站在阳光里，北扬起嘴角那熟悉的弧度。"理科。"没过几秒，北用力咳了一声，提高声音说道，"我选了理！"楠这下是清清楚楚地听见了，楠捂住了嘴，眼角的弧度和北嘴角的弧度配合成一道炫美的彩虹。"我就知道你会选理！加油哦！"北咧了嘴，抓抓后脑勺，长长的头发被北抓得凌乱，北没有说话，回过头，接着走下去。回过头的北，笑了整整三秒，想回一声答应的话，却迟迟没有开口，只用一声淡淡的叹息终结笑容，快步向前。

但是，北很开心，因为今天是他的幸运日。

青春啊，本就是一场盛大的远行，路上风景我们边走边看，时而明媚，时而忧伤。我们会蓦然回首，但是不曾回头，一路上，我们哭，我们笑，我们看着流淌过的风景，唱着温婉悠扬的歌谣。一路上，我们失去，我们收获，我们品尝着岁月的香醇，也忍受着时光的苦涩。一路走来，是我们看遍了那光影流转的风景，还是那风景看遍了悲欢离合的我们？

北和杨晨分班了，但是隔得不远，就三个教室的间隔，在一条走道上，一个在第一个教室，一个在最后一个。但惊喜的是，敬凡却又和北成了同班同学，在这个新组建的班里，北认识了瑶瑶，在那个不许有"女朋友"这三个字出现的学校里，我们姑且称瑶瑶为敬凡的"好朋友"。瑶瑶和敬凡是小学同学，不知怎么机缘巧合，两个人走到了一起。缘分使然，文理分科，他们又走到了一起，这种情况在高中时代可以算是"天作之合"了。楠的班级和北的离得很远，不在同一层楼，北有些失望。但万幸的是，"大中锋"也没能和楠分到一起，"大中锋"选择了文科。彤也未能和北重新分到一起。刚刚组建班级，同学间的陌生感让北、敬凡、瑶瑶成了班里沟通最多的三个人。每天繁重的学业，让班里的同学还没有来得及做好准备就投入紧张的学习中，这才刚刚开学，大家就感受到了高考的压力。但是就在刚刚分过班的那几天，楠会时不时地主动来找北，她说暑假太忙都没有时间好好和北相处，北喜出望外。楠告诉北自己在为进入实验班做准备，还告诉他如果进了实验班要请北在食堂大吃一顿。北告诉楠，压力不要太大，不要让自己太累。那段时间的北，就像是骑着单车一路下坡的孩童，放开双脚，顺风疾驰，微风轻拂面庞，吹乱了头发，也挠酥了心窝。有时在午休的时候，楠、北、敬凡、瑶瑶，四个人坐在操场边的树下，敬凡总会准备一张试卷让瑶瑶铺在地下，瑶瑶也会问大家要不要喝什么她去超市买。

青春写意，风景如画，敬凡告诉楠和北，老卢前两天给他打了电话，说给他们寄了信过来。打电话时分班结果还没出来,等老卢的信到了,一定要回信告诉他自己又和北同班,嫉妒死老卢。北一听,一口包下取信的任务,说以后自己天天去学校办公室问信有没有来。大家都笑了,午后的曼妙时光就在这一片笑声中展开来。

离上课就剩半个小时了,楠招呼大家回去。告别后,北在班级门口看见了无精打采的彤,彤一见到北,急忙打起精神:"你去哪里啦?""我和朋友去操场走了几圈,怎么啦?"彤捂着嘴:"嘻嘻,你猜?""别卖关子,怎么啦?""我跟我爸妈说我们班老师上课说方言我听不懂,要换班,前几天学校在审核我的申请,今天通过啦!"说完彤用手比画出一个"V"形,摆出一副美少女战士的模样。"那你要转到哪里去啊……""废话,这你还不知道吗……"北听到这笑了,彤也笑了。"看来,以后的三人小团体要多个人啦。""嘻嘻,等着过几天我出现在你们班吧。"两个人在班级外聊了一会,同学陆陆续续走进班里,有的调皮的男生还从窗子伸出头来,北能隐隐约约地听见"那美女谁啊""好漂亮啊"的声音。北坐到座位上,由于是新班级,大家的座位也是随意坐的,北就自然地坐到了敬凡的后面,敬凡的旁边当然是瑶瑶。

7

九月是一个好时节,北村忙活的大人们会在晚霞露出微光的时候扛着锄头走在回家的路上。沾着尘土的衣服,在九月这个还有点燥热的季节,微微敞开。尘土里混着农田的香气,带着大地的祝福,大人们唱着一段老歌,肩上的锄头一摇一晃,远远就看见自家的小孩子守在门前,欢喜地跳跃着:"爸爸回来了。"北村不大,家与家也隔得不远,大家都像兄弟姐妹们那么情深义重。晚饭的时候,家里的男人会把不大的四方桌搬到外面，其他的人闻到饭香，若自己家还没烧饭，也不见外，叫上自家女人、孩子，搬几张板凳，从家里拿出一瓶白酒，就这么在别人家吃起来。好客的北村人，都是走到哪家吃在哪家。要是谁家小娃子考试拿了第一，或是得了奖状，就那家人做东，提供酒水，三四家人各出一张四方桌，拼在一起吃饭。饭间夸夸孩子，聊聊事情。饭后，晚风吹拂，东家女人会泡上茶招待客人，别家人会叫自家小孩回家拿一袋花生或瓜子放在桌子上算是下酒菜，但似乎总是会被东家男人叫住，说他们就有，便叫东家女人进屋去拿。没一会儿，不大的四方桌上就放满了茶、烟、酒、花生、瓜子，有时还会有些糖果。没有一起吃饭的别家的孩子看见了也会毫不见外地抓一把，东家女人总是会再往别家孩子的口袋里添一把。北村的男人总是那么质朴，几家人在一起吃饭，桌上就有几包烟，不管是抽几块钱的还是十几块钱的，没有人会把烟放在口袋里，也没有人去看抽的是什么牌子的烟。孩子们不久就被女人们带回家，留下三三五五的男人们，有一起吃饭的，有出来散步见着了就搬个板凳坐下的。他们喝着茶，抽着烟，嚼着花生，一口口喝着酒，晚风徐徐，从孩子成绩聊到国家大事，从今年的收成聊到来年的计划。月亮不知不觉从北村的山头一跃到星空中，还是那么吹呀吹，没有人记得那晚是几点回的家。

深夜随着北村一家家熄灭的灯火悄悄来临，安静的夜晚，只有路灯幽暗昏黄的灯光，零星地呼应着天上的繁星。北村的一切，猫儿、狗儿、人儿，都在安稳地沉睡。

男人们的锄头、女人们的针线、孩子们的书包，是北村人向新的一天致敬的方式，温婉动人。一天又一天，多少个一天来来去去，北还是那个背着书包，骑着车，漫不经心去往学校的少年。只是今天对于北是个特殊的日子。

楠，考上了重点班——理科实验班。

爷爷，病重，不得不再次住进了医院。

北知道，对于楠来说，进了实验班，她就是明日之星，前程似锦。

北也知道，对于爷爷来说，出了医院，就是阴阳两隔，生死离别。

北没有那么喜悦，也没有那么悲伤，一前一后，确实是让人无法接受。但是白天北还是会对楠表现出开心，也会在晚上在爷爷的病床前流下眼泪。

北是最讨厌医院的了，但是现在的他已经渐渐习惯。雪白的墙壁，走廊的大理石砖被拖得反射出白炽灯刺眼的光芒，戴着口罩的医生，随意谈论着病人们的生死，以及那浓烈刺鼻的消毒水腐蚀心窝的味道。

北习惯了，习惯了适应医院这个地方，习惯了接受生死的无常，习惯了理解时光的匆匆，习惯了原谅命运的捉弄。云彩流浪的轨迹，雨滴坠落的印迹，残风咆哮的呼吸，雷电愤怒的怨气，北习惯了，或者渐渐地去习惯。窗外的风景，北开始慢慢地用心去看。直到一段时间以后爷爷昏迷，在泪水的洗刷中，北才渐渐明白生命赋予我们感情的秘密与意义。在爷爷昏迷的前一晚，北最后一次和爷爷说话，北惶恐，不知道哪一句将是和爷爷说的最后一句。床边，北静默，爷爷颤颤地轻轻地，带着欣慰，夹着后悔，告诉北，他错了。

爷爷说，他是那么深爱着北，这个他唯一的孙子。奶奶去世后，他一直想要北长得快一点，于是对北过于严肃，不苟言笑。爷爷说，他错了。

爷爷说，北是多么善良、多么勇敢的孩子，奶奶去世后，北掏鸟蛋从树上摔了下来，他没有哭，爷爷打了他，他哭了；去后山玩被荆棘扎了那么多刺，他没有哭，爷爷打了他，他哭了；过年放炮，被炮炸到了手，他没有哭，爷爷打了他，他哭了。爷爷说，他错了。

爷爷说,奶奶去世后,他总想给北多一份爱,却始终把最柔软的爱用最坚硬的方式表达了出来,还没等北理解,自己就已经这么老了。他说,为什么不能早一点,再早一点,温柔地告诉北,其实爷爷好爱好爱他。爷爷说,他错了。

谁的眼眶决堤了泪水? 爷爷喘着气,哭着。北咬着牙,哭着。

北说,他也是那么深爱着爷爷,这个家里唯一的依靠。奶奶去世后,他一直想长大得快一点,这样就可以让爷爷轻松一点。北说,他不怪爷爷。

北说,爷爷是那么坚强、那么伟大,奶奶去世后,爷爷没有让自己看见一滴眼泪,自己考上八中,爷爷红了眼眶;过年家家人丁兴旺子孙满堂,爷爷没有让自己看见一滴眼泪,自己打架闯祸,爷爷红了眼眶。北说,他不怪爷爷。

北说,奶奶去世后,他总想让爷爷轻松一点,想为爷爷做饭,打翻了油桶,爷爷没有怪他;想为爷爷洗衣,一次性用完了家里所有的洗衣粉,还没洗干净,爷爷没有怪他;想为爷爷洗碗,摔碎了好几只碗,爷爷没有怪他。如今,自己又有什么资格去怪爷爷? 北说,他从来都不曾怪过,从来没有。

谁的喉咙倾泻了哽咽? 爷爷沉住气,悲鸣着。北低着头,悲鸣着。

爷爷那晚,最后对北说的一句话是:

孩子,别哭,健康、勇敢地走下去。

学习,只字未提。

北擦着泪,说着明天再来看爷爷。有来,无再。

8

难怪有人会说,看一眼也许就是最后一眼,说一句也许就是最后一句,所以我们要好好地告别,因为再见也许真的就是再也不见。

　　走出病房大门,北依稀听见爷爷断断续续地哼唱着他年轻时流行的歌谣,最后的时间,爷爷留作和全世界告别。北知道,出了这个门,自己就要开始流浪,但是,又有什么办法呢?孩子,走吧,走吧,健康、快乐地走下去吧。

　　　　褪色的轨迹　是我的传记

　　　　迷失的罅隙　是你的传奇

　　　　回忆走来走去　是我们不语的默契

　　　　背着萤火　我为你打开那尘封在心底的秘密

　　　　在那遥远国度里的　你熟稔的　我的曾经　早已冷却无声

　　　　我的童话里　守望的流星也为我轻轻地唱

　　　　它说它也迷茫　它也流浪

　　　　凝入我身的　早已不在

　　　　化入云心的　东风不睬

　　　　嵌入扉页的　尽是无奈

　　　　铸入结局的　无心等待

　　　　对月流珠的　叹　叹　叹

　　　　于是　我在流浪　你在歌唱

　　　　未来的繁花似锦　曲折在　这个悲伤的夜

　　　　那歌声诉说着那段难忘的明灭

风筝飞　人儿追

当你看透了一切

也就原谅了一切

　　生命,本就是一场盛大的远行,从哪里出发,又在哪里驻足? 人们说,婴儿出生的时候都是双拳紧握,而老人离去的时候总是手掌摊开,抓住什么,放下什么。人在这世上走一回,有的只是前方和后方,带得走的只有记忆,留得下的只有背影,或是伟岸,或是卑微;或是生动,或是僵硬;或是凝着智慧,或是透着愚昧;或是盈着暗香,或是罩着沧桑。功成名就的,几行大字定格一生峥嵘岁月;未了霸业的,几行浊泪追忆半辈戎马生涯。在这场盛大的远行里,走到哪,也就是哪了。你说它盛大吧,一路走来,柴米油盐,喜怒哀乐,也没觉得如何如何;你说它不盛大吧,雨电风雷,酸甜苦辣,也确实五味尝尽。这场旅行,你要说它没什么盛大可言,它也就是那么一段路,曲折离奇,那是留给后人说的;你若觉得真的是盛大,它也就还真的是盛大。一路走来,每一个不会磨灭的深深脚印都记录着你的风风雨雨,每一个不能忘却的足迹都铭刻着你的深深记忆,每一个不可抹去的记忆都刻录着你的种种情感。这就是这场盛大旅行里,最盛大的意义。

　　第二天,爷爷就昏迷了。

　　第三天,北的父母,回来了。

9

　　青鸟飞过北城的上空,村里的人陆续来医院看望,陆续去北的家慰问,北的父母一一接待。所有的人都知道,时间,不会剩太久了,当然,探望的人,包括了楠的家人。

第二天的午休,楠去了北的教室,敬凡和遥遥估计是单独出去溜达了,北一个人安安静静地待在教室的一角。楠低声地招呼北出去,北从楠的眼神里读出楠已经知道爷爷的事,北慢慢地,抿着嘴走出教室。楠看见北出了教室,便慢慢地走,北就慢慢地跟着。两个人就这么走到了操场,那天阳光有些温柔,但是迎着光看去还是能看到流出眼泪。走着走着,楠回头,两人在操场的一角对视,学校显得那么安静,每个怀揣梦想的学子都在忙碌着,学习或者休息,没有人会在意谁的情绪又投在了什么地方。头上的晴空,温柔的光线,被漂泊的云遮掩着,两个人都明白些什么,却又都不会说些什么。终于,北故作无事地开口了:"找我干吗?"楠轻轻地摇着头:"没事……"说完两个人又都沉默了。一片无家可归的孤云飘到学校上空,遮住一片阳光,在操场上洒下一个孤独的形状。寂寞本没有轮廓,就像云,但是它却就在那里,你看得见,却抓不着。光影的微细交错聚焦在北的面庞,风仅仅只是小小地泛起一阵涟漪,从远方吹来,吹过北的面颊,还未拂起北的刘海,北就红了眼眶。北使劲地闭了一下眼睛,想把泪水关在眼眸里,可是这么一眨,泪水倒是倾泻得更快,沾湿了睫毛,在北坚忍的表情上留下两条忧伤的轨迹。楠看着北,静静地看着这两条像刀痕一样的伤,将北坚强的表情一层层地腐蚀瓦解。楠也未能抵挡住哀伤的侵蚀,温暖的空气里,夹杂着两个人眼泪的味道。楠突然哭了,哭得好伤心,像是自己的爷爷将要去世一样,眼泪流尽,将这个女孩的心洗涤得透明。楠用手擦擦眼角残留的泪,仰着头,对着太阳的方向,露出一抹圣洁灿烂的微笑,对北说:"北,你又长高了呢!"北的脸颊上,泪水不知滑落何方,只留下两道明媚的哀伤,在九月操场的那一抹灿烂里等待着慢慢风干。灿烂的天空,几朵无家可归的残云被风吹到一起,它们结束了流浪,大步踏向未知的前方。刹那间,风吹开了云,那些光影的交错全部被温柔的光辉冻结,北脸上的泪痕已经被风干,像是没有哭过。北看着眼眶里还闪烁着泪光的楠。

"做我女朋友吧。"北平静地说着。

"啊？你说什么？"楠像是被人扎了一针。

北没有变换表情，也没有变换姿势，更没有再说一遍。

楠傻站在那里，没有说话。

两个人，又重新对视地站着，阳光依旧温柔。

操场边通向教学楼的路上，学生渐渐多了起来。"该回去上课了。"这是楠的第一句回应。北站在原地。"你走不走啊？"这是第二句。北站在原地。"你不走我走了。"那是最后一句。楠显得有点生气了，转身，北跟在后面。

走到分岔口时，北觉得要说些什么，可又不知道说些什么。"走了。"楠说。"嗯。"北在楠转身之后自己补了一句。

之后的时间，北的父亲母亲轮流照看爷爷，每当北的母亲从医院回来，简单聊几句爷爷的情况，北的父亲就会点上一支烟，等火星燃尽了最后一点生命，北的父亲就穿上鞋准备去医院。那短短的几分钟，北总是很难过，满心遗憾，爸爸作为家里的独子，爷爷一定也有许多话想对他说吧。家里那个时候穷，供不起父亲继续学业，北的父亲很年轻的时候就不得不放弃学业，北上打工，这一直是北的父亲心里最大的遗憾。北不知道如果爷爷还清醒，会不会对父亲说些什么，可是北又很欣慰，至少爷爷解开了自己的心结。爷爷昏迷的第三天，医院下达了病危通知书，医院的走廊似乎没有尽头，北似乎怎么走也走不到爷爷的那间病房。病房里其他的病友似乎申请更换了病房。待在空空的病房的，只有身上插满了管子的爷爷，看到旁边已经收拾干净的病床，雪白的床单、枕头、被子，北与父母三个人愣是在爷爷的病床边半天没说一句话。看着插满管子的爷爷，三个人各自有什么感受，又各自想着什么心事。

等北再次来到医院，已是两天后了。

那天，北还在上课，老师在讲台上滔滔不绝地讲解着某道数学题的多种解法，台下学生的眼神流转在黑板和笔记本之间，一片祥和的景象，只有翻书或是记笔记的"唰唰"声。北的笔，在笔袋里安静地睡着了，像是再也不会醒来。北还是那个坐在窗边的少年，看着新同桌奋笔疾书的模样，一脸茫然。开学已有一段时间了，北还是只能记得自己的新同桌姓房，具体叫什么，没记住。那是个安静娟秀的女孩子，戴着黑框眼镜，话不多，她会用七八种颜色的笔抄着笔记。北呆呆地看着数学老师用完美的弧线勾绘出一个个解法，老师讲到激情的时候会擦一擦嘴角的吐沫，停下几秒，像是回味着的样子，那样子既滑稽又令人敬畏。一道题讲完，老师会用粉笔在黑板上重重地敲一下，像是一场胜仗结束的号角。北永远也不明白那是一个怎样的世界。

那天，北还游离在虚幻的数学世界和雪白的数学书中，北的父亲无声无息地来到了班级门口。他表情凝重，一双血红的眼在教室里寻找着北，却半天没有打断老师的课。北的父亲已经几天没有刮胡子了，衣服上也沾了些许灰尘。全班同学都在忙着自己的事，有的翻着书，有的笔记，有的茫然地看着黑板，偶尔时不时环顾教室。北属于最后一种。坐在靠近走廊的同学都没有发现北的父亲的身影，反而是靠窗的北最先发现了。父亲似乎是不忍打断老师的课，双眼盯着黑板上老师用华丽的笔法写下的一个个"最简解法"。

那天，直到那天，北还把情绪藏在教室的最深处，连敬凡、遥遥，甚至楠都感觉不到。直到他看见了父亲。那是北的父亲第一次来学校，北看见父亲没有看到自己，于是将脸扭开，深深地叹了口气。叹息声打扰了同桌，女孩转脸看了他一眼，继而转过去，继续抄着老师宛如艺术品的板书。情绪随着北的那声叹息慢慢升腾，像野火一样越烧越旺，燃遍北的全身,北感到胸口开始发热,发烫,直到感觉快要被烤焦,心被腾起的烟熏得直想流泪。情绪从教室最深处慢慢浮出来,半张脸隐在浓浓的黑暗里,另外半张脸被阳光照得清清楚楚,露出无法形容的哀伤。一只突兀的眼,哀怨地盯着北看,灼烧着北的眼睛。"该死的,又是要哭了吗?"北问自己。

直到像拖着沉重的枷锁,步履蹒跚地走出阴影,北已是和父亲走在去医院的路上了。沉重的枷锁锁着情绪和行动,北挣扎着,锈迹斑斑的枷锁似乎困不住这股原始、强大的力量,直到父亲告诉他,爷爷走了。

情绪爆发了,挣脱枷锁,肆意地宣泄着,似乎是憋了太久太久,它咆哮着,宣泄着,怒吼着,这股力量让北的脸开始扭曲。

医院的走廊,北多想晚点、再晚点才走到尽头。可是这次,却这么快,爷爷躺在床上,安安静静,身上的管子已经拔去,老人家显得那么清爽。母亲已经哭成泪人,趴在床边。爷爷走了,没有留下遗嘱,那句"健康、快乐地走下去"就是老人家送给北最后的礼物。

父亲"扑通"一声,跪在爷爷的床前,头深深地叩下去,紧紧地贴在散发着消毒水味道的地上。北的情绪找到了一个可以爆发的地方。三个人,三十平方米的地方,感情就像决堤的水。

10

爷爷走了,真的走了,漫长的岁月还是侵蚀尽了生命,藤蔓爬满整个生命的大厦,院中的砖墙布满了枯黄的苔藓,旅人的脚步在此停歇。生命啊,是一条温暖的河流,光能照得到的地方平静无澜,光照不到的地方暗潮汹涌。不是消逝,死亡只是换了种前行的方式,生命的延续,并不只是全在人世,留下的存在记忆的方式,也是前行的本质。

我们可以活得并不富有,但我们一定要活得有那么一点深刻,汲取生命所有的精髓而非物质的虚荣,活着,背负着幸福的躯壳,即使痛苦追随着步伐,贪欲炮制的毒药侵蚀着心灵,生活的枷锁禁锢着自由,但活着就是要把干柴烧成烈火,用烈火把寒冬煮得沸腾,用沸腾温暖大地,越逆风,越张狂。活着,以免在我们生命终结之时,却发现我们自己从未活过。

　　父亲坚持要北第二天就去学校,北出了门,没有去学校,而是网吧。

　　网络世界里的快意人生让北暂时麻痹了自己的情绪,酣畅淋漓的游戏让北暂时忘记了一切。北感觉整个人像飘浮在空中,去了另一个世界,那个世界有队友,不孤单;那个世界会死亡,也会复活;那个世界有羞辱,但报复也只是几分钟的事。北爱上了那个没有孤独、没有忧伤的世界。那时的北还不敢跷一整天的课,加上老师知道北家里的事情,所以北才有了可乘之机。当离开网吧走向学校的一瞬间,北感觉被硬生生地拖到现实中。爷爷的去世、自己的未来、父母的眼神,像是被万只虫子一起啃噬,那感觉似疼似痒,难以形容,但是可以确认的是,北,真的爱上了那个虚拟的国度。

暮霭天涯

1

时间过得很快，爸爸妈妈已经操办完爷爷的丧事回去打工了，北不得不留在家乡继续学业。父母会按月给北生活费，那时的北才渐渐开始体会到孤独的自由。

学校，渐渐成了北最陌生的地方，北的生活开始变得乏味，学校、网吧、家三点一线的循环让北开始深深恐惧这个城市。北的交际圈也越来越小，杨晨、敬凡、遥遥、楠、彤，北在这个偌大的学校里，能说上话的，不，愿意和北说话的也就屈指可数的那么几个人了。

班里的老师开始对北不闻不问，甚至是连练习的卷子都不愿意给北，学校也默许了北可以缺考的事实。学校之所以容忍北在拉低全校统考平均分的情况下还让北继续待下去的原因只有一条：同情北的家境。

高二分科没多久，大家都倍感学习的压力。楠考入了重点班，进度更是普通班所不能及的。楠也越来越没时间和北去说些什么，即使在学校碰到，还没等北问出那句"最近怎么样"，楠就微微一笑，迅速走进班里。北看着楠远去的背景，很欣慰，也很心疼。

那时候的北，活得像行尸走肉，他开始不回家，一整夜待在网吧里，早上直接去学校呼呼大睡，身上钱不够的时候就告诉父母自己要买辅导书。庆幸的是,高中那么多学科、那么多作业,他有的是说辞和花样编出一个个"无懈可击"的理由。

是哪一天北不记得了,是星期几北也不在意,那天北打了一夜的游戏从网吧出来,拖着疲倦的身体来到学校门口。北也不清楚之前已经上了几堂课了,安静的学校,北一个人默默前行,路过操场,正是楠的那个班在上体育课,阳光倾泻在一个个面庞上,北感到那么怀念,寻觅着楠的面庞。北找了个安静的角落坐下来,没人会在意这个堕落的少年会在什么时间去班里。北找啊找,找不到熟悉而又陌生的那张脸。重点班有"特殊照顾",学生体育课可以"跷课"选择在教室自习,也许楠在教室看书吧,北默默地想着。正当北站起来,准备往教室走去,余光里一个柔弱的女孩子蜷缩在操场一角放运动器材的小树下,那身影,像极了楠。北走过去,正是楠在那里抱着头啜泣着,楠哭得那么伤心,就像她当时说出父亲的事一样。北走近,轻轻地问道:"你怎么了?"楠似乎怕被发现,猛地一抬头,看见北略显疲倦却亲切无比的脸庞,顾不得其他,起身抱住北,号啕大哭起来。北被这突如其来的情况弄得措手不及,只能一个劲地安慰楠:"乖,别哭了,怎么啦?"楠没回答,还是一个劲地哭着。"有什么事,你慢慢说,到底怎么了?"楠还是没有回答,哭得越发伤心。北扶着楠的肩膀:"你慢慢说,没有什么过不去的事。"楠的抽泣声渐渐小了,缓缓地抬起头,阳光将楠脸颊上的泪痕照得晶莹剔透。北微微露出一丝笑容:"怎么啦?楠,告诉我。"北本以为楠只是因为考试退步或者学习压力大之类的,他已经想出了一万句安慰此类情况的话,没想到楠的回答竟然让北瞠目结舌。

"北……我……我爸爸他……"楠断断续续地说,北一听楠说到了她父亲,知道情况不妙,也不好回应些什么,只能安安静静地听着。突然就在一瞬间,一阵风从远方吹来,吹乱了楠的头发,吹落了几片树上的叶子,树叶落到地上,带来不可言喻的悲伤。"我爸爸他被抓了,要判刑!"风扯着北的衣角,北似乎还没有反应过来。怎么发生这样的事?北的头晕晕的,是不是游戏打得时间长了,是不是沉溺在虚幻世界里的时间久了?北突然觉得像被拖进刺骨的冰水般疼痛和清醒,风还是徐徐地吹着。楠的眼泪让北深深地明白了,很多事根本来不及准备。北知道,这对于楠来说算什么,却又不那么清楚这到底算什么。楠仿佛已经被这个消息折磨了千百次,颤颤巍巍地说:"他们说我爸爸涉嫌诈骗,要,要判刑。""什么时候的事?""两天前……"两天前啊,北默默地想,突然觉得那是多么遥远的时候呀。北已经记不清多久没见到楠了,在他心里,虚拟的世界渐渐模糊了时间的棱角,但是时间又将身边的人包括自己摧残得支离破碎。"多久?"北下意识地说出了两个字,说完就后悔了。"什么!你说什么!还没判呢!"说完楠就推开北,捂着脸跑开了。"不是,我没有……"北伸出手,楠已经跟跟跄跄地跑入教学楼的深处去了。那一瞬间,北没有迈出追楠的步伐,因为,伸手够不到的滋味,北其实最明白。北呆呆地站在那里。楠没有误解北,北第一时间想到的,就是楠的父亲要判多久。只是,楠不知道,北的爷爷其实也走了很久了。

下课铃响了,北还是呆呆地站在那里,一动不动,来来往往的学生从他身边跑过。他们有的是下了体育课跑回教室的,也有要上体育课跑去操场的。有的学生跑得太快无意间撞到北的肩膀,回头看看这个奇怪的少年,又继续跑着,北才感觉到,自己的肩膀,原来那么无力。

北也不知道过了多久才缓缓移步走向班级,"多久"这两个字不断地闪现在北的脑海里。北轻轻地问自己:"为什么,为什么你不能想成多久你才能走出来的意思呢?"是呀,为什么呢……

银河中闪烁着星星的光芒

我躺在暗深的草坡上远远眺望
不知是谁多情地
把孤星拂到一旁

我把思念落在时光的年华里
结成我童话般的美
你把思念种在开满花的季节里
凝成你结满冰霜的泪

我说你是花儿在雨雾里轻轻绽放
你说我是鸟儿但却早已迷失方向
我说要带你在麦田里听清秋低唱
你说那节奏里没有眼泪没有悲伤

我说我要流浪　你说　七里香
你说看你凝望　我说　一缕光

于是　寻寻觅觅　我们　唱歌飞翔

漫漫长夜析出那透明的梦　迷迷蒙蒙
斑驳了的
你的欢乐　我的楚痛
你抱着琴　续续停停
我抚着剑　泪流满面

结局就像不可逆转的洪流　冲击那些最纠结的心

站在临近破晓的晨头　雨蝶破茧重生

而我呢

面对苍穹　紧锁眉头

蓦然低吟　等待黎明

2

北坐在班里,心思却不在,爷爷的事、楠的情绪、楠父亲的事,全部搅成一团。房姓同桌瞥了北一眼,似乎很嫌弃和这样的人同桌,她还是用五颜六色的笔记着笔记,似乎很享受那五颜六色的绚烂带来的快感。那是一个花季少女勾勒出梦想的轨迹,也是那个时代少女专有的印记。北还是记不清那个女孩叫什么。其实女孩的名字就是简简单单的房加一个娟,就如同女孩鼻梁上那简简单单的黑框眼镜一样。北看着女孩,五颜六色的笔记宛如一件精美的工艺品。北心事重重,却看着女孩的笔记入了神,似乎看到了世界所有的颜色,那是希望的颜色:落日余晖的赤、初升朝阳的橙、收获时节的黄、三月新芽的绿、无尽无际的青、辽阔海水的蓝、华丽水晶的紫。那就是人心最初的样子。直到女孩发觉,撇头略带生气地问了北一句:"看什么呀?"北才回过神来,笑着说没什么,看向别的地方。"看你那样。"女孩不怀好意地补了一句,之后继续精心地填充着未来的颜色。北咧了嘴,笑得有些辛酸,但是北心里很开心。不知道怎么的,毫无关联的事,竟然无形地解开了北重重心结的一环。北决定,放学去楠的教室门口等楠。

重点班的气场在北还未走到就已经若隐若现,仿佛剑出鞘前的气息,北深深地感受到重点班的残酷。本是打完下课铃学生们纷纷涌向操场、超市、食堂的时间,学校一片沸腾的景象,只有这里——八中的重点班,没有一个学生觉得下课铃意味着些什么,大家都还是那么安静地做着自己的事。北站在重点班的门口,找到了楠,老师在辛勤地耕作着,雪白的粉笔在漆黑的黑板上留下划痕,北看得好不自在,甚至觉得有些瘆人。楠依然是那么认真地看着黑板上粉笔字迹的走走停停,只是北看着楠那双大大的眸子里竟透不出一丝光芒。

北转过身,靠在走廊的栏杆上。为了尽可能不打扰重点班学生的学习,学校把重点班安排在教学楼的最高层。北将目光拉得很远,远到想看到天尽头那片云的形状,北不知道该怎么跟楠解释下午那个误会。夕阳渐渐爬了上来,那是北最喜欢的颜色,夕阳是时间的翅膀,当它飞遁时有一刹那极其残暴的展开,就像撕裂伤口般,光芒犹如绯红的鲜血,飞溅出来,染红天空。北凝望着天际,日近黄昏的时候,学校的走廊上人来人往。夕阳落在教室的一角暗影浮动,稀薄的空气被染上一层素淡的温煦,多少有些陌路的味道。被照到的那一方,无数飞舞的灰尘羽化成了天边几抹微红的霞光。来来往往的人尽兴地攀谈着。流动的日光,浮在云上,会不会落下一场黄昏的阵雨,伴着一年年昏黄的暮色,打湿了那些年寂寞的角落? 在黄昏里,北反而会拾起那份倔强的勇气。他的心里潮湿得要生根发芽,又怎能化解那些凄风苦雨的岁岁年年里绵延了好几个月的孤寂呢? 看着看着,北突然坚定了一件事,看得见的伤口,总有一天会愈合。

北回头,恰好老师走出班级。

看着楠低着头慢慢地走出班级,北冲上去,不顾楠的惊讶,一把抓住楠的衣袖,拽着楠向走廊尽头跑去,楠并没有挣脱,一路陪着北跑着。

北在前,楠在后。就像那年,北扔下作业,跑出教室。

跑到楼下,直到两个人都气喘吁吁,楠弯下腰,双手搭着膝盖,北喘着气,什么也没说。气氛随着呼吸声的渐渐低沉而变得尴尬,想不到楠先开了口:"去操场人少的地方说吧。"北还没回答,楠就往操场走去,北看着楠,跟了上去。操场的一角显得安静,夕阳正好,两人的身影被拉得很长,交错着树的影子。"我爸他被抓了,债主们要起诉他。"北刚要张嘴说些什么,"他在外面欠了那么多债,丢下我跟我妈,要被判刑也是罪有应得。"楠说得很轻松似的,北不知道要说些什么,本来想问问缘由现在却也哑口无言。尴尬的北想说些什么缓解这气氛,但他还没有想好,只是下意识地张了嘴。"别说了,就这么安静地陪我看会夕阳吧。"楠静静地说。"嗯……"北低沉地哼了一声,将手插在口袋里。

"北……你说过你最喜欢夕阳了,记得吗?"

"嗯……那是我们刚认识的时候。"

"记得那个时候我说了什么吗?"

"你说你最喜欢日出了,你说夕阳让人有颓废的感觉。"

"是呀。"楠叹了一口气,"现在的我,更喜欢夕阳了呢……"

远方传来鸟的鸣叫,北不想问为什么,也没那个必要。

"你说爸爸他,会判多久呢……"

"啊?"北似乎没听清楚楠说的。北不明白,楠没有哭,没有难过,怎么会静静地问出"多久"?

"呃……"北有些结舌,"不是还没审判的嘛。"

"嗯,听说现在债主们在汇集证据吧……"

北又不知道要说些什么了。

"当年我爸爸也做生意,太多三角债,他才没钱周转的,你差我,我差你的,最后也是自己的款收不来才跑的。"

北急了:"那不能寻求法律途径解决吗?跑什么呀。"

楠轻轻地一笑,眼神透出幽幽的暗黑色的光:"法律?法律,也是不健全的……"

北叹了口气,这口气,叹来了远方的一阵风。树叶沙沙作响,操场上卷起一阵灰尘。

"北,今天上课,老师讲了一道题……你知道很多复杂的公式是可以合并简化的吗?"

"嗯……"

"就是那个公式,就是……"楠说到这停下了。她知道,这是北不能提及的痛。

"怎么啦?"北笑着问。

"我在想,很多事其实并没有那么复杂。"

"是呀。"北听了楠的话,显得安心了许多,"这也不是你爸爸一个人的原因啦,法律是不健全,可是健全法律也需要一代一代像我们这样的人去努力呀。"

"什么?"楠突然定睛,北似乎觉得自己说错了话,连连解释:"我是说叔叔的事会渐渐好起来的,到时候叔叔肯定也会告诉法院自己的无奈……"

"不是这句,刚刚那句。"

"啊? 哪句呀?"北装着傻,楠一再追问,"我说,法律也是要靠我们不断健全的,没有什么是万能的……"

"就是这句!"楠咧嘴笑了。

"怎么了,你怎么突然笑了……"北不解地问楠。

"过几天告诉你,我去吃饭啦,你知道的,重点班管得严。"楠像突然醒悟般,心情在脸上洋溢着。北读懂了:"嗯,那过几天你来找我?"

"嗯! 一言为定,我刚刚做了个重大的决定,爸爸的事没有办法,触犯了法律,我再难过也无济于事。"

"楠……"北欲言又止,他想着楠能这么想,也算是一种解脱。

"什么呀?"

"没事……"

"你说呀,干吗呀,扭扭捏捏的。"

"你说你做了什么重大的决定,会不会太草率了一点?这个时候,你可不能有什么事情呀,且不说你是学校的重点培养对象,你要是有什么草率的行为,你让阿姨怎么办,而且……"

"知道啦!你真啰唆!"楠打断北的滔滔不绝,冲北一笑,"我要去吃饭上自习啦!你也快回去吧,别让爷爷等急了,北,谢谢你!"说完楠就小步跑向食堂,北看着楠渐渐远去的背影,辛酸地一笑。

"楠!别乱想!做决定前一定慎重,你知道的,我一定会支持你!"北冲着楠的身影大喊。

"知道啦!重大的决定有时就是一瞬间决定的事!快回家,爷爷要等急了!"楠已经跑入拐角不见人影,只剩下这句话在风中沉浮着。

北笑着,自言自语道:"嗯……爷爷要等急了……爷爷,你急了吗?"

北一个人走在回家的路上,原本应该去网吧的,但是今天,北要回家。

3

这街上太拥挤,太多人有秘密,玻璃上的雾气,是谁想隐藏起过去?

人的一生,就好比是一次搭车旅行,我们要经历无数次上车、下车,时常有事故发生,有时是意外的惊喜,有时却是刻骨铭心的悲伤……降于人世,我们就坐上了生命的列车。我们以为,最先见到的那些人,会在人生旅途中一直陪伴着我们。很遗憾,事实并非如此,他们会在某个车站下车,留下我们,孤独无助。

我们会在哪里下车,我们在乎的人又会在哪里下车?列车缓缓驶向前方,关于下车是不可言说的神秘。

坐在我们身边的人,我们与他们认识攀谈,当小憩一会或是离开再回来时,有可能你的位子已经被人占了或是身边的人已经下车。你可能还在可惜刚刚一起交谈的人跟自己性格相仿,还没深聊就已陌路天涯,或是你发现占了自己座位的人和刚刚跟自己攀谈的人交谈得更加投缘,你会失落。这所有的一切都有可能,是生命的方向,也是生活的隐喻。

不变的是,不管谁占了你的座位,不管你占了谁的座位,谁离开,谁又留下,在你下车之前,正在行驶是唯一的真理。

夜幕降临,北走回家,推开门,灰尘在空中弥漫了一会。冷冷清清的家,一如既往热情的只有灰灰。北看着眼前熟悉的一切,莫名心痛,爷爷的相片挂在客厅的墙上,紧挨着奶奶的照片。一夜没睡的北,已经有些累了,拖着疲倦的身躯,只想快点进房。客厅里的桌子上,父母离开时给北买的水果已经烂得不成样子。几只小虫环绕在腐烂水果的上方,幽暗的灯光下小虫的身躯在桌子上投射出大大的影子,连同腿上的绒毛都被光影放大,让人看了心生恐惧。北看了看爷爷的房间,还是没走进去,是疲倦还是害怕,或是有那么一点点心虚。

北走进自己的房间,靠在椅子上,桌子上的几本书已经布满灰尘。灰灰跟着北进了房间,安安静静地蹲在北的面前,一双大眼睛渴求地看着北,时不时用舌头舔着小鼻子,发出"呜呜"的声音,似乎是想要抱抱。北把灰灰抱起来,一股恶臭从灰灰的身上散发出来。北看了看灰灰,结球的毛发,沾了尘土,脏兮兮的,好一只丧家之犬!北的情绪突然转变,放下灰灰,灰灰似乎还想继续回到北的身边,就那么静静地蹲着,睁大双眼看着最爱的主人。可是北不耐烦地将灰灰丢在门外,关上门脱了衣服躺在床上。

这天晚上,北睡得很浅,尽管北已经一夜没睡了。

直到骄阳打在大地上,北才睁开惺忪的睡眼,不知道是几点。打开房门,灰灰无精打采地趴在门口,一看到北出来,瞬间从地上蹦跶起来,似乎等了北好久。灰灰摇着尾巴,在北的身边蹿来蹿去,北去卫生间洗漱,灰灰就在北的脚边跑来跑去。北轻轻将灰灰踢开,灰灰就再次跑到北面前,摇着尾巴,吐着舌头。北刷完牙,准备出去,灰灰就蹲在门口,渴求地看着北。北看着灰灰,灰灰把小爪子抬起来,搭在北的腿上,记忆里北已经好久没有带灰灰玩了,更别提洗澡了。

空气里飘来旧时的气味,旧时光,新故事,光与影像,昼与夜,是一个人的正面与背面,时光诉说着它是如何不停地旋转的。这个房间是一个无法突破的界限。北抱起灰灰,坐在卫生间的小椅子上,取下了淋浴头,淋浴头上的灰尘沾到北的指尖。北打开开关,将沾满灰尘的指尖在水下冲洗,冲走的是尘埃,滑落的是曾经。突然北把淋浴头对着灰灰,水喷射出往日的眷恋笔直地奔向灰灰,瞬间,灰灰就被打湿了。灰灰怯怯地低吠着,透明的水滴滑过每一缕毛发,染成灰黑色的水流滴下。飞鸟的翅膀在天空留下的轨迹就是梦想最初的轮廓,可是最终却凝结成了巨大苦涩的泪滴。那些留下的印迹,多像是一场关于梦想的盛大旅行。揣在北心里的一场童话般的梦游,就是时间给生活最大的礼物。北拿来剪刀,一缕缕地剪下灰灰的毛发,灰灰安静地蜷缩在北的怀里。他们俩是不是想着同一个梦? 只是灰灰笑着,北却红了眼眶。

给灰灰洗完澡,北用毛巾裹着灰灰,今晚可以搂着灰灰入睡了。

午后,已没有那么燥热,北来到学校,在班里未待多久就下课了。北又来到楠的班级门口,等着楠告诉他那个重大的决定。

晚霞一如既往地爬上天边,绽放的光芒跳动着,照着一颗心开拓一片新的疆土的旅途。历经过凄风苦雨,灿烂的笑容总能让人找到关于生命的新方向。楠平静、坚定地告诉北,她要转学文科,不管老师怎么劝阻,不管学校多不同意。北并没有阻止楠的决定。楠告诉北,她要学法律。北没有问她为什么,楠也没有多解释一句,夕阳成了两个人独享的一道风景。

这时的校园有些暗沉了,像一杯咖啡,有些许透明的质感。风将两个人的孤独一会放大一会缩小。不知道为什么,这个时刻,北特别想亲口告诉楠,爷爷走了。

楠面带笑意地看着天空,北将到嘴边的话收了回去。

之后北只记得,那天晚上,灰灰在他的怀里睡得很香。

有时我们会觉得自己很不幸福,很辛苦,没有太多的选择,我们根本不知道自己想要什么或是不想要什么。真相大白的时候幡然醒悟,所有的一切都被美化。寂寞与疼痛将我们满满地沉浸,于是我们用照片纪念瞬间,用文字纪念感情,用音乐纪念无人知晓的情愫;于是我们将时光与一人或几人连接起来,某一段时间,某一个画面,在脑海里翻滚沸腾,不断回忆,不断温习,不断沉沦。越沉沦越痛苦,越痛苦越沉沦。直到有一天,清晨刺眼的光芒将我们从光景里惊醒。一件小小的事情,一个简简单单的镜头,突然就那么一瞬间,我们才恍然大悟,飞机飞过天空,拉出的线终会消失,沙滩上的脚印,也会随着潮起潮落消失不见,石头沉入湖泊只不过使水位上升了几乎察觉不到的那点高度,风吹过湿地,草和树木开始默默拔节,其实,一切的一切,并没有那么糟。我们并不是圣徒,不需要那么虔诚,只是为什么当生活带来了生命的敬畏时,我们却像从来没有信念般恐惧? 有人把悲伤化成眼泪,享受着自虐般的快感无法自拔,把所有故事的结局用伤感凄美来定义,可是有的人却把眼泪化成甘泉,滋润着前行的路。

几天的时间,光与影相互交错着有关时间的故事,楠不顾学校领导和老师的强烈反对,坚决地转到了文科班。高二的课程已经进行了许多,楠需要花大量的时间去补上之前落下的课程。许多老师都为楠转到文科班感到可惜,觉得这可能是一个理科人才的损失。老师们以为楠是被文科的就业前景给"洗脑"了,费尽心思、苦口婆心地劝楠,但楠还是坚定地选择了文科,因为老师不知道她小小的身子里有着大大的秘密。

楠转到文科班的那天下午,北没有去学校,从网吧出来就回了家。回到家已是傍晚,晚霞懒懒地照着大地。稀稀疏疏的云,像被割破的伤口,绯红之光从云的缝隙透出就像鲜血从伤口不断涌出。

当北慢慢悠悠地走到家门口的时候,楠已经站在那里好久了,愣了一下,楠快步迎上来,开口就是:"北!我已经转到文科班啦!""嗯。"北似乎被心事包围着,草草应了一声。楠又走近一步:"北,我明天就可以去文科班上课啦!""恭喜你啊……还习惯吗?""嗯,我跟上次那个高高的同学分到一个班了,他挺照顾我的。"北下意识地翻了一个白眼,脸上露出一副恶心的表情:"'大中锋'是吧……他知道你去开心极了吧。""北,你们可以是很好的朋友啦。"楠似乎什么都没察觉,笑着告诉北。"你懂什么呀。"北看着天,微微地摇了摇头。"北,你怎么了?""没事,真好,你可以完成你的心愿啦。"北徘徊在家门口,很想赶快开门进去却又迟迟挪不动步,微微低着头,看着地上凌乱的脚印被一层层新的更凌乱的脚印覆盖。楠看着北家的大门紧锁:"北,爷爷还没回来吗?"楠这顺口的一问让北更深地低下了头。"北,怎么啦?"北想说爷爷去了市里买东西很快就回来,却脱口而出:"嗯,不回来了……"下意识地又说了一句,"再也回不来了……"

尘土飞扬在空中,风儿起兮眯住了世人的眼睛,看不清前路的方向,只好将自己化为一方尘土随风飘扬。楠呆呆地站在那里,北静默着,楠有些恍惚,北拿着钥匙定在那里。晚霞渐渐暗了下来,悄无声息。

北从口袋里掏出一支烟,静静地点上,楠上前一步,一巴掌扇掉北含在嘴里的烟,北清楚地看到一点火星落在楠的手背上。"你要干吗!"楠的眼泪夺眶而出。

烟头静静地凋零下来,躺在满是尘土的地上。北看着烟头不断冒着气,一点一点地熄灭,就像苟延残喘的行尸走肉,一点一点地燃烧自己的生命,北觉得自己犹如烟头。楠夺下北手中的钥匙,那只为同学把人打伤的手显得是多么无力。打开门,一股霉味扑鼻而来。楠回头看一眼北,又一股眼泪夺眶而出。还没等眼睛里的泪水风干,小灰灰就摇着尾巴从院里跑出来,它知道,主人回来了。楠一把抱起小灰灰,小灰灰吐着舌头一个劲地想跟楠亲热,楠眼泪的堤岸再次崩塌。北靠在门框上,默默地又点起一支烟,微微地笑,吐出烟圈,恍若十年。

一滴泪滑过眼眶的距离是多少?一颗心凋零的时间要多久?尘土随风飞扬终归于天地有多远?慢镜头在脑海里重播的频率又是多少?是不是死一般的寂寞?沉默地哭泣,感觉每一滴血液都绽放出一朵漆黑的花,整个时间都安静下来。每一滴泪都幻化成一朵水晶般的花,悄悄地守着誓言,固执地开放出新的晶莹,用最疼痛的颜色燃放在原野。像一场大火烧光所有,世界变得空空荡荡。说很多话给自己听,写很多故事给自己看,唱很多歌给自己听,看它们被风卷起,在空中流转着,像翩舞的蝶。这个世界的凄惨它们知道,过去,回忆是最初的伤害,拾起的也只剩孤独的背影。绯红的云似乎迫不及待地等待着被浸透,天是暗红色的,像用红色铅笔描绘的阴影。北像脱干了水分,在风中摇摆不定,听见遥远的呼唤,那是来自世界末的从容,像火车急速驶过,斩断一切陌路的悲鸣。那一瞬间,水映出了憔悴的容颜,成为永远的断面,留下感伤的气息。时间刻上泪痕。

青春的雨像是厚重的灰色窗帘,将空气阻挡在窗外。沉重的呼吸,让人联想到死亡。时间就像潮水,一层一层慢慢涌没,令人无力抗拒。一夜之间的苍老无法诉说,整个世界都被冲散,涂上新的颜色。

我们每个人都有些无法对他人言语的东西。网络,带来了倾诉的空间,可是,退出这个空间,却只是陌路相逢的过客罢了。

因为没有交集,所以敞开心扉。

4

日子就这么过下去,眼看高二上学期就要结束了。楠是个在文科班努力攀登学习高峰的好学生,北是沉溺在网络无心学业的坏学生,北的爷爷已经走了许久,楠的父亲即将被公开宣判。谁的头上没有灰尘? 谁的步伐走得轻盈?

就在大家认真准备着高二上学期期末考试的时候,楠的父亲的宣判结果下来了:有期徒刑十二年零三个月。

天气转冷,眼看,北村又要迎来新的一轮冬天了。

楠的母亲几乎崩溃了,这是楠告诉北的。看着楠布满血丝的眼睛,知道她已经好多天没有睡过安稳觉了。楠还告诉北,过几天母亲会带着她去见一见久未谋面的父亲。

此刻,下午的阳光亮冷而透明,刺破浓密的云,像裂开的墙,闪现出奇异而怪诞的笑,透过窗户上的玻璃,映在地上、桌边,眼泪和它们一样,是无声而静谧的。

北走在路上,远远地看见北村裸露出晶莹剔透的胴体,灼灼的光亮,燃烧出质朴的情愫,照进北村的生活。村里的田,还有些许金黄,缓缓流淌进微寒的岁月,流进生命的脉络。多年以前,北是那个看着金黄田野的少年,鸟儿从北的头顶飞过,炊烟在北的头顶盘旋,衣袖沾满了田野的味道。天很高啊,地很广啊,鸟儿编织出的甜言蜜语,勾勒出了北村的版图。

风从村头吹到村尾,宽大的树叶就落了三遍。就在村里某户人家的大儿子娶媳妇,全村锣鼓唢呐喧天的时候,楠见到了久违的父亲。

半夜,当楠在青砖上贴满红色喜字的北村中醒来,缤纷的花期就远去了,一串风铃挂在月夜的爬山虎上。楠躺在床头,潺潺的月光流逝了过往的季节,时间生满铁锈,像树皮层层剥落。楠睁着眼,数着时间一点一点从指缝中漏下。

大地悠远的一声叹息,震动了探监室的空气。语言、情绪、气氛,都是陪葬品,楠父亲的一句"不知道我出来的时候,孙子会不会叫爷爷了……"直穿楠的心脏。

清晨是一天之中最寒冷的时刻,也正是周末,才给了楠可以回转半刻的机会。最开始,她记着彩纸蜡笔,记着爱,之后她开始记着恨,最后她只记着原谅。再绕几圈,或是再走几步,她才能出得了象牙塔的拐角,又或是,根本就没有那座塔。清晨,越来越寒,楠渐渐睡去,睡得久了点,梦到什么也记不清,起来,已是中午。

她只是静静地做了自己平常做的一切,穿衣,刷牙,洗脸,吃饭,看书,没有锁眉,或是展颜。只是,在那之后好长一段时间,北再也没有在学校里看见过楠。

离期末考试越来越近了,楠的状态并不理想,尽管楠一如既往地努力,可是一瞬间的失落都逃不过在意的人的目光。这天放学,"大中锋"叫住了楠,他告诉楠不要太累了,突然转文科确实会不适应,希望楠可以慢慢地调整。楠沉默着,回了句,背上包,走了。

之后的每一天,都会有人在午休的时候在楠的桌肚里放上一杯饮品,或是牛奶,或是果汁,时不时还会贴着写了鼓励的话的标签。楠午休的时候有时会去书店,有时回家,有时去同学的宿舍躺一会。那个人会一早来到教室,偷偷地看楠下午来时发现饮品时的表情,直到时不时看见楠可爱而腼腆的一笑才心满意足地理理书包,理理桌上的资料。

期末考试越来越近,学校的小考也越来越多。一次文科综合的模拟测试后,成绩公布,楠的成绩骤然下降,放学后老师把楠叫到办公室训斥了很久。那天正好是"大中锋"值日,直到楠黑着脸走回教室,"大中锋"还没走。天已经完全黑下来了,教室里的人不多,除了几个学霸以外就是几个值日生了。楠一个人静静地走回座位,趴在桌子上,她忍住不哭泣,站起身,弯下腰收拾书包,表情僵硬着。楠快速走出教室,低着头,楠的异常并没有引起班里同学的注意,楠的情绪被安静地埋葬在这冷漠的教室里。大家都是各干各的事,有的戴着耳机听着歌随节奏边摆头边抖腿;有的左手教材右手资料奋笔书写,即便听到啜泣声都不抬一下头;有的边翻着漫画边捣鼓着手机时不时传来几声怪笑,还要不断瞟向窗外确定班主任没有出现。唯独只有"大中锋"从楠走进班里的一瞬间就默默注视着她,直到楠微微啜泣地背包离开。

也许是肩上的背包太过沉重,楠走得缓慢,给了"大中锋"追上去的时间和机会。

"大中锋"一直默默地跟着楠,直到走到教学楼下面。夜,已然给天织上了一层漆黑的网,当光亮失去温度的时候,大地陷入迷茫,黑色的沉默蔓延着,楠边走边哭了出来。

稀疏的路灯发出的光亮丈量不出梦的长度,也丈量不出岁月的深度,当天籁之声渐行渐远,通透的星光编织出的水晶鞋也迷失于夜色。童话的断章里,楠流着血的脚,却固执地不肯在半途停留,在那样的夜色里,祈祷的步伐是表达虔诚心愿的唯一方式。在那样的夜色里,路灯释放出内心的柔软,楠告诉了"大中锋"所有的故事。也正是在那样的夜色朦胧里,"大中锋"告诉了楠一个自己内心埋藏了很久的秘密。

对话的结尾,楠告诉"大中锋"她现在只想考上一个法律专业强的好大学,其他的都等上大学了再说,而"大中锋"告诉楠:你的梦想,就是我的方向。

时间过得很快,大家都在为期末考试而不断努力着。"大中锋"还是那个会在楠的抽屉里放些东西的人,楠还是那个不惊于形、不喜于色的人,北,也还是那个大家眼里的坏学生。时间就在这个学校的几间教室里不停流转着,直到期末考试结束的前一天,楠说想找北聊聊,北才答应了。

期末考试结束的那天,象征高二上学期结束的铃声打响的时候,学校就沸腾起来。同学们喧闹着,学校里到处都是人,各种奇怪的表情展现在学生的脸庞上。大家走出考场,回到自己的教室。因为是期末考试,考完后每个考生都需要回自己的教室,老师要交代一些事情。各班的班会时间不同,等北开完班会出来,天已经是灰沉沉的了,灰蒙蒙的天映着灰蒙蒙的脸。这次期末考试,北的数学和理综基本上就是交白卷,惨白的试卷让北蒙羞到连名字都不愿意写上去。每看一道题,北总是能看到爷爷的面庞,爷爷每个低眉转目的神情,北都觉得——清晰可见。这是很奇怪的融合,思念、无助、懊恼,都凝结成空白的答题,这是不是"此时无声胜有声"的独辟蹊径的解答?

向前走,向下走。尽头是有楠的终点,可是北看到的终点却有两个人:楠和"大中锋",顿时,北的心情乱成一团麻,一万种可能性在北的脑海中闪过。北越走越近,两人的对话也越听越清晰,楠和"大中锋"对视着,"大中锋"显露请求之色,楠显露拒绝之色,北来到了两人旁边。

"为什么每次这种时候你这家伙都会出来?"这是"大中锋"看到北时的第一句话,也恰逢"大中锋"的心情遭受挫败。

"你说什么?"北显得有些摸不着头脑。

"你怎么可以这么粗鲁? 是我叫他来的,你是跟上来的,跟他道歉!"楠听到"大中锋"粗鲁的话,显得很愤怒。

"叫我跟这种人道歉?""大中锋"嗤之以鼻,"楠,你可是学校的优等生,你是要去全国最高学府的人,跟这种小混混天天搅在一起,你不怕别人说你闲话吗?"

"谁是小混混,学习成绩不理想就是小混混吗?"楠似乎有点失态。

"还不是小混混? 跷课,作弊,打架,还把社会上的事带到学校里来,要不是他死了爷爷,一个人,学校早就把他开除了,丢了八中的名声。"

"你说什么? 你有种再说一遍。"北面色平静,却双手握拳,一副天不怕地不怕的神情,死死地盯着"大中锋"。

"呵。""大中锋"看着比自己矮了快一个头的北,也是从容不迫地说道,"小、混、混。"

还没等"大中锋"做出更多不屑的表情,北就一把死死地揪住"大中锋"的衣领,"大中锋"反过来一把掐住北的脖子,两个人的情绪都到了爆发点。

"你们干吗!"楠吼了起来,分别抓住两只青筋凸起的胳膊,"你们住手!"说完楠的眼眶就红了。

似乎是有魔力,北和"大中锋"都降低了力度,可是谁都不愿意先放手,因为十七八岁的年龄有着可笑的自尊。最后还是楠分别抓着两人,两人才同时放下不服输的胳膊。空气凝固了。

　　十秒,十五秒,二十秒,三个人没有动一步或是说一句。直到"大中锋"打破了僵局。同样的表情,同样的态度,仅仅只是放下了手。"哼,小混混就是小混混,只知道用拳头,你能打得过谁啊?呵。"北听到这,眉头一紧,楠立马死死拽住北的胳膊,北才舒展开了眉宇,呼出一口气,拉着楠,转身就要走。"大中锋"看北拉着楠,瞬间血液达到了沸腾的极限,想都没想,上前几步,用力扯开,这一扯,扯疼了楠。被"大中锋"强行扯开,北也火了,用力地推开"大中锋"。"大中锋"没架住这突如其来的冲击力,一把被北推坐在地上。"大中锋"迅速地爬起来,北还在迟疑,"大中锋"对着北的脸就是结实的一拳。被突然地打了一拳,北毫不示弱,朝着"大中锋"脸上也是一拳。还没等楠回过神来,两个人已经扭打成一团,拳来脚去的,不一会就围满了人。两个人不顾楠的劝阻,楠也不知道如何拉开两个如同野兽一般宣泄情绪的人,没一会儿,保卫科的老师就来了。

　　保卫科的老师将扭打的两人分开,北那张让保卫科老师已然熟悉的脸就突然映在他的眼眸中。"大中锋"理理衣领,一副找到了靠山的表情,带着几分傲慢,冷冰冰地看着北。

　　保卫科的老师只是简单地询问了事情的经过,简单地嘱咐了"大中锋"几句就让"大中锋"走了。但是北,却被带到了保卫科。老师一路上没有问北一句关于打架事件的原因,只是一个劲地说八中怎么会有这样的学生,而北,也没有多解释。

　　到了保卫科,老师坐在椅子上,一本正经地拿出一本《中学生行为准则》,一字一句地读起来,那呆板的表情配上厚厚的眼镜片真是像极了电视里的大反派。北一字不发,缄默着,直到保卫科的老师说出打架要记过,两次记过要劝退的时候,北终于红了眼眶。

老师告诉他,这次要劝退了,学校会联系他的父母,拿成绩单那天学校也会研究决定劝退与否,还要全校通报。

第三天,北的母亲就回来了。

那天下午,北的母亲要去学校。她是中午回来的,母子之间没有太多对话,她没有哭,北也没有问父亲为什么没有回来。母亲风尘仆仆地回来,没歇多久,就进了北的房间,给北收拾床铺,整理衣物,打扫卫生。北呆呆地倚在房间的门框上,看着母亲的背影,许久。

当北叫出妈的时候,母亲也开了口:"北,别念了,你爸说了,你也念不出什么名堂了,结束了就跟我一起走吧,你在这里也生活不下去。"

"咯吱"一声,不知是什么声响,之后灰灰就叫了起来。对父母的这个决定北没有想象中那样震惊,北没有说话,只是淡淡地说:"学校还没决定呢……"母亲深深叹了一口气,却没有回头看北。

走在去学校的路上,北心心念念这里的一切。这也许是自己最后一次走在这条上学路上了呢。身边的风景,熟悉又陌生,阳光也变得好温柔,有太多的事没有去做呢,有太多的话没有说完呢,该如何作别这里的一切,北不知道,"学校还没决定呢"是他最后的一道防线。

最终,这个被冠上"坏孩子"头衔的男孩没有那个好运气被留下来。北坐在班里,母亲在教室外向北招招手,老师一脸不待见地让北从后门出去,北走了出去,并没有吸引几个人的目光。母亲告诉北,回去的火车票已经订好了。母亲手里拿着北入学至今大大小小所有的成绩单,今天下午剩下的时间就是北这辈子最后在这学校里的时间了。北来不及想太多,站在那里没有只言片语。母亲抿了一下嘴,对北说她先回家收拾东西,转身就走。北站在走廊上。回去的车票已经订好,回去? 回哪去? 妈,这里才是我们的家啊……

5

窗外的风景依旧灿烂,阳光还是那么温柔。直到这时,一个满怀豪情壮志的少年终于被命运彻彻底底地改变了,再也不是进校时的那个少年了。

北回到教室呆呆地坐着,老师宣布完了成绩,也交代了所有的事项,寒假正式开始了。北村,又是新的一轮冬季。

随着老师走出教室,班里的学生也陆续离开,虽然满载着作业、试卷,但大家脸上还是挂满了笑意。北呆呆地坐在班里,情绪藏得很深。直到同桌拍了一下北——那个戴着黑框眼镜,喜欢用五颜六色的笔记笔记的女孩,她今年考得不错,进步很大。"北,新年快乐,开学见。"说完背上书包,对北一笑。"嗯……"北这才反应过来,对那个女孩也微微一笑说:"再见。"北记起,她叫房娟。过了好久北才起身,他觉得自己从来没有像现在这样喜欢这里的一切。他突然发现,身边的一切真的没有那么糟,他笑笑,这次考试,他可不是全校倒数第一。直到生活委员要锁门了,北才离开教室。北站在走廊上,什么都没有想,感觉一切发生得太突然,甚至不相信这是真的发生过。会不会猛地一睁开眼,清晨的阳光正好照得北微微沉醉,光线斜斜地照着桌上的作业,旁边摆放着那根昨晚想了很久要不要点的烟?北起身笑笑,昨晚做了好长的一个梦。

北用力地眨眼,步子迈得缓慢,可是这场梦终究不会醒来。北还是笑了笑,原来睁开眼看见香烟和作业同在桌子上的想法才真正是个梦啊。

在北走到转角就要下楼的时候,远方传来一阵急促的呼喊。北似乎还沉醉在梦与非梦之间,一双手就从后面拍上了他的肩膀,带着急促的喘息和甜蜜的气息。北还没回头，女孩一双手就捂住了北的眼睛："猜猜我是谁？"北已经分辨不出她的声音了，呆呆地没有说话。等女孩放下手，北回头去看，暮霭下，是那个兴奋的"美少女战士"。北的嘴角微微上扬，却没有笑意，彤的脸上充满阳光。

"哟，好久不见，我们的校花小姐。"北不惊不喜。

"是好久不见，你让我歇会，差点就没赶上。"彤还是喘着气。

"是啊，还好你赶上了。"北面无表情。

"我怎么知道你们老师什么时候说完呀，所以我一结束就赶紧过来了，你是不知道我们班老师多啰唆，一个劲地说防火防电防盗的……"

面对彤的滔滔不绝，北仍然是面无表情地看着孤独的风景。

"不过，终于可以摆脱他的魔爪啦。"彤说到这兴奋了起来，"本来不想告诉你的，不过想想还是好开心，就来了。"彤露出欣喜的神情。

"你也要离开学校了？"北带有讽刺意味地说。

"你说什么啦。"彤的脸红了，"是……是……是我寒假开学后就要转去你们班啦。"说完彤就情不自禁地笑起来。

北听到这，无数的情绪莫名地涌上心头。北什么都没说，也没有笑，默默地走在前面。彤一脸疑惑："北，你怎么一点都不开心呀，你未来的高中生活可是有我这个美少女战士陪伴耶……北，你知道换班多么不容易吗？我可是找了一千个理由耶……北……北……"彤还在滔滔不绝，北已经走到了楼下，那张贴着成绩和排名的喜报成了北眼里唯一的一道风景。

北静静地站在那里，一如从前地找着楠的名字。彤安静下来，知道北有事，也就静静地陪着北。

北一如从前地送彤去车站，过往的风，吹走的岁月，带走的亲人，带来的记忆，都像深深的烙印，是青春最华丽感伤的盛典。

旅人的脚步不会阻止时间的洪流,彤的那班226路车如期而至。彤上车,站在窗口向北挥手,北看着车子启动,车身颤动着,也颤动着北的内心。就在车轮滚动的那一刻,北看着一脸期待未来的彤说:"我不念了,你保重!"

　　来不及看彤的表情,车子就驶向未知的前方,北看着远去的226路车,心事重重。

　　开着开着,没行驶多久,车子就停下了,后门打开,彤冲了下来。

　　北一脸惊愕,彤拼命地跑向北,来不及反应,彤一把抱住北:"你说什么!"再看那佳人,已是泪流满面。

　　你给我一滴眼泪,我就看到了你心中全部的海洋。

　　"我又打架了,两次记过,要劝退,我妈已经办好了手续,去外地的票也买好了,以后就不会来这里了。"北一股脑把所有残酷的事实用最直接的话说了出来。

　　"我费尽心思来到你身边,你说你要走?"彤流着泪质问着北。

　　"嗯。"北简单地回道。

　　"我多辛苦才转班,你知不知道!"

　　"嗯……"

　　"我的申请下来了我多开心你知不知道!"

　　"嗯……"

　　"要不要告诉你我转班了,我想了多久你知不知道!"

　　"嗯……"

　　"你什么都知道! 那我喜欢你你知不知道!"

6

　　这次告白,就是北所有青春的终点了。天际的光明媚而刺眼,沉寂的校园里不知道掩埋了多少单纯的真心爱慕，只可惜他们不明白那时一切尚早。辗转的岁月里再多细腻的情思终会化灰飘散，暗恋可以支撑起少年时代的所有梦想，却不能抵挡成人以后的微凉现实。错过的年华在北村开出斑斓的紫薇花，却荒芜了轮回的春夏。停滞的时间里，看到她歇斯底里的疼痛，她落泪，我不忍，我知道她憎恨的是那段亦真亦假的情感和那个一去不复返的人。谁辜负了谁，我无法用一个旁观者的观点去判断。命轮流转，记忆的花瓣随着时光流逝到下一个浓郁的春天，漫天的花瓣失去了原有的鲜艳色彩，看到的却是地上一段悲伤的路，带着沧桑岁月留下的印记。苦痛的投影，记录的是有关那段最纯美的心酸历程，夕阳的光线像是被风吹散一般迅速消失，如同再也回不去的美好年华。那感觉，像是一个时代的剧终。

　　我颠覆了整个世界，只为摆正你的倒影。你的肩膀撑开了一座夏天，我却怎么看也看不到终点。

——《圣传》序

绿了芭蕉　红了樱桃

1

那天晚上,北叩开了楠家的门,楠出来,此时此刻的北不知道要说些什么。屋内的灯光将楠的影子打在北的身上,逆光让北看不清楠的脸到底是什么神情。楠是那个站在光辉里的女孩,也是那个名字在成绩榜前排的女孩,更是那个曾经和自己在同一个世界的女孩。

楠问北进不进屋,北摇头,站在门外。楠不知道,北这次是来告别的。

看着窗外的月色是这样柔和,思念却是如此沉重,淡淡的,静静的。楠俊秀的面庞在北的脑海里像洪水般席卷而来……北似乎已经看到了一年后那个拿到名校通知书哭得泣不成声的楠,似乎看到了五年后那个穿着正装出入在全国知名律师事务所的楠,似乎也看到了七年或八年后身穿白色婚纱幸福甜蜜的楠……就仿佛自己也一直会在场,会见证在楠的身边不曾离去。

“怎么了,北?”楠问他。

“没事,考完试了,也松了一口气,一起走走吧。”

“嗯,好呀,你等我一下,我回去换鞋。”说完楠就回身进屋。

两个人并排走着,入冬的时节,微冷的空气里,两个人都没有说话,直到楠先开口："北,这次考试,我的成绩还是差一点才能上重点大学。"北听着,感觉怎样都好,说着那些多少年没变的话,什么刚开始呀,继续努力呀,说实话,挺心不在焉的。

寒冬的风,微微地刮着,吹起如花般破碎的流年。楠笑着,笑容摇摇曳曳,成为北生命中最美的点缀。季节深深的暗影嵌入这个难以启齿诉说衷肠的夜晚,北知道,终是要一个人走过,来来往往,难过的总是自己。北不知道如何提及走。楠告诉北她已经在搜集法律专业厉害的学校,那是南方的一所大学,那里的气候很温和,不像这非南非北的地带,气候总是让人那么不适应。"是南方啊……"北默默念叨着。远处行驶而来的车子,在路灯稀疏的土路上疯狂地打着远光灯。北眯着眼看着刺眼的光芒越来越近,灯光让北有些目眩。他仿佛看到一个站在南方艳阳里的女孩回头甜美地一笑,跟他挥挥手,只是北没有告诉她,她今生所有的美丽都不及他第一眼见到她。

车子从北的身边驶过,速度不快也不慢,这条小路,没有地方可以掉头。

"楠……"

"嗯? 怎么了?"

2

北没有和敬凡、杨晨、遥遥一一告别,没有人知道北几时走几时归,除了楠。北告诉楠是十点十分的车,去北京。如有别的朋友问起北的去向,他只是淡淡地吐出一句"北方"。

那天深夜,北收拾好行李,第二天上午九点十分的车票放在桌上。行李箱静静地躺在椅子边,客厅昏黄的灯光再也没有飞虫环绕,爷爷奶奶的照片安安静静地立在客厅的老木桌上。北看着空空荡荡的房间,这个角落,奶奶给他缝过衣服,那个角落,爷爷给他盛过饭,这些角落守着北的秘密,是北远行前的最后慰藉。北擦了擦爷爷奶奶的遗照,那擦照片的动作就像北一笔一画地擦去过往的记忆。回到房间,躺在床上,遥想着那个城市的繁华空旷,遥想着那些膨胀与虚浮的快乐,北的心里,满是荒芜,找寻陌生的熟悉。

当一双手伸过来的时候,我隐忍着疼痛与柔弱。你说,该回家了。我说,回不去了。这里虽繁盛喧嚣,却始终不属于我们。乡音袅袅,生生扯落我眼底的泪,我有一段心事,简单明朗,透着淡淡的蓝。我有一段纯净的快乐,支撑着日复一日的疲惫。也许我们长大后,一切都已经改变,见多了离合,心便被包裹得坚硬如铁。这是我能够屹立在这充斥着钢筋混凝土的城市里唯一的信念。只是,在黑暗里,沉静着,一寸一寸,剥落的都是想念的尸身。

北渐渐入眠,这本是一个无法入眠的夜晚,北找不到入睡的理由。星光已不是星光,那张九点十分的车票陪着北一起坠入这深深的黑夜。

清晨的天际泛出残忍的白,北将行李箱拖出家门,灰灰在北的背包里哀号般地吠着。狗真的是这世界上最通人性的动物,就连灰灰都仿佛知道,再也不会回来了。门上的对联已经有些残碎,在风中发出"嗖嗖"的声音,母亲叫北锁门,她自己先一步出门去。北见母亲已经渐渐走远,进屋拿出透明胶带,粘好了去年过年贴的门联,透明胶带上反射出北一张模糊的脸。北慢慢地关上门,门缝里正对着爷爷奶奶的遗像,仿佛爷爷奶奶站在门里,微笑着跟北告别。

"北,快点!"母亲在远处喊,"又不是不回来了。"

绿了芭蕉 红了樱桃

北关上门,转身,拖着行李箱没走几步,爷爷奶奶追了出来,奶奶满眼泪光:"孩儿啊,去了大学好好念书,照顾自己!"爷爷也附和着:"遵守校规,尊敬老师,团结同学!"北笑了,回头看着奶奶抹去眼角的泪花:"知道了,爷爷奶奶,你们放心,我会常打电话回来! 等过年我就回来!"北用力地挥挥手,笑着转过身去,背后还依稀传来爷爷的声音:"老太婆,孙子有出息,考到大城市念书,将来是国家栋梁,你哭啥子嘛。"北暗自告诉自己,等自己挣了钱,就接爷爷奶奶去大城市里玩。走到村口,楠早已经拖着行李箱等着北了。"阿姨好!"楠开心地跟北的母亲打着招呼,"麻烦阿姨还送我们去车站,我和北可以的。""你好,你好,你跟北去了学校,要多照顾照顾他啊,我一直跟他说要向你学习,没有你这个榜样,我家北也不会去大城市念书。""哪里,哪里,有些事我还要向北学习呢。"说完两个人都笑起来。北从远处看见楠,欣喜地、奋力地招招手。

"北,快点!"母亲在远处喊道。

北回过神来,拖着行李箱,走着。

冬天的风总是有那么一丝寒意,那门缝里的一丝风景,是北梦想的投影。这一切,随着"啪"的一声关门声,戛然而止。

走到村口,母亲已经在等着去往车站的车。北期待能看见楠的身影,但毕竟这是相隔一小时的永恒,冬天还很长,春天也不远,人还没有走,车也没有来,也许这短短的一个小时可以让生命的轨迹鬼使神差地再次重叠,但是相隔这短短的一小时也恰似上天的安排。

汽车从不知名的远方翻起尘土的海浪滚滚驶来,像是从未知的世界带来的安慰。北的内心是麻木的,失去了所有爱和恨的感觉。有人说,未知就是害怕,而害怕就是所有动力的源泉。北拎着并不沉重的行李和母亲一前一后地上车,不管身后的北村是落英缤纷的繁华、七彩绚烂的柔美,还是哀怨期许的委婉,此刻,与北作别,往后,跟北无关。就像是那片留不住的花瓣或是树叶,凋谢在地上,零落成泥,换种方式走入生命的循环,就此与树作别。

汽车缓缓地启动,发出刺耳的噪音,空气里弥漫着汽油燃烧的味道,掺杂着红烧牛肉味、海鲜味、香菇炖鸡味等泡面的味道。这让北有些想作呕,他没有回头再看一眼。

作别何须多念,既是离别,理应有离别的样子,即便多看两眼,也不会改变游走的命运,倒不如不回头地走,更是自在安若些。

有人说,最深的疼痛是外人感受不到的孤楚,最悲伤的眼泪不曾见过眼眸。北这次离开,并没有那么矫揉造作,北城的往事是如尘随车轮消失殆尽还是如石垛在北村村口守望,这都得看北今后的命运了。

家乡总是令人神往的地方,中国人讲究落叶归根的文化,这是为什么呢?身边的朋友即便是在北上广这样的大城市闯出了点名堂,但不论来自哪个从未听过的穷乡僻壤都不会打心底把自己的家乡贬得一文不值,家乡出了哪个名人、地区出了什么新闻,反倒成了大家茶余饭后的谈资。兴许体验过了大城市的繁华,他们再也不想回去生活,但家乡始终是大家心里的圣地。为什么即便不愿意重新回去生活也念念不忘?为什么即便外人看那旮旯小得不值得一提自己还沾沾自喜?算算看,家乡到底有什么厉害的、让人值得一赞的资本呢?外人看北京,太堵,空气太脏,房价太贵;外人看上海,发展那么不平衡,纸醉金迷。然而在每个人的眼里,家乡就是即便自己把它骂得一文不值也不允许外人说一点不好的地方,那么我们对家乡留恋的是什么呢?是记忆,一段闲散或是紧凑的记忆,一段我们回不去的时光,一段只与自己分享的往事。是记忆让地域升华,是记忆让时光惊艳。于我而言,出去游玩,让我可以回忆起来的并不是何处的旷世美景,而是在哪个不知名的地方发生了哪件让人刻骨铭心的事情,这些记忆点亮了那个地方在心海里的光芒。

通俗地说,记忆是经验,经验是财富。那些文史资料、历史建筑就是前人的经验、过往的记忆,所以,记忆就是财富,是最有价值的财富。

北这次走,带着北村的记忆,倘若以后命运坎坷,北遗失了记忆,于他而言无异于失去财富,失去价值。

2

北一路上面无表情地看着孤独的窗外风景,此时的北对孤独又加深了一层理解。原来并不是无人陪伴就是孤独,那是我们年少无知的时候为了让自己显得有一些阅历而强加出来的意义。北想让自己故作不在意,故作舍得,但是每一个红灯在北的眼里都像是北村悲鸣的挽歌。

从北村到车站的路程不远,但这一次北感觉格外长。北以为自己足够坚强,可还是在下车的时候红了眼眶。北和母亲走进候车大厅,那时离发车去北京还有四十分钟,母亲和北并排坐下,都没有说话。

母亲是不知道怎么说,而北,是不知道说什么。

候车厅正中央的墙壁上有一个大大的电子钟,每过一秒都像槌子一下一下地敲打着北的内心,而北,无力抗拒,更无从还击。静默着,静默着,北坐在椅子上深深地低下头去,两手交叉心事重重。母亲坐在一旁,只是叹了一声气,便再也没有发声。

"北,你怎么了,低着头,是不是昨晚没睡好?"北猛地一抬头,楠笑着看着北。

"嗯,昨晚太兴奋了,一想到要去大城市念书,哈哈。"

"那你怎么办,你还要在那里读四年书呢,要是现在就睡不着,以后怎么办呀!"楠捂着嘴笑了起来。

"知道啦,我过去就调整好了! 对了,楠,听说大学有很多社团,你有想法不?"

"嗯,我想参加体育社,电视里那些女子运动员超级潇洒!"

"啊? 你要参加体育社?"

"怎么? 谁规定女孩子不能参加体育社啊。"

"没有,没有,哈哈,那就等着看我们的楠同学在校运动会上一展身手啦。"

"你呢,你呢,你有想法不?"

"我怎么可能没有呀,我都想好了,参加一个摄影社、一个街舞社,还有一个英语社。对了,对了,如果可以我还想加入学生会!"北兴奋起来,一扫刚才的沉闷。

"那么多社团,你忙得过来吗? 大学还是以学业为重啊,社团毕竟只是锻炼能力,培养兴趣。"

"是是是,我的楠大律师,我可不像你,学法律,那么难又要花那么多时间,我们学经济的自然会简单一些啦。"

"谁说的,你要是好好学也会很辛苦的!"

"好好好,知道啦,我到了那边再看啦,现在几点了?"

"呀! 还有二十分钟就开车了,准备好,准备好,看看行李,别落下啦!"

说完,楠就起身,拉着北去进站口排队。

"北!"北猛地一抬头,母亲已经拎着行李站在他的面前,"快点准备准备,广播都播报了,还有二十分钟就发车了,你收拾收拾,我先去排队。"

"嗯,知道了……"

母亲说完就朝着进站口走去。

"看看行李!别落下啦!"远处母亲又高声提醒北。

"知道了!"北叹着气,也以高声应答。

北检查完东西,起身要往进站口走去。

"北!"

那音色,北惊愕地回头。

楠!

北没有问楠怎么来了。

离发车还有十九分钟。

楠也没有问北为什么骗她说十点十分发车。

离发车还有十七分钟。

中间这两分钟,谁也没有说话。

只是楠哭了。

北告诉她,不要哭。

楠问北,什么时候回来?

北说,不一定吧。

离发车还有十五分钟。

楠一再问北,是不是不回来了?

北还是说,不一定吧。

离发车还有十三分钟。

楠哭得厉害。

北重复,不要哭。

离发车还有十二分半。

楠质问北,为什么所有的答案都是不一定?

北说,又有什么答案是一定的呢?

离发车还有十一分钟。

候车厅的广播又响了,提醒去往北京的乘客注意,候车厅变得骚动起来,来来往往的人在北和楠之间穿梭着,过往着。

那是列车还有十分钟发车的提醒。

"我去北京找你,我去北京读书,那里好学校也很多,那里也可以学法律,那里也是我的梦想……"楠喋喋不休,停不下来,抽泣着,红了双眼。

"我把灰灰给你,你好好照顾它,我带不走了。本来想着跟我妈配合投机取巧地蒙混过关,既然你来了,没必要了。"北静静地从小背包里抱出灰灰。那个包,还是当年北上高中买的。

灰灰从包里爬出来,周围的乘客看见了,都忍不住看上一眼,好奇这里怎么会有宠物。

灰灰看见了楠,一如既往地上去黏她,楠抱起灰灰,流着泪答应着。

离发车还有七分钟。

候车厅里放起了范玮琪的那首《那些花儿》。

"北,我去北京念书好不好? 我知道我现在要去北京念书成绩还不够,可是……"

"不要去! 去了,我就再也不理你了。"

"为什么! 我去哪里读书是我的自由,你凭什么管我!"

"是,那是你的自由,可是理不理你,一样是我的自由。"

"北,你怎么是这样的人!"

"是! 我就是这样的人!"

"算我求你,行吗……"

"对不起,不行。"

"那你给我一个理由,不然,我一定去北京,就算在北京上不了好学校,我也去!"

"理由? 你是不是读书读傻了? 好,你要理由我给你! 你去了北京,你多牛啊,你是一本,是 211 重点大学的学生,前途无量。我呢? 打工仔! 工地里搬砖头的! 搬砖头的! 你懂不懂! 懂不懂!"

"打工仔又怎么样! 我爸连打工仔都不如!"

周围的人看着他们,有的小声议论,有的冷漠笑笑。

"我们就这样,各自奔天涯……"

离发车还有三分钟。

灰灰在楠的怀里,显得有点害怕,不再撒娇。

北叹了深深的一口气,对楠说:"走吧。"转身要走。

灰灰慌了,一下子跳出楠的怀里,拼命冲向北。

北悲哀地仰着头,心也是一片一片地凋零着。

"趁着人多,把灰灰装在包里,混过去,叫阿姨配合一下,你叫阿姨先过去,然后你把包递给她,别给看到。"楠抹着眼泪。

"好,知道了,你回去吧。"

离发车还有两分钟,北的母亲回头一再催促北。

"行了,回去吧,好好读书,去自己想去的地方,干自己想干的事,别留遗憾,别后悔。"

"我可以以后去看灰灰吗?"

"嗯。"北说道。

离发车还有一分钟。

"走了。"北就要转身。

"北,你的脸……"楠还没有说完。

"别留恋。"北转身,消失在熙熙攘攘的人群里。

"我曾以为我会永远守在她身旁,今天我们已经离去在人海茫茫。她们都老了吧,她们在哪里呀……我们就这样,各自奔天涯。"

"啦啦啦啦,啦啦啦啦,啦啦啦,去呀,她们已经被风带走,散落在天涯。"

"有些故事还没讲完那就算了吧,那些心情在岁月中已经难辨真假。"

"where have all the flowers gone?"

"where the flowers gone?"

"where have all the young girls gone?"

"where did they all gone?"

"where have all the young men gone?"

"where the soldiers gone?"

"where have all the graveyards gone?"

"where have all they gone?"

我记得

当我们还小

我记得

在那片金黄的麦田

我记得

我们笑得很甜

我记得

当我们飞快地跑过田野间

冲向那条小溪去洗小脚丫

田里劳作的大人们会抬头

笑笑说我们穿越了人世间

我并没有忘记昨天

却一直记不起你的脸

昨日的树开满了今天的花

却又

凋败在明天

今生与你相伴成长

然后别离

别后余生陌路擦肩

唯一

听说你的流年

我记得

槐树凋落一树的花时

我们在车站

艳阳如血

你我站在岁月的尘埃里

我说"你的脸"

你说"别留恋"

我记得

你上车

我转身

一直有一句

没有说完的话

掉在时光的季节里

也许在另一个残阳如血的黄昏

有一场雨

落下了我此前与以后的所有思念

淅淅沥沥丝丝细细

那时那场雨会下一整夜

此后我还记得

再也没见过那么金黄的麦田

再也没特意去过那条小清溪

仿佛再也没有看见老槐树开花

再也没遇上残阳如血的一个黄昏

之后

你在流年

我在思念

最后记得

在一个夜晚

我正在思念

蓦然发现真的记不起你的脸

因为记不起你的脸我甚至爱上了落花

仿佛

天黑前是我们的故事

而今天已向晚

你缓缓退出舞台

之后

我独自一人静静欣赏流水浮华

而你

也只能像风中的尘埃一样

等待你的

也只有

落定而已

3

北就这样上了车,在北的心里,那是一条白色的铁轨拉长的冬天的痕迹。淡紫色的炊烟,清晰又杂乱,缭绕着候鸟的优美踪迹。一串深深浅浅的脚印沉浮于无边的雪野之上,刻骨铭心的记忆渐渐模糊了。

长颈鹿的脖子那么长　哽咽的时候是不是很难受

章鱼有三颗心脏　心痛的时候是不是很疼

乌鸦可以学人说话　尴尬的时候会不会装咳嗽

骆驼有长长的睫毛　想哭的时候能不能说眼睛进了沙子

蛇没有宽宽的肩膀　累的时候给不了能够依靠的温暖

小强有两个大脑　孤单的时候会不会同时想着谁

鱼的记忆只有七秒　在下一个七秒它们还会不会相遇

鸟儿没有手　哭泣的时候谁给它擦眼泪

蝙蝠没有耳朵　说爱它的时候会不会假装没听到

蜉蝣只能活很短　可能一辈子都来不及和心里珍藏的那个人

说一些话

我没有长长的脖子　却哽咽地说不出话

我没有三颗心脏　体会不到无法忍受的痛再多三倍

我假装咳嗽　假装被沙子眯了眼　你也没有再看我一眼

是因为我太弱小　没有很可靠的肩膀吗

无时无刻清晰的想念　一定比两个大脑同时想你还多吧

我对你的思念有无数个七秒　在你转身的时候是不是依然会忘记我

我的双手　在你悲伤的时候可不可以给你擦眼泪

你能体会到我的爱　在我注视你的时候能不能给我一个回眸的眼神　听我说一些我想对你说的话

我又能活多久　时间会不会给我开口的勇气

我那么爱你　你的悲伤可不可以分一半给我

世界那么大　你迷路的时候　我可不可以牵着你的手一直走下去

你会不会忽然出现　在旧时光的风景里　成为珍藏一生的美丽

人生漫漫长路上，北的这次离别并不是最刻骨铭心的。我们都经历过离别，并且，我们无时无刻不经历着有关离别的情景。人生本就是一场盛大的离别，触及我们最深的是未能好好地说句再见。很想念很想念一个人的时候，抬头看空中偶尔飞过的飞机，就会觉得，某些人，迟早要在自己的生命里消失，就像那架飞机。我拼命地让自己走很长很长的路，看飞驰而过的汽车及街头的风景，只为淹没那些过往。夜深沉，细数着过往的点滴，消逝的时光倒映着曾经的片段。回忆的章节里，又是谁把谁的温柔定格到永恒，化成那道永不消失的痕迹？若让夜停止清唱，只留下淡淡的剪影，是否我的惆怅，会随着夜而安静？若让回忆停止蔓

绿了芭蕉　红了樱桃

延,只留下浅浅的余温,是否我的思念,会随着记忆而停歇? 思念悄悄爬上心头,静静地看着纯粹的欲望,蔓延在黑暗里,停歇在一片树叶上,沿着树梢,隐入月光,躺在了月亮的梦里。截去一段月光铺在墙上,我看见了欲望的影子,如朝圣者,行着等身礼,寻遍这世界的每一个角落,执着又虔诚地寻找着你。有人说,回忆是一种味道,无法逝去,更无法追寻。我把思念写在风里,灵动的文字没有了时差,任眉眼打湿我的诗行,眸中是一波微蓝轻漾。你在我老去的章节里行走,我愿终生眠在紫色的砚台中,用微笑,为你收割秋天的书卷香。执笔落字,素心微澜,试图寻你,寻那条与你相逢的街的那个车站。青春的字眼慢慢地觉得陌生,年轮总是很轻易地烙下苍老的印记。以为能够长久的东西,其实,就在失神的刹那间便不在身边了。曾经深爱、思念着的人便轻易地变成了曾经熟悉的陌生人。曾经的纯真无邪,曾经的美丽梦想,随着四季轮回慢慢地散尽。我们在同一座城里看过同一部电影听过同一首歌曲说过同样的话走过同一条小路,可是现在我们却生活在不同的世界里。如果时间可以回到从前,我们的结局是否会有所改变? 也许此刻你的左边,依然是我的右肩,而我的右边依然是你熟悉的笑脸,只是现在一切都已时过境迁,有些回忆不能打扰,所以我们会永远保留彼此心里最好的一面。

春草明年绿,王孙归不归?

北最终坐在了列车上,那时的车站还没有普及安检,有些偏远的小站还没有安检,北庆幸灰灰最终还是被带上了列车。列车缓缓地驶出车站。在列车的厕所里,北让灰灰出来透透气,北将水龙头开得很大,不断用水冲刷着自己的脸。北想起了那些放在柜子里的课本,悄无声息地流下泪水。他不明白,为什么好好地就变成这样? 好像就连爷爷的离开也是昨天发生的事,好像一切都还来得及,而现实是明天列车就会停靠在北京,而后这辆列车还会载着故人重新回到他出发的地方。

4

我们总觉得要改变就得必须经历一些刻骨铭心的大事,就算不是刻骨铭心至少也是有所触及的事,但是绝大多数的重大改变都是在不经意间发生的,并且绝大多数都是我们不可预知的。一件极小的事,甚至是一个动作、一个眼神、一点点的心理变化都可能会带来翻天覆地的变化,我们在哪条街分手,有人会在那条街相遇;我们在哪个车站分别,有人会在那个车站重逢,想想这确实是一件非常有趣的事。我把人的一生比喻成一趟旅程,我们一出生就持着一张去往远方的车票。我们知道远方还很远,未来也要好久才来,我们要几经辗转,不停地下车上车转车。我们是寂寞的,一路上我们会遇见许多人见到许多事,也会看到许多许多的风景,听到很多很多的故事。老卢要当兵了,他下车了。爷爷要去找奶奶了,奶奶在车站的尽头等他,他下车了。幼儿园的座椅是木质的,小学的座椅是连在一起的,初中的座椅是分开的,两个人一排,高中的座椅又变成一个座的,大学的座椅是十几个人一排的,连椅子都不一样,你凭什么让坐在你身边的人永远不变?

一夜漫长的时光,火车最终停靠在北京的车站,刚下车,北就深深地感受到这座城市的繁华与荒凉。车站拥挤着,每个人的脸上都看不到神情,只有麻木的神经、抽搐的肌肉。北深深地呼吸着外面的空气,看着远处耸立的高楼大厦,他的心里,别是一番感受。

下车后,北跟着母亲来到住处,那时已是凌晨时分。北京,这个城市总是苏醒得太早。昨夜的浮尘还未来得及平定,甫暗的路灯似乎仍有昏黄色的光要透出来,细看却是晨曦的折射。并没有太多人会注意到这样的场景。年轻的白领裹着风衣在街边等待公交车,妆容精致却遮不住满脸沉重的倦意。轿车一辆又一辆呼啸着过去,里面乘坐着的是这个城市里每天疲于奔命的人们。而这个点上,通常不太会出现"上层人士"的影子。更多的是牵着孩子的母亲,玩命似的一路狂奔害怕迟到的公司小职员,骑着电动车出门买货的大叔……路边的早餐店永远人满为患,呼喊声此起彼伏,所幸老板娘早练就了过耳不忘的神奇本领。其实哪里不是人满为患?公交站、地铁、超市……各种交通路线像蜘蛛网一样覆盖到城市每个角落,一批又一批的人像货物一样被装卸着,整个城市犹如一个繁忙的空壳。大家都在奔忙,奔忙着各自艰难的生活。

晚上,北的父亲请包工头吃了顿饭,喝的是十块钱一瓶的二锅头,五十六度。北的父亲将北介绍给包工头认识,包工头很满意,说工地上就缺年轻力壮的小伙子,叫北明天就去工地报到。北的父亲叫北敬一杯酒感谢工头,北端起杯子站起来,工头已是喝得面红耳赤,拿了一个玻璃杯倒满酒递给北说:"干!"北看看父亲,父亲尴尬地笑笑说:"曹总很少给人倒酒,喝了,明天好好干。"北微微低下头,然后将近三两的酒一饮而尽。

工头看北很爽快,乐呵呵地笑着问道:"这个年纪怎么不在家读书?"北没说话。工头立马自己补充道,"这年头,读书没用,大学生出来一年才拿几个钱?我也是差不多你这个年纪就出来干了,现在一年不是照样挣个十几二十万的。只要你肯吃苦,我包你两年回家盖房,三年娶媳妇,五年就买车,哈哈哈。""谢谢曹叔叔。"北平静地回答着。说完,工头甩给北的父亲一支烟,烟甩到了地上,父亲弯腰捡起,赶快拿着桌上的打火机给工头点上烟。

第一天的工作是扛水泥,北负责把水泥从货车上卸下来,用推车运到搅拌水泥的地方。一袋水泥有几十斤重,北一扛就是一天。中午的饭菜是一盘青椒肉丝、一份炒蛋和一碗素面。结束一天的工作,北排了半个小时的队才洗上澡,回到宿舍就睡着了。

从离开学校到下工地干活,两天的时间而已,命运似乎并没有给这个少年多少选择的机会,还是冥冥之中所有的选择早就安排好了?回头看看,世间所有的选择都是建立在被选择的基础上,有时候自主地选择一二不过更像是对命运的挣扎。

建房子的大老板开着车来工地视察。工头一脸谄媚,给大老板递去安全帽。大老板看看安全帽,将帽子拿在手里,手背在后面。大老板挺着像是怀了两年都生不下孩子的肚子指点一番江山,手腕上的大金表在晴日里直刺人眼。工头双手给大老板递去一支烟。大老板看着笑得合不拢嘴的工头,从口袋里拿出自己的烟给工头甩过去一支。工头赶忙笑着说,老板太客气了,赶快给大老板点烟,并把打火机捂得严严实实,生怕一阵风吹灭了火。大老板指点一番之后,掸掸袖口似有似无的灰尘,驾车离去,掀起的尘土让工人咳嗽不止。工友们还私下说大老板的车真漂亮,有人说是什么马,有人说那得一百多万,还有人说大老板原来也不过是个混混。看到工头来了,大家都不再作声,各自忙活去了。

工地里虽然累,可是也有零星的空闲时间。刚开始北很不适应,每天收工后洗个澡,头挨上枕头就呼呼大睡。后来习惯了这个强度,收了工的闲暇时间,网吧成了北唯一的去处,虚拟世界带来的快感成了北唯一的寄托。

恍然,年至。

父母在工地,北自然也无家可回,这种情况的工友也不在少数。大年三十的鞭炮声里,北的一家和几个工友在简易房里度过了在异乡的第一个新年。菜是两荤三素,还有工友们不知道从什么地方带来的花生、瓜子,酒还是那五十六度的二锅头。简易房里没有电视机,七八个人围着收音机听起了相声,屋里倒也不冷,有煤炉,也有御寒的烈酒,只是烟味夹杂着煤球味,开窗子透透气,屋外的寒风倒是让北打了几个哆嗦。

饭后,工友们吃着花生,嗑着瓜子,酒还是得接着喝。他们侃侃而谈,口若悬河,似乎国家大事真的和他们有关系一样,从最新的国家购房政策到过几年打算买辆车跑跑货,说得是不亦乐乎,虽然喝的还是那十几块的酒,拿的还是那不多的工钱。

像北这样举家迁徙的例子并不多见,多半是男人外出打工供小孩念书的。家里的老人在家带孩子,妻子则在家帮帮忙或是在县城打点零工。每每谈及北为何不读书了,北的父亲总是猛吸一口烟,再喝上一口酒。

工地里的工友对读书是非常崇拜的,可惜他们崇拜的只是读书而不是知识本身。过了十八岁还在读书的孩子家长,在这小小的饭桌上绝对是权威,不管学校,不论成绩,只要还在读书,大人们谈起总是满面红光。若有人因此敬一杯酒,即便是五十六度的酒一口气喝个二两也在所不辞。

北看着这个场面,牛气冲天的工友,尴尬赔笑的父亲,他能理解却又无奈,他觉得这个场合着实不适合自己,便开了门,出去走走。

外面是真冷啊,这年也是过得一年不如一年有年味,原来大城市里的人过年竟是如此冷清。空旷的工地,似乎像一张大嘴,下一秒就要将北吞噬。北想逃离而出,当因为冷而呼出一口粗气的时候,人已经走到了大门口。看门的大爷,衣服披在身上,看到北出来,探个头,问声新年好。北寒暄着,多问了一句:"大爷,过年不回家啊?"大爷笑笑,招呼北进屋坐。

保安室只有几平方米,一张床紧紧贴着墙两边,一本册子,一个收音机,一个茶杯,一包烟,还有一串钥匙放在桌子上,煤炉里烧着水,北进去感觉这个地方真的容不下第三个人了。大爷坐在床上,招呼北坐在椅子上，他笑笑问北："小伙子怎么过年不回家?"北有些木讷，回道："我父母都在工地里上班。""哦。"大爷不再追问。

大爷问北抽不抽烟，北还在犹豫，大爷就递了一支烟到北手里。大爷姓程，说自己1949年出生，就取了个名叫建国，家有一儿一女，老伴走得早，女儿是老大，嫁到外地，两三年都不回来一次。儿子不孝，村里征地，征了程大爷的房，后来又补了一套房和几万块钱。儿子要结婚，房子给儿子弄走了，钱也用来给儿子结婚，大爷没跟儿子住几天，儿子就撵自己走。先是来软的，说让大爷去大姐家住，大姐说自己生活得不如意，丈夫也不同意，不肯接纳。老二就跟大姐吵，说凭什么自己养老头，让大姐出赡养费。大姐说家里房子她没要，村里补的钱自己也一分没拿，那就算赡养费了，于是就拖着不给钱。老二看大姐死活不给钱，就和他唯一的亲姐姐翻了脸，再也不联系。后来老二慢慢强硬起来，最后什么老不死的、缺心眼的一类词都用到了程大爷身上。大爷说着有些生气，烟也是一根接着一根地抽。大爷说，老二没有小孩，一直让自己给他五万块钱才生小孩，不然就让自己成"光头户"，让村里人笑话。大爷说自己没有多余的钱了。老二非说大爷老伴走时给了大爷一笔钱，是将来留着给自己结婚用的，天天冷嘲热讽、软磨硬泡地让大爷把这笔钱拿出来。不拿出来，老二就让他媳妇只做他们两口子的饭。有几次一天不给大爷饭吃，还说老不死的马上就进棺材了吃什么饭! 大爷说着说着，原本愤怒的脸上流露出一丝悲伤，不觉间红了眼眶。

"程大爷，真的有那笔钱吗?"北问道。

"哪里还有钱啊，他娘那会是存了两万块准备给老二结婚用的，因为不能让他大姐知道，一直都瞒着瞒着，也不知道老二是怎么知道的。"大爷呆呆地看着远处，目光空洞而无神，烟灰长长的一截，"当年他娘生病，我让她把钱拿去看病，他娘说舍不得，累死累活一辈子就攒这几个钱，坚持留着给老二结婚用，医院也不去，就在县里诊所开点药吃。有时候她难受得整夜整夜睡不好，我心都急烂了。"

"那后来，那笔钱呢?"北其实不想问下去，但是知道程大爷心里难受，往事重提，就让他老人家说下去吧。

"那钱，早就给老二三次五次地拿光了，说要跟人合伙养鱼拿了六千五，后来又说去县里开饭店拿个一万。那个时候他没个正经事干，每次三百五百的都给拿光了!"程大爷的手有些颤抖，烟灰掉到了床上，大爷掸掸，"后来，我一生气自己走了，趁着自己还能干点活，就出来了，去了好几个地方，最后到了这里。在这里干了也有三年了，平时也没什么事，听听曲，喝喝酒，就这么等死吧。"大爷说得铿锵有力，不像是因情一时而起，听上去更像是悟完道后的禅语，又像是思考了千万遍后自信的阐述。

北听了，不知道回什么，半天说出一句:"大爷，他们在屋里喝酒呢，您也进去喝几杯吧。"

大爷笑了，乐呵呵地说:"哎呀，不去了，不去了，我还要看门呢。上次我没注意，几个小年轻来工地偷建材，老板罚我四个月只拿一半工钱。不过我就一个人，死到哪算哪，也够用。你要是觉得急，就回去吧，毕竟过年嘛，小年轻的，喜欢热闹。"

北刚想说些场面的话，"呜——"茶壶里的水烧开了。大爷让北喝些开水，暖暖身子，在自己的杯子里倒上点开水给北递去。北没喝，手里捧着杯子，焐焐手。

"小娃，你怎么不念书啦?"大爷问道。

"念不下去了。"北草草答道。

"那可不行啊，有机会还是要念书的，老二当年就是不好好念书，现在天天没个正经。"

"学校觉得我念不下去了。"这是北最后一次关于这个问题的回答。

北并没有将自己的故事和程大爷交换,这个工地虽然空旷,可还是容不下两个人的故事,倘若将自己的故事也融在这工地上,看着拥挤,心生烦意。毕竟,一个人的路,只需要给自己立里程碑,自己的心,装着自己的故事就好。

大爷叹了口气,若有所思,又欲言又止。

这谈话不知道进行了多久,等北出来的时候,简易房里仍能依稀听到工友们的喧嚣声。北往回走着,抬头看着天空,没有星星,也看不到月亮,偶尔会有礼炮在无尽的黑夜里昙花一现,这个城市,忽然间,那么冷,那么空。北想着,此刻的北村,会不会有雪呢?孩子们会不会在家门口放着烟花?今年的对联又会是怎样对仗工整呢?等来年冬天的时候,礼花再次响起,楠,你就应该是某个知名学府的一员了,不知道那个时候,北京这座城市,还会不会那么冷,那么空?

你在南方的艳阳里大雪纷飞,我在北方的寒夜里四季如春。

——《南山南》

楠愿北折

1

干冷的冬天在呼呼的北风中不知不觉地被吹散,春天如期而至。这个春天对于楠来说是个很辛苦很重要的季节,冬末春初的时节天还是冷的,教室里的暖气让窗户上结了一层薄薄的雾气。一如既往,会有人在窗户上画上一张简单的笑脸。慢慢地,玻璃上弯弯上扬的眼角在大家埋头苦学的时候,不知不觉地聚集成一滴水珠滑下眼角,像泪,弄花了微笑的脸庞。

这是离高考还有九十九天的日子,昨天的誓师大会庄严而轻松。班主任用两节自习课的时间让同学们依次去后墙的黑板上写下自己的高考愿望,写完后再回到座位上自习。老师用手机拍下了这张弥足珍贵的照片,告诉大家多年以后你们会记得这段日子的,因为这是决定你们命运的一段时间。同学们低着头偷偷拿出手机也想记录这一刻,班主任笑笑说:"毕业前不擦后面这块黑板了,别让我看到有什么让你们分心的东西。"全班哄堂一笑。

我一直不太认可把命运这种玄乎的玩意儿和一场考试直接挂钩,虽然可能在特定的情况下确实是这样。写下这段文字的时候是 2016 年 7

月，正逢国内高考结束，我在异国他乡。虽然我没有参加过高考，但是回想起五年前那段高三的时光我还是记忆犹新。高考刚结束的那几天，朋友圈、微博铺天盖地的都是高考的消息。我时不时会想，作为一位未能参加高考的学生，高考的意义到底是什么呢？是决定未来四年在哪里打游戏穿丝袜，还是别的什么？

我的一个朋友小美说，高考其实是我们人生中最后一次最纯粹的竞争，当然这是她自己多年以后浸泡在社会大染缸里才懂得的道理。而我父亲说高考作为人生一次难得的经历，没有经历确实是一个遗憾。虽然我并不觉得是遗憾，即便是到了今天。

那段岁月，无论从何种角度看，你都是完美无缺，而如果你有所缺失，那部分也早已被你用想象填满。

天晴，下雨；日出，日落；人哭，人笑。时间就像流沙，一天天地从指尖滑落，习惯了一个人背着书包走在孤单的乡间小路上，习惯了一个人去食堂点一份土豆肉丝，习惯了一个人晚上看飞虫在台灯下相互追逐。都说高三是最辛苦的一段岁月，但是习惯让这段难熬的岁月也显得不那么突兀了。对于楠而言，可能以后回忆起高考前的那三个月，是小路边昏暗的灯光，是食堂里半生不熟的土豆肉丝，是在台灯下手抚额头苦苦冥想都解不出来的那一点玄机。

于我而言，最后那三个月可能是耳机里的那一首《直到世界的尽头》，可能是体育课下课铃前那一记后仰跳投，可能是和好兄弟在烧烤摊旁的游戏机边笃定地下了五个"大王"，可能是……谁知道呢！谁知道都好，谁知道都不重要，其实，那就是一段记忆罢了。

四月、五月、六月……

　　时间不断地从北和楠的身边飞过,天气渐渐转热,楠的三次模拟考试就在北的汗流浃背的时光里结束了。人的潜能是无限的,也许是父亲的事深深地影响了楠,楠的成绩越战越勇,直到高考前最后一次模考,楠的成绩已然可以考上 985 的高校了。

　　也许人的机遇是无限的,一个周五,北的老板的儿子喝了酒在酒吧的门口和一拨人闹事。老板的儿子吃了亏,打电话给北的老板,老板为了给自己儿子出口气,叫了一帮工地上的年青工人出去打架。北冲在最前面,抓住欺负老板儿子最凶的那个人就是一顿猛打。斗殴的结局虽然是被送到了派出所,但是北却受到了老板的赏识,说他有冲劲能成事,回去后让他带几个工人一起干。

　　北和老板的儿子在冲突中都受了伤,并不重,从派出所录完口供后就一起去医院做了简单的处理,北这才和老板的儿子相识。老板的儿子说北很够义气,想结交北做哥们,北倒是无所谓。老板的儿子说要请北出去吃个夜宵,北其实不想去,但是碍于面子也就没有推托。老板的儿子带着北到夜宵街的一家烧烤摊,点了半扎啤酒和一些烧烤。北劝道就不喝了吧,老板的儿子却摇摇手,和好哥们在一起吃夜宵怎么能不喝点?何况自己也没喝多,不然怎么还能打架?北笑笑,开了两瓶啤酒。喝酒间北显得有些拘谨,好在老板的儿子为人还算爽快,渐渐地,北也放松很多。老板的儿子叫何诚,比北小几个月,两人也算是同龄。何诚高一念完就不念了,天天在家里无所事事,家里反正底子好,没钱了就找家里要。老板打算一年后送他出国,现在是出国前的空档才天天出去玩。北也了解到何诚还有一个妹妹,比他小两岁,妹妹还算是成绩不错,今年高一。

　　酒喝了两瓶,菜吃了一些,北微微有些醉,稍稍有些闷热的夜晚,并没有因为夜深了就显得凉快些。不知是酒精的刺激还是夜宵街的热闹,北还真的是有些晕眩。

倒满能装三两酒的杯子，何诚对北说："叫我诚就行了，你不介意叫我帅帅也行。"说完何诚哈哈大笑起来。

"对了，你今天为啥跟那家伙闹起来啊?"北问道。

"那家伙啊，他欺负我朋友。"

"啊，欺负你朋友? 我们去的时候只看见你一个人啊。"

"我朋友走了。"

"那你朋友也太不够意思了吧，这回去还能做朋友吗?"

"能啊，我让他们走的。"诚喝了一口酒，"今天周五，我和我一哥们带了两个女孩出来看电影，晚上去酒吧喝喝酒玩玩。结果喝完了酒，出来打车的时候，一个男的非要过来要我们这边一个女孩的号码，那个女孩不愿意，那个男的就叫来另外两个男的一起帮他要。"

"直接上车不就行啦，说那些干吗?"北回道。

"大哥，那是郊区，周五，哪里那么容易打上车?"诚说。

"那后来咋啦?"

"后来车不来，那三个男的就是不走，我那个朋友急了。我那个朋友想和那个女孩好，两个人都觉得对方不错，也准备在一起了。结果我那个朋友稳不住了，戗了那个要号码的男的几句，那男的也喝了酒，要面子，就和我朋友推推搡搡的了。"

北把杯子举起来，两人碰杯。"那也不关你的事啊?"北说道。

诚用手指抵着自己的胸："我朋友给戗了，我不上?"

北笑笑："那你朋友也不能走啊。"

诚随手从口袋里掏出一包被挤得皱巴巴的烟，甩给北一根，自己点上，又把打火机丢给北，深深地吸一口，淡淡地吐出来："我让他先送女孩回去了。"

楠愿北折

北也点上烟，轻轻地含在嘴边："你也是够种，就一个人啊。"

诚没有回答，呆呆地迷茫地看着远方，深深地再吸一口，轻轻地吐出来，剩余的烟雾从诚的鼻子里飘出。

直到整整十秒后，诚才低沉地冒出了一句："只是没想到，他真就没再回来。"

北也吸上一口，吐出一口烟雾，淡淡地笑着说："你也是为朋友。"

"嗯……"还没等诚反应过来，北的杯子已经碰上了诚的杯子，等诚转头时，北已经将杯中的啤酒一饮而尽。

之后两个人聊了很多，一共喝了九瓶啤酒。就在夜宵差不多结束的时候，诚的手机响了起来，是诚的妹妹问他为什么还不回家，说父亲晚上为诚闹完事后就出去了，今天不在家，刚刚打电话问诚回没回去，她说没有，于是诚的父亲让她问问诚在哪，把他接回家。

本来诚的妹妹也是不想接诚回去的，只是想知道他在哪在干吗，可一听他又在外面和朋友喝酒，气得马上说来接诚回家，尽管诚说已经结束了，也没喝多，可就是不行。挂了电话，诚对北说："我这个妹妹啊，什么都好就是太倔了。"北应和着笑笑。说罢两个人就往他们约好的地方走去。

这一路上两个人聊了很多，家庭啦，喜好啦，感情啦，等等。北发现其实诚和自己很像。诚很小的时候爷爷奶奶就去世了，父亲也是常年在外奔波很少回家，母亲是个柔弱的女人，话不多。诚两岁的时候妹妹出生，诚也很喜欢打篮球，其实诚不想出国，不想远离家乡、远离妹妹等等。

北这才觉得，不管是老板家的公子，还是外来务工的辍学的小伙子，其实没什么不同。

谈及辍学，北简单地说了两字"打架"。诚也笑着说："好巧，我因为追女孩。"说完两个人四目相视，哈哈大笑。谈笑间诚的妹妹就打着车来了。

曲婉婷有一首歌,里面有一句歌词"其实我们没有什么不同"。从小到大我们都有一个共同的敌人——"别人家的小孩"。其实我们一直在努力追赶着"别人家小孩"的脚步时,我们也成了别人口中的"别人家的小孩"。其实我们没有什么不同。我在国外求学的时候认识了好几个朋友,我们来自不同的地区,接受过不同的教育,有着不同的背景,感受着不同的人生,可是每每谈及事情时,我发现我们的想法竟然那么相似。这样的人,经历过与你截然不同的人生,却能发出与你几近吻合的心声,这样的人可以做很久很久的朋友。我也知道那些我们不愿意接近的人、不愿交往的人、觉得不是同一个世界的人,并不是因为我们不同,只是我们表现的方式不同而已。如果静下心来去交往,就会发现其实我们没什么不同。那些自以为与众不同的人,才是真的不同。这就是为什么孤独的人十之八九都觉得自己与众不同。

2

诚的妹妹从出租车的后座下来,看见在路灯下的北和诚,气得直接对着诚就是一顿说教:"哥,你咋就这么不省心,才闹事就又去喝酒!""我没闹事,人家闹事。"诚显得有些委屈,小嘴一瘪,显得很萌。"扑哧"一下,诚的妹妹就笑了出来:"你别卖萌,卖萌你也是闹事了。快回去吧,都三点多了,时候不早了。"诚想转移话题:"明天周六,还早呢。这是北,我哥们,要不是他,你哥今天就吃亏了。""对,就你哥们多。"诚的妹妹朝诚翻了个白眼,然后转头微笑着看向北,伸出手,"你好,北,我叫莉莉。"北犹豫了下,出于礼貌,还是和莉莉握了手。"你好,我是北。"事情就是这么发生了,谁也没有刻意记下。

那天,诚说北和自己特别聊得来,尽管北一直委婉拒绝,可诚还是执意让北今晚住自己家,说反正父亲今晚不在家,北这才半推半就地上了出租车。

车开了有二十来分钟才到诚的家,一路上北看着窗外的光影交错,诚则和莉莉调侃着。到了诚的家,北傻了,那是一栋四层的别墅,门前有一个约一百平方米的院子,院子里还有一个小池塘、一个秋千和一套茶具。北小心翼翼地换上拖鞋走进去,一眼望见的是极其奢华的大厅。繁复的灯饰发出冷冽的亮光,四面高高的墙壁在柔软的地毯上投下暗沉的影。穿过宽敞却冷清的走廊,两面挂满了欧洲中世纪风格的油画,还有几幅裱起来的小孩的涂鸦。莉莉捂着嘴笑着说:"这是我和我哥小时候在幼儿园的获奖作品。"北却来不及笑,他看着眼前的一切惊呆了,他这辈子从没进过这样的地方。室内的设计自是不用说,但那名贵的装饰却遮不住屋里冷清的氛围。诚带着北简单地参观了一下,莉莉则给北和诚倒了两杯果汁解酒。除了负一层的地下室和负半层的私家车库,一楼是客厅、开放式厨房、洗衣房和洗手间;二楼是诚和莉莉的房间;三楼是书房,黑色大理石铺成的地板,明亮如镜的瓷砖,华丽的水晶垂钻吊灯,纯黑香木桌,进口的名牌靠椅,精美的木雕;四楼的阳光房,上面是一整片大玻璃,抬头望,这里的星星离你特别近;白天有空就看云卷云舒,下雨就看着雨点落吧,没关系。四楼的另一侧是诚和莉莉母亲的房间,门开着,莉莉说,母亲今晚和几个干妈去打麻将,也不回来了。

用八个字形容诚的家:金碧辉煌,奢华至极。

北跟着诚走进房间,看着宽约两米的床,诚笑着告诉北,床大,怎么翻滚都不会滚到地上去,睡三个人都没问题。这时北才隐隐约约地感到藏在这富丽堂皇的大房子里的一丝寂寞和空虚。

北和诚相继洗漱完,诚从房间的酒柜里拿出了一瓶洋酒,北说还喝啊,诚笑着说:"男人,有酒才有故事。"北也是给折腾得没办法,喝就喝吧,反正有地方睡觉。

这可是纯洋酒,他们两个人就一人一杯地喝,没的聊了,两个人直接开始玩游戏,德州扑克。虽然北学 ABCD 学得慢,但这玩意一学就会。

那晚,一瓶洋酒两个人喝了大半,直到两人都失去知觉在床上睡去了。

一觉醒来,天已经亮了,北一看已是九点一刻了,阳光穿过房间大大的窗户在地板上投下影子,北撇头一看,诚还在熟睡着。北刚刚洗漱完毕突然听到楼下有声音,寻声下楼,看见诚的妹妹莉莉穿着一件大大的白色 T 恤,一袭长发披在肩上,背对着北迎着厨房的窗户正在切菜。厨房的饭桌上放着两个洁白的盘子,盘子里是两个煎好的鸡蛋,两杯牛奶也放在桌上,面包机里烤着四片面包,一袋切好的吐司放在桌子上,远远地飘来烤面包的麦香。北呆呆地看着莉莉的背影,没有出声,直到面包机"叮"的一声,莉莉回头才看见北。

"早上好,北,起来啦,我哥呢?"莉莉笑着问候北。

"他还在睡觉,我先起来了。"

"我就知道,我这个哥哥就是懒。早饭快做好了,你去叫我哥起来吃饭吧。"

"嗯嗯,好的,辛苦你了。"

"没事,正好今天是周六,我才有时间做早饭,平常这时候我早就上课了。"说完莉莉对着北甜甜地一笑。

也许昨晚的路灯太昏暗,北竟没有仔细看莉莉,那女孩有一双晶亮的眸子,明净清澈,灿若繁星。不知她想到了什么,对着北又是开心地一笑,眼睛弯得像月牙儿一样,仿佛那灵韵也溢了出来。一颦一笑之间,气质与神色自然流露,让北不得不惊叹于她清雅灵秀的光芒。高挺的鼻梁,弯弯的柳眉,长长的睫毛微微地颤动着,白皙无瑕的皮肤透出淡淡的红,薄薄的双唇如玫瑰花瓣娇嫩欲滴。莉莉看着北嫣然一笑,转身去厨房拿东西,丢下一句"去叫我哥"。

北去楼上叫起了诚,三人一起吃了早饭。北这才发现其实富裕家庭的女孩也不都是娇生惯养的公主。吃完早饭,莉莉要去图书馆,诚开车送北去工地。

当天下午老板就来到了工地,给了北两千块钱作为补偿,还说北这个小伙子有胆子,能成事,让他带了一拨工人。两千块那可是北将近一个月的工钱,北给了父母一千五,北的父亲拿了钱没有说话。可能北的父亲也明白,现在也许只有胆子才能让北靠梦想近一点了。虽然父亲可能并不愿意让北用这样的方式得到社会的认可,从而换来相对高额的报酬,但是人在屋檐下。不得不承认的是,梦想是奢侈品,不是人人都能拥有的。

那个时代,手机还算是半个奢侈品,时不时人们还是靠信件作为一种传递思念的方式。第二天,北就揣着这剩下的五百块钱去了邮局,想给楠寄去。当写到汇款地址的时候,北停住了,他问能不能不写汇款地址,工作人员告诉他不行。北思考了很久,最后还是默默地走出了邮局。北心想,等高考结束后,他请个假回趟北村。

之后,诚隔三岔五地就来找北玩,有时是一起上网,有时是带着北去吃烧烤喝酒,每逢周末,总有那么一两次诚会叫上莉莉一起。因为要喝酒的话,诚是不能开车的,从工地到诚家近一个小时的车程,所以诚就把莉莉叫着一起。莉莉周末也没事,一来二去,三个人的感情越来越好。

五月底,也就是离北上次打完架一个月不到的时候,眼看楠就要高考了,发生了一件改变北一生的大事。

3

那天晚上，北刚吃完晚饭，结束了一天的工作正准备出去找个网吧消遣一下，突然老板的车打着远光灯从大门驶进来，随后跟进来三辆面包车，车速不慢，卷起的尘土让北呛了口气。这个点按道理来说老板是不会来的，北于是就站在门口观望了一会，也许就是这么一观望彻底改变了北的命运。

老板气冲冲地下了车，估计进来的时候看到了北，于是径直走向北，还没等北跟老板打招呼，老板就直接跟北说了一句："抄家伙，上后面的面包车。"说完就急匆匆地走向民工宿舍。

"一战成名"的"荣耀"让北逃不出命运的牢笼，如果北当晚早一分钟走出了工地，又或是径直出了工地没有驻足观望，也许他的人生就会不一样。不，一定会不一样。人生漫漫的长河里，每一场相遇或离别都没有早一分钟也没有迟一分钟。

北拿了一根钢棍上了面包车，之后陆陆续续几十个身强力壮的工友从宿舍冲了下来。

车子开了很长时间，到了另外一个工地，进门的时候北看见工地的空地上已经站满了拿着斗殴器具的工人。等车上的人都下来了，两方对垒时，一双大手在人群中抓住了北，北回头一看是父亲，父亲拿着扳子，低声地告诉北："跟紧我。"

那天，阳光很好。六月的天气总是很迷人。车子去北村必须途经八中，北选择了从八中下车，一个人站在八中门口。八中大门紧闭，写着"养兵千日用兵一时 我八中学子必将凯旋"的大红色横幅还挂在校门

楠愿北折

口。北没有带行李,就一个人风尘仆仆地回来了。北看着这红色的横幅,百感交集。

北回来了,回到了他朝思暮想的家,北曾经幻想过无数次回到北村的场景,只是他没想到会以这种方式再次回来。待北推开老家的大门时,墙上的相框让北突然流泪,不能自已。昨天也只是在车上提心吊胆、断断续续地睡了一会,洗了澡北就躺在床上睡着了,这一切都发生得太突然。

等北醒来的时候正是傍晚,北从床上起来,揉揉眼睛,起身开了灯。桌子上已经布满了灰尘,也许是归人轻盈的碎步惊醒了残梦,北看着屋内这封闭的小小空间,满是寂然,看向窗外,透过布满灰尘的窗户,外面一片模糊。往事从床边滑落,堆砌在桌上,记忆又将往事一层层地剥离,隐隐地疼痛,而后又层层地包起来,让人窒息。

北推开门,他要去做最后一件事。

北走到楠家门口的时候停步,看向楠房间的窗户。那是怎样一种熟悉的明亮在夜色里再次绽放,美丽得让人猝不及防。一些淡淡的温暖漫过渐凉的唇畔,熟悉的味道在时光里流动,在哀伤里苏醒,这次重逢,就是离别!

当北叩开楠家大门,当楠惊愕地站在门口,当北的嘴角弯起带着风尘的弧度,当楠的双眼挂着未来的宽广,时间似乎静止了。

总会有类似的重逢,让人心生恍惚,像一场梦中的重逢。流逝而去的光阴在季节里轮回,太多太多的悲欢离合就这么沉淀在了光阴的最深处。太多太多的行走是身不由己,辗转的脚步在年轮里徘徊,用来年的希冀丰盈着承诺和岁月的苍白。错过在心里一直用童话的方式不停地重逢,远远眺望的眸子缝补着撕裂的心。那些遇水放歌的日子,那些落满伤感的薄凉,那些看不到头的归途,等待着光辉里的青鸟把那一程的山水都搁浅在相逢的路口，然后彼此举起召唤的双手，指向风带走云的方向。等到所有的期盼缓缓地沉落，定格在一座城池，心安放了一季又一季轮回着的漂泊。

北拒绝了楠。

缘分早就有了定数，那些曾经的美好似乎还在留恋着青梅竹马两小无猜的日子，只是那些无意识的回眸不动声色地、不可逆转地带走了光阴，徒增伤感，容颜憔悴。在错的时间遇到了对的人，也许是一场花开的繁盛，也许是一场烟火的冷寂，也许就是一场说来就来的重逢抑或是离别。

楠不解，北又重复了拒绝。

在北的眸子里，时光的那端，秀发如瀑布飘飞的女孩，站在光辉里挥手的女孩，微微扬起嘴角的女孩，仿佛一瞬，就散落在光阴里，飞扬成记忆的碎片。当清风轻抚旧尘，当双眼开始迷离，故事就丰盈，思念就开始蔓延，词句就开始茂盛，折叠的心事就缓缓地溢了出来，在微凉的眼角滑动，开出一朵又一朵动人的花，那么感伤，那么惆怅，可又那么欣喜，那么身不由己。

有些感情短暂到不能将它写完。

北给了楠礼物，那是一份没有寄出去的思念。

楠死死追问北的去向，北也是紧紧闭着口，不说。

夜太凉，素弦声声慢，泪沾衣裳，一抹淡淡的冷香碎裂了无数的憧憬和期许。那些渴望随着心慢慢地下沉，一起走过的点点滴滴纷至沓来，宛若一场盛大的花瓣雨，很深很久，触痛了离人的眼泪。你憔悴的眸子透着些许失望、些许心酸、些许痛楚，牵扯的情愫犹如泛滥的河水，纠缠着岸边的水草，找不到方向，也找不到梦开始的地方，迷乱的脚步，看不清前方的路。云深处仍是云，海深处亦是海，任由孤独独自描摹。唯有

楠愿北折

当灵魂深处的温暖回归到初始才知道生命的悠长和纯粹。

楠说她也会去北方的那个城市念大学,她说她的分应该不差。

北说他会在北方的那个城市等待着一只青鸟翱翔在光辉的罅隙里。

> 这次我离开你,是风,是雨,是夜晚;你笑了笑,我摆一摆手,于是一条寂寞的路便蔓延向两头。
>
> ——郑愁予《赋别》

暮色四合,村里的灯次第亮了起来,喧嚣的城市也差不多在这个时间慢慢地沉寂,一弯淡淡的残月斜斜地吊在半空,笼罩着城市的深夜。你用简单的言语涂鸦着玲珑的心事,把未来缝合上长长的思念,在一点灵犀的灵动里,迷茫的北为等待做出了一个决定,不,是更加坚持了那个决定。

北决定自首。

4

就是那天晚上,那场混战,北的父亲被踹倒在地上,他下意识地用手护住头,一块砖头却狠狠地拍在了他护住头的胳膊上。血气方刚,手里的铁棍再也按捺不住嗜血的狂涌,北冲向打倒父亲的那个人,挥舞着铁棍,雨点般打向那个人,直到那个人倒在鲜血里,直到周围的人都惊呆了,停止了斗殴,直到父亲的一句"快跑",北才回过神来。工地的工人纷纷围观倒在血泊里的人,老板才喊着大家上车。坐到车上,北的头皮发麻,北的父亲拖着受伤的胳膊一言不发。某个工友说了一句:"那个人死了吧,抢救都不一定来得及。"父亲才又说了一句:"北,你快回家躲躲。"就是当晚,北拿着老板给的路费,坐上了最早一班回北村的车。

夜是孤独,孤独是夜,来年的冬,楠会在北方的大雪里四季如春,而北不知道还能不能在北方看同一场雪想着同一场四季如春。来年的春天,清浅的初春,乍暖还寒,池水岸边的渺渺风笛,在一池碎萍里春风吹开一树梨白,三分的流水,楠会坐在岸边,用一颗干净透明的素心告别过去的繁杂与旧疾。北会透过小小的四角窗安安静静地与她分享同一个静默的春。

直到北离开,同样的场景,路灯的光把北作别转身前行的影子拉得很长很长。三年后,北的个子已经高了很多,肩膀也宽了很多。渐渐远去的身影若一场斑斓的梦,与季节一起远去,愿今后的日子,长长的路,你淡淡地走。

人没死,受伤,差一个月满十八岁的未成年的北,自首,赔偿,被判有期徒刑两年零三个月。

远去的季节,带走的不只是夏天,还带走了一些秋的秘密、冬的心事,那些未完成的愿望在季节的斑驳里搁浅,有那么一些期许在飞翔中跌落,有那么一些幸福在悲痛里凝结成冰。

这一晃,一年春夏就过去了。冬天的时候,北对父母说了句:"爸,天冷了,你和妈多穿些衣服。"相顾无言,唯有泪千行。

这一年,北表现良好,一再减刑,诚和莉莉也来看过北好几次。与楠的消息,相绝。

第二年春天将至的时候,北出来了,父亲与母亲泪眼相迎。

整整一年零九个月。

北看着来往的车辆,匆匆的行人,盛开的花朵,舞动的小草,世界美好依旧,可他已不再是那个少年。风华是一指流沙,苍老是一段年华。站在街头,苍老了不少的父亲母亲在马路的那头,他看着宽敞的马路却不知该如何迈进这个世界。衣襟在风中飘动,他有一种冲动,他想走回少管所的大门,因为现在的他找不到这个世界的入口了。他感到无助与恐惧,宁愿回去守着四面高墙,望着那小小的四角铁窗发呆,看着一场大雪在四角铁窗外绽放一场冬的花季,想想心事,流下泪或者笑一笑。可是有一个与时光的约定,北毅然决然地迈向了马路的那头。

北出狱后的第一件事,就是回到了八中,打听到了楠考上的学校,这是在二十一个月的时间里反复折磨着北的心事。当看到那个大学的名字时,北像忍着泪似的笑了出来。楠果然去了北的城市,不负当年之约,只是北不知道要如何赴当年之约。北搜寻着当年同学的毕业去向,敬凡去了中部,"美少女战士"去了南方,"大中锋"去了沿海地区,所有关于那段青春的是是非非、喜怒哀乐随着合上本子的瞬间都结束了。

5

原来,我们都很幼稚呀,曾经那么在意的事情竟然结束得那么仓促,其实真的没有那么重要。北不知道那些人如何作别,但他却是以合上本子的方式和过去告别,曾经置身事中,而今当一切结束,远去,他竟然如此感伤。

我求学的时候,听过一种对成长的解释——当曾经令你在意的事而今想起来已经无感或者不那么在意了。我说不出这种说法的对错,因为还有一种对成长的解释是小孩才看对错,成年人只看利弊。

之后的问题又来了,该不该去见楠,怎样去面对那只光辉里的青鸟?北知道,这一年零九个月的时间,楠应该从未停止寻找的脚步,又如何用谎言去包装被偷走的那一年零九月?

五月是楠的生日,北想在那个时候给楠一个惊喜,但是可能这一去,只是有惊无喜。

　　刑满以后,北回到工地,还好老板算是个够义气的人,可能因为老板年少的时候也犯过事,也受到过"古惑仔"的影响,他开始让北带工人去接些自己手里的小工程,有时也会去别的工地。北也开始把老板当成老大哥,老板似乎待北也如小弟般。老板告诉北他打算开个建筑公司,正缺一些有干劲有冲劲信得过的年轻人。老板说北为他自己和他儿子都出过头,希望北可以来公司帮忙,并承诺一定不会亏待他。北从老板身上才开始重新感受这个社会的人情味,比起那些光鲜亮丽的工作环境里的钩心斗角,这里似乎显得会更纯粹一些。

　　"升官发财",当上工头的北最大的改观就是经济,几个小工程干下来,除了给老板的分成和工人的工资,他竟然有了几万元的存款,有活就跑跑,没活就休息。老板将诚出国之前的车钥匙给了北,说这也是诚留给北的。北拿到了驾照,等北开着车去保养的时候,师傅说这车已经很久没有保养了,北这才反应过来,原来诚已经走了那么久。北在城郊租了一套八十多平方米的房子,接父母一起住了。北这才感觉到不是每棵树都要成材,或者成材的不都是树木。

　　诚去了遥远的美国,那年北二十岁。

　　闲来无事的时候北会去楠的学校,楠的学校管得很严,进门需要检查校园卡。有时候运气好,北可以跟着前面有卡的同学混进去,或是趁保安不注意溜进去。有时被保安问到,北就说忘带学生卡了,保安看着北与学生相仿的年纪也会放北进去。

　　北每次进楠的学校都会戴着口罩,他渴望着相遇却又害怕,默默地行走在校园,不管是凌晨、午后,或是傍晚,北都去过。之前北都是把车停在校园外,后来一次北赶工回来,没注意,开着车就进了学校,保安竟然不查，只要按时间缴停车费就行了。之后北就以到学校内的停车场交停车费为由，随意进出校园。

这座学校的朝夕，北都熟识，虽然自己并不是这里的一员。凌晨，清洁大妈搬运着宿舍楼下的生活垃圾；早上，学生们匆忙地从宿舍楼出来去食堂买四个包子一杯豆浆的早饭套餐；中午想吃到校门口对面第一锅新菜的盒饭需要十一点，甚至十点半就去；傍晚，小情侣们手牵着手逛着校门口的夜市，女孩子会手里捧着一杯奶茶，蹲在卖小宠物的地摊边逗着笼子里的兔子，老板眯着眼睛，给女孩身边的男孩子递上一根烟然后问男孩子要不要买一只给女朋友；晚上，穿着拖鞋的男孩子三五成群地从网吧出出进进，说着今天谁又坑了，谁又菜了；深夜，哥几个扶着从夜市的小饭店或大排档出来喝多了的人，说着各式各样的故事，有时也会看到小情侣看了夜场的电影在宿舍楼下依依不舍。

偶尔深夜，北第二天不用上班，他就在大学夜市的酒吧里，自己点一杯酒，听着不知愁滋味的民谣，看着小男生想借着点酒劲去搭讪哪个小女生。

北摇晃着酒杯，昏黄的灯光，把杯子里的百加得照得像啤酒的颜色，举杯独醉，饮罢飞雪，怅然又一年。

戴着口罩走在学校里的北，一年了，竟然一次都没有遇见过楠，就是这么不巧，尽管有时我们说着世界是多小。北甚至都觉得自己是这所大学的一员了。老板的新公司已经运转起来，北在老板的新公司干得也是得心应手。北自己单独在公司附近租了一间单身公寓，开的还是诚的车，有时会和莉莉一起聊聊天，吃吃饭，和诚视频聊聊最近的生活。诚嘱咐北照顾莉莉，北点头说明白，诚说等他回来，陪北一起吃个烧烤喝个酒。北对着视频笑笑，说自己现在经历的酒局多了，怕诚回来喝不过自己。诚不服气地说，知道北现在混得好，白酒喝不过，洋酒奉陪到底。北开着玩笑对诚说,太子爷早点回来,带自己飞。

今年过年,北没有回北村。大年初一,老板就请北一家三口去自己家过年,北的父母一个晚上说了几百遍"谢谢老板带着北"这样的话,弄得北和莉莉都有点尴尬。

很快,学生的寒假就结束了。那天,北刚从工地开车到学校,正是晚饭时候,北停好车,准备弄点吃的,接到了莉莉的电话。莉莉说自己本来约了闺蜜出门,结果闺蜜突然变卦说要去陪男朋友,就打电话给北,问北在干吗。北说了自己的情况,莉莉就说过来找北。等莉莉来了,北已经饿得不行了,带着莉莉在夜市大吃了一顿。饿坏了的北一直在吃,莉莉则是吐槽着自己的闺蜜重色轻友。北时不时抬抬头,告诉莉莉也找个对象不就好了?莉莉翻了翻白眼,说没合适的,就算有也得问问哥哥的意思。北看着莉莉问,诚不同意她还不嫁了?莉莉吐个舌头,继续吐槽闺蜜。两个人吃饱后,北提议在学校里走走,莉莉答应了。

三月的天气还是有点冷,北戴上口罩,走在校园里,校园里很热闹。那天莉莉打扮得很漂亮,吹起风,莉莉感觉有点冷,没有一点做作地挽了一下北的胳膊。

"哎哟,这么快就要找男朋友哦。"北调侃着莉莉。

莉莉也觉得不好意思,放下了手:"人家有点冷嘛。"

"你哥可没同意我做你男朋友哦,他只是同意我做你哥哥哦。"他们彼此已经很熟了,北继续调侃着。

"那你问问他啊。"莉莉低声地说道。

北低下头,看了一下莉莉。莉莉显得有些不好意思,故意往上拉拉衣领,盖住下巴。

"对了,前面就是学校超市,我去给你买点热饮,晚上吃的有点咸了。"说完北就领着莉莉走向学校的超市。

楠愿北折

莉莉说天冷,不想在外面继续逛了,想去看场电影,北同意。莉莉非要买点零食在看电影的时候吃,于是北就让莉莉在超市里选,自己先出去抽根烟。

北走出超市,靠在门口的墙边,从口袋里拿出烟盒,低头抽出一根,正准备摘下口罩的时候,他听见了超市门口一对男女的欢声笑语。北手里夹着烟,意外地看向声音的方向。

两个人站在门口,离北只有两米远。

"那就这么定了,你生日那天我叫朋友们去状元酒楼,我明天就去订包厢。"男孩说道。

"嗯,我下了课就过去,辛苦你啦。"女孩冲着男孩一笑。

"这有啥啊,咱们俩啥关系啊,还说谢? 真是的。"

"好好好,那不客气呀。"女孩眯着眼,显得非常开心。那个笑容像极了北多年前认识的一个老朋友。

"那我送你回去吧。"

"嗯。"女孩歪着头答应,似乎也看到了北。北错愕地看着女孩,女孩感觉到了北的眼神,四目对视的一瞬,一个饱含情愫,惊愕失措;另一个显得有些惊慌,不知道怎么回事。

说完,两个人就有说有笑地并肩走向宿舍区。那个瞬间,像极了青春褪色的剪影。

北远远地跟在两个人的后面,直到走到女孩的宿舍楼下。北站在宿舍旁不远的树下,那是一个没有路灯的角落。

女孩站在宿舍楼门外的台阶上,男孩站在台阶下,两个人说着些什么,北不知道。一分钟后,两人挥手告别,女孩转身走进宿舍大楼,男孩掉头,往北这边走来。北从阴暗的角落里走出来,和那个男孩越来越近,突然北的手机响了,手机的响声吸引了男孩的注意,北和男孩有了一秒钟的对视。

"北,我好了,你人呢?"

"莉莉,你在门口等下我,我就来。"北挂完电话也转身,跟在男孩后面往超市的方向走去。

男孩在前面走着,北跟在后面。取下口罩,北点上一支烟,慢慢地抽起来。

远处的莉莉在招手,男孩也在接近超市的地方转弯。莉莉问北去哪里了,怎么突然人不见了。北吸完最后一口烟,淡淡地吐出烟雾。

"我以为我见到一个老朋友。"

"这样啊,怎么样,相认了吗?"

"没有,认错了,两个人长得太像了。走吧,看电影去吧。"说完,北又戴上了口罩。

看完电影,送莉莉回家,北回家洗完澡,在自己的小卧室里,打开窗户关上灯,倒上一杯酒,看着窗外,点上一根烟,对自己说:"楠,好久不见。"

晚上,男孩还是照常给女孩发着晚安,看到女孩也回复了晚安,男孩就把手机放在桌上充电,自己爬到床铺上睡觉了。

半个小时以后,男孩睡着了,突然桌上的手机响了一下,一条来自女孩的短信:"睡了吗? 我睡不着,我感觉今天见到他了,那个戴口罩的人,很像很像他。"

沉默的单行线

1

波澜不惊的时光总会温暖了岁月，待续未完的故事总会有属于它自己的结局。北也没有想到是这样的安排，以这样的方式得到了楠的消息。

北那晚辗转反侧，无法入眠，据说，夜里睡不着的人，都是醒在别人的梦里。整个寂静的夜里，月光温柔地感动了回忆，那些片段多少次拍打在北的心头。自以为的成熟还是没有办法解开心里的结，回忆硬生生把生活画成一个圈，而北在原地转了无数次，无法解脱。总是希望回到最初相识的地点，总是傻傻地以为在那样的时空和际遇里，如果能够再一次选择的话，就可以改变一切。

年少时的感情，就是欢天喜地地认为会陪着眼前人走一辈子，所以预想以后的种种，都会不假思索地一口咬定它会实现。走过千山万水后，才会幡然醒悟，那么多年的时光只是上天赐的一场美梦，为了支撑这冗长的一生。

也许这就是所谓的命中注定？在漫长的辗转里，北就这样得到了楠有关生日安排的消息，这场生日似乎是北非去不可的筵席，似乎上天安排好了北应该这样再次出现。北心里知道，他的出现是给楠最好的生日礼物,可是又有无数的问题和疑惑在北的心里翻江倒海。那个男孩是谁？是楠的男朋友吗？或是准男友？出现了以后要怎么向楠解释这消失的日子？解释了楠能接受吗？凌乱的思绪轰炸着北的脑袋,可是对楠的思念又再次拉扯着自己。北兴奋却又害怕,久久不能平静。

烦乱中,北掏出一枚硬币,不管了,正面就去,反面不去。"砰"的一声,硬币反转着被抛向半空,北抓住落下的硬币,用手掌盖着,把硬币按在桌子上。北的心怦怦直跳,突然一个声音从远方传来——"去"。恍然大悟的他在准备看硬币结果的一瞬间做出了决定,他要去。

北翻开手掌,硬币的正面死死地贴在桌面上。

楠生日当天,北穿了一身西装,买了一束鲜花,鲜花里的卡片写了很多次,试过了打印的,也试过现成的,最后选择了手写的;试过了写一些情话,也试过写一些叙旧的话,最后选择了简单的四个字:生日快乐;试过了署上自己的名,也试过了把署名藏在一段文字里,最后选择了不署名。

北早早地开车来到楠的学校门口,早早地定位了状元酒楼。北这次并没有像往常一样在学校里停下车,而是将车开得稍微远些,停在了离状元酒楼 几十米的地方。他戴上口罩,却傻傻地坐在车里不愿下车。一会摘掉口罩吸烟,一会吸完烟又迅速戴上口罩,生怕下一个从门口出来的女孩就能在几十米外看见并认出自己。

夜幕渐渐降临,北目不转睛地盯着 状元酒楼的门,就在这几分钟,熟悉的身影出现了。北虽然坐在车里,但还是紧张地把口罩捂得严实一些,楠和近十个朋友一起欢声笑语地走进饭店,当然,那个男孩子也在。

鲜花在副驾驶座上,卡片也静静地躺在鲜花上,北觉得时间凝固了,自己接受判罚时都没有这么紧张过。他不停地咽着口水,不断地看着手表,甚至有那么一瞬间打起了退堂鼓,有想启动车子回家的冲动。时间一点一滴地流逝,北在安定了片刻之后,鼓起勇气,打开车门,走下车去,径直迈向酒店。

酒店不大,就是高校门口那种小酒店,一共也就三层,五个包厢,北找到一楼大厅的服务员。

"您好,请问学生生日是哪一桌? 有预定过的。"

"啊,刚刚上菜不久的那桌?"

"是的,是的。"

"203,二楼右边第一个包厢。"

"好的,谢谢啊。"

北拿着鲜花,戴着口罩,一步一步迈向二楼,每一步都走得那么沉重。他想起了那些过往的岁月,那些曾经的点点滴滴,这过往的每一步,这上楼的每一阶,都走得好辛苦,好孤独。

走上二楼,右边第一个包厢,门关着,上面挂着 203 的牌子,北能听得见里面的喧嚣,有男有女,其中有楠。

北抱着鲜花,戴着口罩,不停地深呼吸,迟迟不敢进去。直到上菜的服务员点醒了北。

"先生您好,请问找包厢吗?"

北一愣:"是,哦不,不是,就是 203。"

"那先生需要我进去帮您确认吗?"

"哦,不用,不用,我朋友在里面过生日,我赶时间送份礼物就走。"北想了几秒,说,"正好,我的车停在下面急着要走,您可以把这束花送给里面一位叫楠的女士吗?"

"好的,先生,需要报上您的名字吗?"

"嗯……"北思考了一下,"不用了,她知道我是谁。"

"好的,先生。"服务员拿着北手里的鲜花进去了。

服务员转身进去带上门,北不敢呼吸,贴在门板上听着里面的动静。

先是一阵沸腾:"哇,这酒店还有这种服务? 过生日还送鲜花?"

"不是的,先生,这是刚刚门外的一位先生说送给一位叫楠的女士的。"

"哇!"包厢里又沸腾了,"楠,这不会是哪个暗恋你的人吧? 嘻嘻。"

"别瞎说。"

"来,作为我们楠大宝贝的第一闺蜜兼室友,我先来闻闻香不香。哎哟,还有卡片呀。来来来,看看是啥,是不是情书!"

北听到这里,本能驱使着他飞快地走下楼,逃难似的飞奔回车里。

他想都不想发动起车子,车子抖动着,北的手紧紧地抓着手刹放不下去,北就双手搭在方向盘上,深深地呼吸着,终于北长长地吐出一口气,关上了车门,拿出一根烟,迎着昏暗的路灯点燃香烟,抬头仰面,吐出一口长长的烟气。北摇下窗户,将烟灰弹出窗外,又缓缓地将窗户摇上,就在窗户将要完全摇上的时候,楠从饭店的大门里冲了出来,左右流转的目光,焦急且期待。

北叼着烟,烟气从车窗的缝隙飘出窗外,焦急的女孩站在门口,焦急地寻找。

女孩游走的目光,触及了北的车子,深色的玻璃模糊了北的面庞,女孩努力看着车窗,男孩看着女孩,烟气弥漫在狭小的空间。就在女孩的目光渐渐锁定车窗内的男孩时,女孩的好朋友也从饭店出来,对着女孩急切地询问一番就焦急地要拉着女孩回去。女孩的目光还是努力地探寻着车窗里的秘密,于是女孩的另一个朋友也出来拉着女孩要回去。女孩架不住劝,在闺蜜们的簇拥里转身,就在女孩走进饭店的时候,又停了下来,回头再次张望。

直到楠彻底地消失在视野里,北才完全摇下车窗,他再次点上一支

沉默的单行线

烟,头靠在车座上,抽至半根之际,他打开车载广播,音乐频道里放出咿咿呀呀的流行音乐,北听着听着烟就燃尽了。北想起那天车站的阳光,想起那天阳光里的微风吹在脸庞的感受,想起那天的告别和誓言,以及那天车站里放的那首《那些花儿》。于是,北打了一个电话给电台:"您好,我想点播一首《那些花儿》送给朋友和我自己。"

"好的,这位听友有什么留言吗? 或者想对您的朋友说些什么呢?"

"嗯……呃……就说'我回来了'吧,挺好。"

"好的,请问这位先生怎么称呼您呢?"

"北……嗯……莫北……"

"莫别……是吗?"

"嗯,是的……"

"好的,先生,您点播的《那些花儿》将在 6 分钟后在本电台播出,欢迎您再次点播……"

挂上电话,北又点起一根烟。北透过窗户看着状元酒楼二楼的某个包厢,他并不确定那是不是 203 包厢,但是北就这样看着,抽着烟,直到这根烟燃尽。

"亲爱的听众朋友们,你们好,又到了每天点歌分享的环节了,接下来是一位名叫莫别的朋友给自己和朋友点的一首《那些花儿》,他想对朋友说他回来了。下面请大家欣赏《那些花儿》。"

北又抽出一根烟,点上,随着音符轻轻地点着头,有节奏地吞吐着烟雾。昏暗的灯光,饭店里投出隐隐约约的欢愉,缓缓飘出窗外的烟雾,渐渐消散在灯光下。

> 我们挥挥手在车站,
> 就像是人生的初见,

你叫我不要感叹，

因为时光不会将我们冲散。

时间过得平平淡淡，

我们飘落在世界的两端，

你从未卸下心头的重担，

我也就只能默默地躲在角落里偷看。

当你掠过清晨的朝阳飞向这里，

当我踏过雨后的泥泞来到这里，

我们还能不能在彼此的记忆里留下相视的一笑？

我会藏起面庞，不告诉你雨后微冷的凄凉，

我也会收起行囊，不告诉你将要去的方向，

但是我会敞开胸膛，只等你告诉我你曾经受过的伤。

我们不要对彼此哭诉衷肠，我们只要将彼此放在心上。

如此，就足矣。

下一站，你带着梦想进入梦乡，我也会微微笑着低声吟唱。

我会背上行囊，眺望远方，不打扰你甜美的梦，独自起航。

我会对着大地虔诚祈祷，祈祷你脚下的路不要那么长。

我会对着天空虔诚祈祷，祈祷你小小翅膀可以快快成长。

我会对着四季虔诚祈祷，祈祷你春夏秋冬都会迎着太阳。

我会对着上帝虔诚祈祷，祈祷我们此后相互念着就好。

如果命运安排我们必须要交换彼此的目光，

那我就坦然接受让你看看我现在的酷样，

我会告诉你这些那些是不是关乎我的信仰，

不管你是不是经历过了风雨觉得我还是 too young（太年轻）。

北在车里一等一坐就是两个小时，一包香烟抽完了，又买了一包，直到女孩和她的朋友们三三两两地从门口出来。女孩手里捧着北的花，还提着一些礼物，男孩子们有的互相搀扶着走出来，有的有说有笑地走出来，而那天那个在超市门口北碰见的男孩则稍显沉稳，背着书包默默地搀扶着喝多了的男同学，时不时也和其他女同学打着趣。

2

等楠和同学们走得稍远些，北才从车上下来，戴着口罩，默默地跟在一行人后面，也不知道是为了什么。北看着一行人的身影在路灯下忽短忽长，他心里的那根弦也跟着起伏着。北随着他们走到校门口，可是北进不去，因为晚上保安需要查校园卡，北没有校园卡，只能等着下一波进学校的学生一起混进去，这一等就是十几分钟。等到北进入学校，早已没了一行人的踪迹，但是北记得楠的宿舍楼，就一个人默默地往那里走，走到楼下也不见一行人的踪影，北叹了一口气，一种关于自己"屁"的想法莫名其妙地油然而生。

北低着头，呆呆地站在宿舍楼下苦笑了一声，四月的气温正舒适，晚上出去约会的情侣未归，去网吧的兄弟未归，图书馆努力学习的学霸们也未归。未归，未归，未归，北一个人站在宿舍楼前的空地上，心里也是空空荡荡的。

今天应该就这样了，北想着。他打算一个人去学校的小公园里走走，抽根烟，清醒一下。校园的小公园里有一个湖，叫学子湖，湖上有一个岛，学校养的天鹅都在那个岛上。傍晚，迎着晚霞，赤红的霞光照着湖面，能看到天鹅妈妈带着一群小天鹅嬉戏游玩，这个场景，北已经见过许多次了。

北对着湖面找一个石椅坐下,他摘下口罩,呼出一口气,月光洒在湖面上,这里没有刺眼的灯光,只有静静的湖面反射着盈盈的月光。北点上一根烟,一阵风从远处吹来,吹动了湖面,在月光的反射下像鱼鳞一般。风吹得公园里的树沙沙作响,像阵阵低吟。

北看着湖面,深深地吐出一口烟,这里安静得可以让他沉浸在自己的世界里。

突然,旁边不远处传来一个女孩的声音,很熟悉的感觉。"李梓民,这么晚你叫我来什么事?"

北心里一惊,赶快掐掉烟头,戴上口罩,往声源的方向望去,两个人面对面站着,由于光线不足看不清是谁。

可能就是上天注定让北看到这一幕。一辆缓缓驶出的汽车从公园旁的路上经过,车灯一瞬间照亮了两个人的侧脸。女孩面对着北,男孩面对着女孩,背对着北。

女孩,是楠。

当车子驶过,黑暗又再次笼罩在北的周围,在这静谧的黑夜里,北感受到这个世界最远的距离。黑夜中,北摘下了口罩,再次点燃一根烟。

"楠,那个……今天还开心吗?"声音来自那个男孩。

"开心啊,为什么不开心呀? 咋啦,有啥事你手机联系我不就好了?"

"反正你都知道的,我就是想选个有纪念意义的日子。"

"什么我知……"楠还没把那个"道"字说出来,男孩就抢在前:"楠,我喜欢你,可以做我女朋友吗?"

"啊?"显然楠有一些不知所措,男孩赶紧追在后面补充:"嗯,喜欢很久了,第一次班里活动我就喜欢你了,我觉得我们挺合适的,可以试试的。"

"呃……"楠沉默着。

湖面本无痕，因风吹皱，模糊了水中的月，摇晃了光与影的秘密。北将头稍稍撇向一边，微微仰着，他眼眶湿润，嘴角上挂着悠悠的笑容。现场是安静的，可以渗入骨子里的那种安静。北弹了一下烟灰，再把烟叼在嘴上，他咧开嘴，扬起半边的唇角，然后就低下头，不再有任何表情。

"没事的，楠，如果你还不能接受，我可以等你，我们还可以是好朋友，等你什么时候愿意了，我都可以等你的。"男孩说得不疾不慢，好像早就准备好了各种的应对。

"嗯……梓民，你知道的，我忘不了他。"

"我知道，没关系。但是你想过没有，你那么在意他，他在意你吗？如果他在意，他会这么久不跟你联系吗？如果他不在意，你又何必还苦苦念着他不忘呢？两年多快三年了，他联系过你一次，哪怕一次吗？说不定他现在已经结婚或者准备结婚了。"男孩的语速显得有些急切。

"不，不会的，不可能，他不会什么都不说就走的。"

"那他为什么两年多了都不联系你，为什么上次见了你匆匆就走？"

"他一定有什么重要的事要去做。"

"再重要的事能两三年都杳无音信吗？如果他真的在意你，会这样吗？他也知道你在这里念书，你说你告诉他了，这里有这么难找吗？"

"也许，也许他有着什么特殊的事情才那么久没联系我的。"

"楠，别傻了，如果他真的那么在意你，快三年了能找不到你，甚至连一点消息都没有吗？除非……"

"除非什么？"楠看着李梓民，"除非什么你说啊？"

"嗯……没什么，没什么，是我不好，我想多了。"男孩微微低下头，没有再说话。

楠也低下头去，抿着嘴唇，若有所思，轻轻叹气。

场面一度陷入尴尬，两个人都沉默着，李梓民心里清楚，这样的气氛并不能起到推波助澜的作用。他话锋一转："不会的，我相信他也一定努力地想要来找你，可能他也是遇到了什么事情，一时间忙不过来。至于我刚刚说的事，反正我愿意等你，我相信美好的东西都值得等待……"

楠并没有理会，还是咬着嘴唇低着头，李梓民看不清她的脸，也不知道她到底在想什么。李梓民觉得自己陷入了一个很被动的局面，估摸着想要楠今晚就答应是不太可能了，于是他只能换一种试探的方式，根据对方的反应再去决定下一步说话的策略。

他伸出手，拍了拍楠的肩膀："楠，答应我，不管他回不回来，或者联不联系你，你都要好好生活，不能让这件事太影响你的生活。我知道这是一件让你很难受的事，但是我们的人生都还漫长，还有很多美好的事在未来向我们挥手，我们不能因为往事陷入生活的旋涡无法自拔。"李梓民见楠并没有退后或闪避，索性直接将手放在了楠的肩膀上。为了减少这个举动带来的异常感，他马上用话来填补："我想，让你好好地生活下去一定也是他的心愿，即便他有可能不会回来，你说对吗？"

"不，他会来找我的，一定会的。"楠摇了摇肩膀，李梓民不得不放下手。

李梓民觉得自己好像误入了楠心里的禁区，为了化解尴尬，不让气氛再度恶化，于是赶快岔开话题。

"对了，楠，我上次跟你说的实习的事，你准备得怎么样了？"

楠有些不愿意再开口说话了，轻声轻语地说："嗯，个人简历准备得差不多了，有些奖状还要去复印，估计最迟后天就行。"

"嗯嗯，那就好，我爸说了，只要在那里干得好，毕业后就可以直接去那里上班，肥水不流外人田嘛。你可别告诉别人啊，我们是最好的朋友，万一别人也知道有这好事都来找我，我可就为难啦，哈哈……"

"我不会主动说的。"

"别啊，被动地说也不行啊，不是跟你说了吗，那个律师事务所是我爸和我干爸一起投资的，我干爸可是在北京上海都很有名的律师，有好多大企业都聘请我干爸当法律顾问呢。后来我干爸自己成立了这个律师事务所，当时他身上资金不够找我爸借。我爸寻思着都是多少年的好兄弟了，差多少全当他入股了。"

"这跟我有什么关系？"

"我是说，我干爸这个律师事务所虽然人不多，但是依托他的关系，都是和大企业合作，里面都是精英，而且他们从来不对外招人。这不是因为你是我最好的朋友吗，而且你的专业成绩比我还优秀，获得的奖比我还多，我就觉得你应该去试一试。咱现在虽然还没到毕业找工作的时候，但是早一点准备积累经验不是一件好事吗。再说了，万一有机会留下来，工作也解决了，不是一举两得吗。"李梓民说得头头是道。

"我不会主动跟别人说的，别人要问我，我也不会刻意撒谎。"楠很简单地回答。

"行……行……"

"能不能去，能不能留，我只愿意让自己的能力说话，我最恨什么找关系、凭人脉的事……"

"好！好！这才是未来'法界女王'该有的态度！哈哈……"说完李梓民附和地笑起来。

北，一字一句在一边听得清清楚楚，他丢下快吸完的烟，立马又点上一根，深深地吸上一口，用很低的声音自言自语道："你当然最恨找关系，凭人脉，要不然你爸爸也不会……"北又吸上一口，心里说着，"这可能是你大学最好的朋友都不知道的原因吧。"说完北直接把只吸了两口的烟扔到地上，叹了一口气，戴上口罩，站起身来。就在站起的瞬间听到那个男孩说："那，要不要陪你走走？毕竟今天你的生日还没过完呢，咱们走一会吧。"

"那你陪我去超市买杯牛奶吧，室友今天喝多了，我去给她买杯牛奶，买完就回去了。"

"好好，我看她今天喝得还行啊，不像多了呀……后劲大吗？……哈哈……"

北站起来的动静，惊动了楠和李梓民，他们不约而同地看向小灌木丛里的休息椅。北从小灌木丛走到公园的大路上，朝着楠和李梓民的方向，他把双手插入裤兜，微微驼着背。

3

湖面上泛起微微的银浪，微风轻轻吹过楠的发髻，李梓民回头看了一眼。北回过头，用手示意楠往边上让一点，给自己让让路，北戴着口罩看着楠，楠也看着这个戴着口罩的男孩。北稍稍地抬起头，努力地锁住感情，不让它从眼角溢下。就像北走的那天，他也决定不掉泪，迎着风撑着眼睑用尽力气不去眨眼……

琐碎的往事，在风中流转成伤，错过的风景也在眸中被泪水煮得滚烫。蓦然回首，很多曾经珍视的东西，已不知何时流逝何处，无处可寻。问风风不语，问雨雨无声。让流年往事变成扯痛心脉的情愫，把孤寂变成岁月的心酸，萧瑟中离愁别绪聚散离合，浮浮沉沉，成了心间断红残绿的苍白。这是短短的邂逅，也是时间的一个错误。或许这只是简单的自以为是，但却又深陷其中无法自拔。只是无法舍弃这其中的缘分，哪怕仅仅只是擦肩而过，有的事错过了便是永恒的遗憾，有的人错过了，也要笑笑不要感叹。谁知多少个夜晚，他的思念蔓延，心被掏空；脆弱的灵魂跌落深渊苦苦煎熬。心碎的深夜,他默默地蜷缩在黑暗的角落里,任思绪蔓延成一地的悲伤。当黎明的微光刺痛他红肿的双眼时,他的满脸已是泪水汪汪。

经过楠身边没几步,背对着楠,北摘下了口罩,停下来又点上一支烟,吸上一口,双手插进口袋。北和楠背对着背,他呼出一口烟,烟雾缭绕里,北仿佛看到了以前放假的时候,他一个人站在学校的天台上,看天空以及空无一人的道路。他不知道该去哪里。那一刻,心比空荡的马路还要空。

然后北继续迈开步子,没有回头,渐渐远离。

这世上,没有能回去的感情。就算真的回去了,你也会发现,一切已经面目全非。唯一能回去的,只是存于心底的记忆。所以,我们只能一直往前。

那天晚上,北做了一个梦,梦见自己上课迟到,当北飞快地跑到教室时,空旷的教室里只有楠一个人。阳光把教室照得通红,北走到楠的身边,外面传来了蝉的吟唱,北看着楠,楠看着北,他俩都咧嘴一笑。她低头翻开日记本,写下:自你走后,你的背影就一直牵扯着我的目光,就连我写出来的字符,都为了你的名字哀伤;我仰天泪眼,我闭目低垂,不过都是想念你那寂寥而落寞的残影。写完,楠猛地抬起头看着北,刘海从额前垂落。北想到自己那本撕掉的作业,那颗输给老卢的球,和朋友们分别时的路口,爷爷去世的医院,北村屹立不倒的老树,打"大中锋"用力的一拳,被开除时老师的话语,即将驶出的列车,四角窗的寂寞,漫天的大雪,耀眼的光芒,醉人的晚霞,纯粹的笑脸……所有的一切掺杂到一起,北失声痛哭。楠站起身,拍着北的肩膀,北泪眼蒙眬地看着楠。楠浅浅地笑着,递来一块手帕,等北擦完泪眼,天已亮,人已醒。北心心念念的重逢竟是这样无奈和感慨,也许这就是生命原本的样子。

5

多少次，回忆把生活画成一个圈，而我们在原地转了无数圈，始终都无法逃脱。我们总是希望能够回到最初相识的节点，都自以为是地以为如果能够再选择一次，就可以选择更好的结局。

人生是如此孤独，以至于我们有太多的东西需要与人分享。感情，或者矫情一点说，爱就是世界上让我们觉得不那么孤独的一个很重要的东西。因为这样的需要，我们愿意去冒险，愿意用心代替脑子思考，做世界上最不理性的投资。爱情是让人成为人，且又几乎要超越人的一个很重要很神奇的东西。

老房子虚掩着的门，透露着些许家的温存。多少次北试着问自己，是否还记得北村的人；夜晚抱着灰灰爬上院子的墙苦等，还能不能抓住记忆的痕迹。一次次北质问自己，生活到底讲不讲道理。当北走在悔过自新的路上，清晰可见过去的模样，那些杂糅的片段竟是北说不出口的劫难。我们总是不断满足自己对生活的渴望，可是每每我们满足了一个渴望，取而代之的是新的渴望，一层一层，一轮一轮，黏稠的时间把记忆带给我们的感受包裹得面目全非。

往后的几天里，北想了很多事情，他觉得自己不该回去，不该再次出现在楠的时空里。现在人家是重点高校的优秀学生，未来一片大好，怎么可以和自己这种坐过牢的人混在一起？可是转念一想，既然自己回来了，就是为了了却当初的心愿，既然都已经走到这里了，这剩下的最后一步为什么要退却？这些心思就这样一直纠缠在北的心里，反反复复。

三月的风，四月的雨，五月最是好春景。

　　也就是在这最好时节的五月,北得到了一个消息,北的老板因为业务上的需要要和另外一个城市的建筑公司合作,为了更好地合作需要派人前往那个城市作为代表和管理者。因为这次是一个大合作,时间很长,加上北的老板也投了很多资金,所以要选择一个信得过的人。北为老板卖过命,在老板手下干了很久,现在也干得很不错,加上老板也熟悉北的父母,所以北成了不二人选。当老板跟北商量这件事的时候,老板向北承诺,待遇一定是现在的几倍,如果放不下父母,可以带着父母一起过去。

　　虽说这是绝好的机会,可北还是一再迟疑,说回家和父母商量。老板答应了北,说在和那个公司正式签订合同前都可以给北时间考虑。北谢了老板的好意,然后走出公司。

　　北百感交集,他开心,自己终于得到一次绝好的机会,一方面,自己作为老板的代表,在新公司里算是人们口中的"高管"了;而另一方面,到新公司又代表着自己可能要失去很多东西。正当北在兴奋和踌躇间切换的时候,莉莉打来了电话,她问北能不能陪自己吃晚饭。北问她高三不是应该很忙吗? 莉莉说只是有事想和北说,北就答应下来,问了莉莉学校放学的时间,约定到时去学校接她。

　　快到放学的时候,北开着车来到莉莉的学校。临近七点,天已经有点灰蒙蒙了。北站在校门外看着偌大的校园,心里不禁有些忧伤,教学楼里只有三分之一的教室亮着灯光,看来高一、高二的学生已经放学,毕竟现在已是五月,离高考的日子只有一个多月,整个校园非常安静。渐渐地,门外聚集了许多来接学生的家长。家长们三三两两站在一起讨论着,他们刻意压低声音,生怕隔着一百多米都能吵着自己家的孩子学习。北在一边听着家长们的讨论:什么孩子几点睡啊,模考排多少名啊,每天食谱咋样啊,怎样帮助孩子们减轻压力啊……北叹了一口气,这是在中国才能看到的独有的风景。北下意识地离这些家长远些,可能是不想让别人也觉得自己是这些家长中的一员,也可能是眼前的场景刺激了他,让他想起了自己的曾经。人群中还夹杂了许多"推销员"。他们戴着鸭舌帽,把帽檐压得很低,有的还戴着口罩,每人提着一个小袋子,发些花花绿绿的小册子给家长,满脸诚恳地向家长们介绍,什么"三十天飞速提分强化班""一个月冲击名校提分班""四星期基础巩固班""名师讲解单项班"等等,还有一些专科、技校的招生人员,更有甚者直接悄悄询问着家长是否需要"高考答案"。可笑的是,这些所谓的"高考答案"还有等级之分、价钱之分,不同的价钱对应的猜题准确率还不一样。短短的十几分钟,大大小小、形形色色的广告单,北已经收了十几张了。

就在北焦急地等待着,不停地看手表的时候,一个中年阿姨拉住了北。

"同志,你也在等小孩放学?"

北看了阿姨一眼,黝黑的皮肤满是皱纹,干涩的枯发混杂着黄、棕、白、黑四种颜色,一看就是染过很久却没有打理的样子,耳朵上戴着一对金耳环,说话时露出一嘴大黄牙。

"不是,我是接我妹妹放学的。"北回答着老阿姨的话,心想着自己以后一定不要过这样的生活。

"啊,呵呵,我就说看你年纪也不大,接妹妹哟,你妹妹在几班?"

北没有回话,因为北压根不知道莉莉在哪个班级。阿姨见北没有回话,说:"阿姨的闺女在九班,叫郭露露,所以问问你,说不定和你妹妹在一个班呢。"阿姨笑呵呵地看着北。

北看着阿姨,慈祥的笑容,确实不像啥坏人,就随口胡诌说:"我妹妹在二班。"说完微微侧过身,不想再接话。

"小伙子,你亲妹妹呀? 父母没时间来接哟?"

北轻轻地叹口气:"嗯。"

"那你多大啦,现在在哪里上学呀,还是参加工作了?"

北有些不耐烦了,出于礼貌地说:"我工作了。"

"哦,工作好,工作好,工作就可以给父母减轻负担了。我家这闺女还得有个五年哟,我这当妈的还要再累哟,这念书,上大学,以后嫁人,生娃,都得我忙,得老了才能享清福哟,还不知道能享个几年哟。"

"嗯嗯。"北敷衍地回答。

"对了,你妹妹学习成绩咋样,还行不? 上次模考排多少名呀? 听我闺女说,老师给划了分数线,说超过那个线就能上一本,还听别的家长说,二本、三本都划线了。"

"你闺女平常不和你交流吗? 让你去东打听西打听的?"

北不耐烦的反问语气被大妈听成了简单的疑问语气。

"哎哟,小同志,你是不知道,现在的孩子都叛逆,我闺女从小脾气就古怪。这也怪我,在她小时候和她父亲离异了,她从小跟我,每天放学回家啥也不说,吃完饭就看电视,一个饭能吃一两个小时,有时搞搞弄弄十点才开始学习。学一会出来就要洗澡,一洗就是个把小时,你说她她就跟你急。老师说不要让小孩有太大压力,我也不敢说她。晚上给她送水果、牛奶啥的,就看见她拿个手机在捣鼓,之前还知道往抽屉里藏,之后直接就不藏了,说是问老师问题。人家老师多忙啊,哪有时间一个个回答呀,也不知道在弄什么,考试问她考了多少分,也是从来不说,这闺女啊……唉……"

北并没有心情听别人的故事,可能是为了让北信任自己,可能只是无处发泄,老阿姨说了许多,最后还问北:"你妹妹呢,都咋样呀?"

老阿姨问得很直白,北实在是不想回答,也为了避免让老阿姨继续问下去,随口说:"我妹妹打算出国念书。"

"哦哦,那你家条件好,呵呵,难怪生两个,像我们养一个都费劲。出国念书厉害了,这以后回来都是高级知识分子,大公司都抢着要,哈哈,你父母有福气呀。"

"是是是。"就在北不知道如何应对下去的时候,下课铃响了,北舒了一口气,掏出手机给莉莉发条短信:"我在门口,人多,你出来打我电话。"

北看着老阿姨,刚刚还意犹未尽地对着他滔滔不绝,这铃声一响,她就全然不理这个刚刚还热情交谈的人,踮着脚往校园里眺望。家长们都不由自主地往校园门前挤,似乎争夺着第一个发现自己家孩子的权利。保安懒懒地从保安室里出来,拿着喇叭:"来来来,家长们都往后退啊,给学生们让下路啊。"说完打开了学校的大铁门。

学生陆续走出学校。老阿姨的闺女比莉莉先出来,出来后看见北站在自己母亲身边还有些不好意思。老阿姨要去牵闺女的手,闺女一把甩掉,说道:"我自己会走。"老阿姨从包里拿出一个小塑料袋,对着闺女说:"先吃个包子垫垫。书包重不重?"说着就给闺女递去包子,转身对北笑着,"小伙子,先走了哈,下次见面再聊。"说完就转身领着闺女走了。"你又跟人家聊啥呀,你认识人家吗?"闺女对着老阿姨皱着眉头,表示不满。北对着老阿姨浅浅地一笑,他似乎没有那么嫌老阿姨烦了,现在他似乎还想和老阿姨多聊几句。

这是中国式家长一个典型的缩影,这些家长有的放弃了自己的业余时间,放弃了自己喜欢的事情,甚至放弃了自己的工作,放弃了自己的生活。他们的要求其实很简单,就是一心想让自己的孩子能够有一个理想的成绩。这个年龄的家长,不说大富大贵功成名就,大多也是生活安康稳定,愿意放弃自己享受美好稳定的生活的权利,一心一意地为了后代起早贪黑全力付出,这样的家长很伟大。希望孩子们可以理解父母的良苦用心,努力向上。

5

　　随着熙熙攘攘的人群,莉莉跟着几个同学一起走了出来。莉莉看到北,挥着手,北也挥挥手示意,莉莉的同学们则在一旁起哄:"哟哟哟,男朋友都来学校接了,看来谁谁谁没戏了。"莉莉则在一边招呼着大家别乱说。同学们还补充道,"不是说还要跟你一起报考同一个学校吗?咋就乱说了?嘻嘻。"莉莉赶快跟大家告别,走向北。

　　北问莉莉晚上想去哪里吃饭,莉莉说要去小吃街吃小吃,北答应下来。两人往车子边走去,几个闺蜜还冲着北和莉莉捂着嘴笑着,莉莉挥手和小闺蜜们告别,北则是礼貌地以笑容回复。

　　上了车,北就对莉莉说:"刚才碰到一个大妈,挺健谈,跟我聊了好一会,说女儿在九班,问你在几班,我就瞎说了个二班,想着离远点,别搞什么幺蛾子出来。"

　　莉莉系上安全带,笑着说:"你还挺能编的,编个二班,你咋不编个二百班,离得更远,说说吧,知道她闺女是谁吗?"

　　"咋啦,你还能认识不成?"说完北发动了汽车,车子缓缓开动。

　　"九班可是我们学校的风云班级哟,大家都说九班是全校最乱的班,班主任都换了好几个,几个'老大'在学校也是大名鼎鼎,榜上有名。"

　　"那你知道郭露露吗?"

　　"哎哟,郭露露?九班的郭露露,谁不知道她啊?"

　　"咋啦,也是'老大'?"北笑着拐弯驶上主路。

　　"不是,她不是'老大',是'老大'的女人哟,为了自己的闺蜜差点给开除了。"

"哎哟，你们才多大就'老大的女人'，她怎么了？"

"我们又不是什么好学校，有一两个'老大'很正常啦。她是我们学校一个'老大'的女朋友，她的闺蜜之前和一个人谈恋爱，那个男的劈腿喜欢上了另一个女孩子，那个女孩子也不是什么善茬，找人欺负郭露露的闺蜜，结果郭露露找来一帮人帮自己闺蜜讨公道喽。"

"哎哟，咋跟你哥一样呀。"说完北苦笑了起来。

莉莉打了一下北："讨厌。"

"别闹，开车呢。"北说道，"对了，你爸要调我去外地，说在和另一个公司谈合作，让我去。"

莉莉听到这突然收住了笑容："是吗？那挺好呀，他从来不跟我说生意上的事，以前和我哥还经常说说，哥走了以后就不怎么提了。对了，你要去哪，去多久？"

"啊，这次应该去的时间蛮长的，老板说是长期合作，我还在考虑呢。对了，你有啥事要跟我说啊？"北问莉莉。

莉莉沉默了一下："先吃饭吧，我饿了，吃完饭跟你说。"

"嗯，咱也快到了，行，就先吃饭，吃完饭找个咖啡厅坐着说。"

吃完饭，莉莉选择了一家别有情调的奶茶店，北问莉莉有什么事。

莉莉不大开心地说："我上次模考的成绩出来了，我上不了好的大学，最多就是个差的二本，我爸……"

"你爸不开心？"

莉莉抿着嘴，低着头："我爸，我爸让我去美国读书，说让我去找我哥。"

"哎哟，还真是巧，这不是很好的事吗？出去念书，感受感受国外的风土人情，你哥又能照顾你，好多啊，话说真的很久没诚的消息了哦。"

"巧什么，你要调去美国吗？那好啊，我就去美国念书啊。"

"不是,不是,那个大妈问我你的情况,我嫌烦,随口说你要去出国读书,还真给我说中了。什么时候去啊?"

"我爸说让我妈带着我,这几天就去中介咨询情况。"

"这多好的事啊,看你不是很开心啊。"

"我不想去!"莉莉提高了语调,略显不安和失望,嘟哝了一句,"没想到你这么支持。如果你觉得不好,我就跟我爸说,我其实真的一点都不想出国!"

"我为啥不支持啊,这么好的事情,别人家的孩子还没这个机会呢!"

莉莉嘟哝着:"我以为你……"

"以为啥?"

"没,没什么。"

"哎呀,你看,这么好的机会,你哥能照顾你,你父母肯定放心啊,自家儿子照顾自家女儿,这多好的事啊。去吧,去吧,你在国内又没好学校可以念,出去见识见识,多好啊!"

"你真的很希望很希望我去,没有一点点舍不得吗?"

"哎哟,你有好的未来我干吗要劝你选择一个不好的?"

"可是,可是,我怕,我怕……"

"怕啥,国外又没有那么恐怖,虽然我没去过,但美国怎么说也是世界大国,不会那么危险啦。"

"不是! 我不是怕这个!"

"那你怕啥? 你家人也支持,你哥也陪着你,你哥还能让你吃亏? 他那个人朋友吃亏他都见不得的,还能见得自己亲妹妹吃亏不成?"

"我……我……我怕你找了女朋友就不跟我说话了。"莉莉的脸顿时红了起来,低着头,不敢看北。

"啊……"北顿了一下,叹了一口气,"不会啦,谁会看上一个坐过牢的人呢。"说完北自嘲式地笑起来。

"谁说的!谁说没女孩子看上坐过牢的人?再说了,你坐牢还不是为了我爸,你虽然坐过牢,可你是好人啊!"

北苦笑着,叹了口气:"行了丫头,放心地去吧,这个机会错过了就没有了。你去了,可能生活并不如意,肯定没有在家里过得自在舒服,但是你一定不会后悔。所有的感情里,后悔是最坏的一种,你记住,时光不可倒流,宁愿受一万次伤也不要后一次悔。"

莉莉还是低着头,闷声不语,奶茶里的冰块渐渐消融。

"来,干杯,祝贺你,愿你出国一切顺利。"说完北举起自己的奶茶要跟莉莉碰杯。

莉莉丝毫没有反应,北显得有些尴尬,他放下奶茶,问莉莉怎么了。

"我要是去了,想你怎么办?"

"哎呀,你可以打电话、发短信找我啊,现在又不是古代,隔着万水千山只有一个飞鸽传书。我想你哥时不也这么找他,聊完不就好了?"

"你不懂。"这是莉莉在奶茶店里的最后一句话。

6

奶茶店里放着脍炙人口的流行歌曲,五颜六色的装饰灯把奶茶照得失去了原来的颜色。莉莉低着头,似乎红了鼻子,今晚,她最多的表情就是咬着嘴唇,护着她那人人皆知却又绝口不提的心事。

送莉莉回去的路上,莉莉一直哭泣着,直到北把她送到家门口。车停下来,北告诉莉莉到家了,莉莉却没有下车的意思,她抬起头泪眼蒙眬地看着北,北关了车灯,迟迟也没说话。

莉莉解开安全带，看着北的侧脸，不断靠近，突然北头也没转地对着莉莉冰冷地说了一声："晚安。"莉莉的眼泪突然像断了线的珠子，从眼眶里流出。"好。"莉莉说完，就立即下了车，狠狠地关上车门，头也不回地往家门口走去。

直到北看着莉莉房间的灯亮一下，然后又暗了，才启动车子朝小区门外驶去。

北将车子停在路边，别墅区外的马路很宽，没有一辆来往的车辆，只有两排孤单的路灯，投射出焦黄的灯光，矗立在路旁陪着孤单的北。此时此刻，北心里是很明白的，他不仅明白莉莉的心事，也明白自己从现在开始，又更孤独了一点。

他默默地摇下窗户，点上一支烟，轻轻地哼唱着刚刚奶茶店里的流行歌，双眼空洞又无神地看向那望不到尽头的马路。北看得清楚，那是一条，沉默的单行线。

小女孩的心事，北当然一清二楚，莉莉愿意放弃出国无异于最好的表白，北百般装傻劝服莉莉出国无异于最残忍的拒绝。女孩的心思很简单，我喜欢你，我就只想尽力陪着你。男孩的心思其实也很简单，我没办法和你在一起，所以就劝你远离。

我装出那种木讷的姿态，是因为我根本不想伤害，这不是我冰冷的残酷，这是我最真心的温度。

名叫残忍的温柔

1

　　北和父母商量了一下，父母表示不愿意搬去那么老远的地方，但是他们都非常支持北去那里。虽说父母一心赞成，可是北心里始终有些惴惴不安，却又说不上来为什么。

　　转眼就已经六月了。莉莉在这段时间里没有找过北一次，倒是诚，打趣地跟北聊了几次，第一次聊天说本来准备回来的，可是因为妹妹要过去了，所以以后再回来。诚说母亲这次和莉莉一起过来，自己带着她们玩玩，感受一下美国的风土人情，顺便也让莉莉快速适应一下这里的生活。第二次诚说莉莉的学校八月份开学，签证快办下来了，父亲说北要接管新业务了，表示祝贺。这些聊天的内容在北听来，并没有让他很开心。

　　眼看老板的新公司板上钉钉，自己被老板叫去谈了很多次话，似乎在现实面前北已经没有了选择的勇气，一切都是顺水推舟地走着。直到六月末，老板告诉北那边的办公地点已经定下来，在一座写字楼里，说刚开始让北先将就用一间办公室当住处，等稳定了再搬出去。老板告诉北，房间不大，但是有窗户、卫生间，就是洗澡麻烦点，需要出去洗。老板还劝北万事开头难，北点点头。

那边的新公司准备九月一号剪彩开张,老板让北最迟八月中旬就要过去准备好一切,北掐指算算,留在这里的时间不足三个月了。

由于新公司的筹备,北一直也是忙得不可开交,每天起早贪黑,虽说对去外地一事仍然是心中有结,可是箭在弦上,也不得不发。至于楠那边,北也实在没有心思多想。看来,想要忘记一些什么,就需要往心里多填些什么,忙起来了,也就不会多想了。

七月刚刚开始,天气就炎热起来,本来还想着在五月的春风里哼着小曲,悠闲漫步,这一忙活,瞬间就是暴热天气。这天北刚刚忙完,洗完澡往小房间里一躺,突然手机响了,北一看,是莉莉打来的电话。北心头一震,接通了电话。

"莉莉,怎么了?"

"北,你现在忙吗?"莉莉的语气略显低沉。

"不忙,刚忙完到家。"

"这样啊……那个……那个……"

"怎么啦?说吧。要吃啥还是要喝啥?"北的语气刻意欢快起来。

"不是,那个,我明天就要走了,所以,你晚上可以出来吗?"莉莉的语气很低,似乎连周围的空气都不想惊动。

"啊……这样啊。"北轻轻地呼出一口气,看看了手表上的日期,七月四日,"行,你在哪呢?我去找你。"

"嗯,我在家外面的公园里,你过来吧,不会耽误你太久。"说完便挂断了电话。

北叹了一口气,他知道,其实莉莉不想让他走,他自己也不想走,可是怎么说呢?

北换上一身干净衣服,上面还留有阳光的味道,下了楼,驱车赶往莉莉那里。

天已经完全黑了下来，屋外显得有些燥热，路灯下聚集了许多飞虫，北走进公园，莉莉就坐在最外面的一个休息长椅上。身边放了一个礼物盒，盒子上放了一个信封。

　　"一个人坐在这里不怕被蚊子叮啊!"北刻意大声说着，好让莉莉知道自己来了。

　　莉莉低着头，听见声音，抬头看见北，眼里像有了光芒。莉莉突然起身，飞速地朝北跑来，她一把抱住北，脸扎进北的胸膛，只是低声地说一句"别动"。北甚至来不及看清莉莉的表情，当北准备一本正经地询问和安慰莉莉的时候，莉莉放开北，向着家的方向大步地跑，没过几秒，就消失在转角，留下北一个人傻愣愣地站在路边。没有"再见"，没有"保重"，没有"照顾自己"，也没有"回来看你"，就是这么简单，这么直接。

2

　　青春就是这样，没有什么所谓刻骨铭心的告别，也没有什么盛大隆重的开始，有时就是那么小小的一个事件就是故事的终点。就像一本青春言情小说里写的那样，毕业不是因为要离开这里，而是要离开你。为什么毕业了就不能在一起了? 交通那么方便，网络那么发达，真心喜欢毕业了也可以在一起啊。其实不然，大家彼此心里都清楚，毕业对于那些暗生情愫的校园的男男女女而言，就是无言的结束。莉莉以后还会见到北，还会和北说话，只是在当下，莉莉和北都清楚，关于他们俩之间的额外剧情，随着这最后的拥抱，宣泄完这份情感，这段故事，也就彻底退出了北和莉莉的人生。

　　其实想想还是挺无奈的，我们念书的时候，大部分人都会有喜欢别人或者被人喜欢的经历。那个时候的喜欢很简单，就像书里说的，可能

名叫残忍的温柔

就是你穿的那件白色衬衫在那天的阳光下很好看，可能就是你辅导我这道题时认真的双眸流转的英气，可能就是那场无所谓名次的比赛你投球的姿势，也可能是你没考好在放学后躲在班里哭的小难受。谁知道因为啥呢？但是我知道一件事，可能会因为你长得帅，但不会因为你家里有钱；可能因为你学习好，但不会因为你爸是当官的；可能因为你健谈幽默，但不会因为你混得好。不管我们的择偶观在岁月的洗礼里如何改变，因为这样的原因去喜欢一个人或是不喜欢一个人都是很美妙且不可多得的体验。

喜欢你，就下课给你送瓶水；喜欢你，就帮你做值日；喜欢你，就在人前提起你，人后躲着你；喜欢你，就天天去你的空间留些有的没的的言。那个时候喜欢你，我不会送你什么 520、1314 的红包；那个时候喜欢你，我不会把 iPhone 作为生日礼物送给你；那个时候喜欢你，我不会选个隆重的时刻拿出某个名牌包包。那个时候就是很简单。

北走到莉莉刚刚坐过的长椅旁，信封放在礼物盒上，用黑色记号笔写着"TO 北"的字样。这就是莉莉对北全部的感情了吧。北抱着礼物盒和信封回到车上，开启车内灯，打开了信封，上面是简简单单的一句话：一直没有勇气告诉你，其实我很喜欢你。

北看到这里，微微泛红了双眼，他不知道自己辜负了这个女孩多少心意，他不知道奶茶店的一席话多伤害这个女孩，他不知道那天女孩开了灯又关上后到底哭了多久，他不知道女孩知道自己要走的时间是多么百感交集。

不，也许北是知道的，从一开始就知道，他不光知道莉莉的全部感情，就连如果留下莉莉，或者和莉莉在一起，以后会多伤害莉莉他都知道，所以，木讷装傻时的语气，劝说莉莉时的眼神，接起电话时的语速，喊莉莉姓名时的表情，可能都是早就计算好的，为了让莉莉安心或者死心地远离吧。北用温柔的公式计算出了残忍的结果，他把自己温柔的方式包装成了无情的残忍。不管对错，或者理不理解，谁叫他骨子里是个倔强的人呢！

北叹了一口气，平复了自己的情绪，他打开礼物盒，里面有一张照片和一张画。照片是诚出国前莉莉和诚照的，那时北还在坐牢。莉莉用电脑软件将北的头像放到了照片里，诚搂着莉莉在左边，北格格不入的脸在右边。照片里诚傻笑着，莉莉微笑着，而北，则面无表情。

画，是北第一次去莉莉家看到的挂在墙上的，那是莉莉幼儿园时的获奖作品，莉莉刻意从家里的墙上取下。无非是简单的蜡笔勾图，线不直，圈不圆。画里是一个穿着花裙子的女孩灿烂地笑着，头上是一个大大的太阳。画的右下角，用蜡笔歪歪扭扭地写着一个"莉"字。整幅画，就是这么简单，却又这么真切。

北似乎不能再忍住自己的眼泪，虽然他几次仰头，不想让自己这么失态，可是四下无人，谁又知道呢？北对着照片和画一个人傻笑着，他擦擦眼角的泪，打开手机给莉莉发去了一条短信："谢谢，我会珍藏，一路保重！"

北一夜没睡，头上时不时传来飞机划过天际的声音，躺在床上，看着路灯的灯光透过窗户打在洁白的天花板上，百感交集，总觉得不对劲，可是又说不出来哪里别扭。

第二天早上，老板打电话给北，叫北下午来公司说有事交代。上午琐碎的时间，北一个人开着车去了楠的学校。学校已经放假，整个校园空空荡荡的，没了往日的喧闹。北没有进学校，只是远远地在马路对面看着学校的大门，他知道自己要走，也知道也许不会再遇见楠。北笑笑觉得挺好，那个男孩子家里有钱有势，还能给楠解决工作问题，他想这个男孩对楠应该不差，自己离开也未尝不是一件好事。现在的生活很简单很稳定，不需要像之前在工地上风里来雨里去的，虽说自己显得孤独了一些，可是这么多年也就这么过来了。与其和楠来一个所谓盛大的重逢，弄不好还搞得自己难以取舍，倒不如就当自己没来过这里，静悄悄地来，静悄悄地走，未尝不是对自己，也是对楠的一种交代。

3

许嵩有一首歌的歌词是"领悟了爱不是追逐占有"。占有式的爱不管是在古代还是现代都显得自私，喜欢一个人，爱一个人应该给予他一个重新选择更好的机会，捆绑式的感情往往都不能善终。这种观点可能并不能获得所有人的支持，但是如果在感情无法匹配的当下，做何抉择是需要大家重新审视的问题。

下午，北按照约定的时间来到老板的办公室，老板正在打电话，语气透露出谦卑和客气，似乎电话那头的人物决定了他的未来。北想到老板以前那嚣张跋扈的嘴脸，不禁觉得时代变了，大家也都跟着变了。挂了电话，老板招呼北坐下，随手给北递来一支烟，对北说："明天抽个时间去下律师事务所，有几个文件你去确认一下，还有几个表你得填一下，这几天事多，律师事务所那边也没把文件传过来，我寻思着你自己去办吧。"说完给北递来一张名片，"地址、联系人、电话都有，你明天自己去就行。"

"好，知道了老板。"

"给你弄个总经理，名片这几天你自己抽时间去搞好。"

老板点上烟，顺手要给北也点上，北掏出打火机说自己点就行。老板又说："北，你没事也多读点书，这以后就是领导了，不是以前那个只靠蛮劲的小伙子了,开会啥的,说点有含金量的话。以后你出去应酬的,都是些或大或小的老板,别让人觉得你掉了价啊。"

"好的,知道了。"

"我最近就在读一本项目管理的书,觉得还挺玄乎,咱以前做生意就是五毛进一块卖,你别说,这里面学问还大呢,有时间你也看看。"

"好好。"北笑了,"我也买来看看,您看成吗?"

"别管读得懂读不懂,我也看不懂,就算看不懂吹牛也靠点谱啊。"说完老板自己也笑了起来。

"行,好的。"

"你这几天有时间就跟那些要一起调过去的同事们走一走,多见见面,熟悉熟悉,毕竟你以后也是个领导啊。"

"嗯。"

"对了,过几天啊,我约了几个领导和老板吃饭,到时你跟我一起去啊,车别开了,下班来公司找我。"

"好,准时到。"

"嗯,你小子穿好看点啊,别像在公司那么随意。到时多给那些人敬几杯酒,混个脸熟,以后好办事,也替我挡点。"

"好。"

"嗯,去吧,明天别迟了啊。"

北离开老板的办公室,心里五味杂陈,一方面是即将离开这里的不舍,说是不舍还不是有个舍不得的人?另一方面,北想到自己几年前不过是工地上无权无势的工人,即使死了也只有父母会哭,现在自己摇身一变成了总经理,还印上名片了,曾几何时还经历过万念俱灰生不如死的事,唉,北笑笑感慨着世事无常,人生起起伏伏,真是有点刺激。

名叫残忍的温柔

4

我们应该时时刻刻用发展的眼光去看待自己,谁知道明天会发生什么事?北的人生称不上传奇,甚至在上一辈人的身上还可以看到一些相似的影子。正如之前说的那样,并不是所有的树木都要成材,有的木头做了柴火,发光发热;有的木头做了建筑材料,撑起一座桥或者一座房;有的木头做了纸,记录下人类智慧的结晶。所以只要心存志向,总会有自己的用武之地。

北由于昨天没怎么睡,所以很早就睡下了,莉莉已经坐上了去往美国的飞机。第二天早上,北吃了早饭不慌不忙地赶往律师事务所,今天要填些法律文件,这可是北人生中的第一次。他特意穿了一身西服,打了一条天蓝色的领带,穿上锃亮的黑皮鞋,头发上还喷了一点定型胶,显得很精神。

北来到律师事务所的前台。

"您好,我找一下朱律师。"

前台的接待热情地让北稍等,说罢就给北倒了一杯水,转身就喊朱律师。没一分钟朱律师就来了。

"您好,您是朱律师吧,我是辉煌建筑公司的北。"

"您好,您好。"朱律师跟北握了手,"请跟我来。"

朱律师把北领进一间会客室,北看到会客室门上写着"VIP Room 2"。

北坐下,朱律师就开始和北简单交谈,北略显青涩。

"您好,朱律师,我今天是来填一些文件的,听我老板说好像还有一些文件需要确认。"

"对的,对的,其实主要程序已经完成得差不多了,我还准备今天给贵公司把文件发过去呢,辛苦你亲自过来一趟。我叫人把资料拿过来,文件不多,不会占用你多长时间的。"说罢朱律师就拿起桌上的电话。

"好的,好的,辛苦了。"

"你把辉煌公司的文件拿到 VIP Room 2 来,他们今天派了代表来确认和收尾。"

挂了电话,朱律师和北寒暄起来。没过一会,律师事务所的工作人员拿来了文件。

就在房间门打开的时候,北下意识地回头看去。

送文件进来的女孩直挺挺地呆在那里,一动不动。

北也傻了,他立马站起身,看着女孩。

女孩的脸抽搐着,她没有眨眼,没有预演,两行眼泪就流下来了。

剩下朱律师一个人呆呆地坐在那里,一脸疑惑。

就这样,他们相遇了。

一个穿着帅气的西装,一个穿着整洁的工作服。

一个还扎着马尾,一个已经换上了大人的发型。

时间,停止了。

不知道过了多久,朱律师开口说道:"这是我们前几天才来的实习生,你们之前认识? 好巧呀。"

两个人都没有回应。

"小楠,你把文件放这吧,我和北先生还有业务要处理,你先去忙别的吧。"

楠还是未动。

朱律师看场面有些尴尬,说:"北先生,您要是不介意,让这个实习生待在这里学习一下。这小姑娘才来没几天,手脚都挺麻利,今天不知道怎么了,可能遇到老熟人了。哈哈。"

"不介意。"北说。

楠狠狠地抹掉自己的眼泪,把文件轻轻地放在桌子上。

北看着楠弯腰放下文件的身影和楠的侧脸,楠的眼睛没有眨。

"北先生,小楠是你的旧识?"朱律师显然在努力让气氛缓和,好进行接下来的工作。

"嗯,旧识,很旧很旧了。"北说。

"啊,你说这世界就是这么小,那北先生,您快点填完文件,时间不长,这几天小楠也没什么特别繁杂的任务,过会,给您时间让你们好好叙叙旧。"

北打开文件,楠站在一边,填表的时间不长,北像是享受完了一生的幸福,这样的相遇可能是老天给北最好的礼物。填完了以后,朱律师拿了北的身份证去复印,临走之前还不忘寒暄几句。

"北先生,您真是厉害,年纪轻轻就当上了总经理,看您的身份证,您和小楠一样大,真是自古英雄出少年啊,哈哈。您稍等,我复印完您的身份证您就可以走了。"说完朱律师就出了房间,留下北和楠两个人在会客室。

北看着桌上的烟灰缸,点起一支烟。楠站在旁边,不言。

北叹了一口气,还没抽上两口,楠一把夺过北的烟,狠狠地往烟灰缸里一戳。

"坏毛病从哪学的!"

北笑了,朝楠看过去:"反正学校没教。"

这就是重逢的开始。

5

北笑了,楠哭了,她把脸朝向窗的一边。

"学校没教你别抽烟,现在我教你!"

北掏出没抽完的半包烟,当着楠的面,握紧,往垃圾桶里一扔。

"现在是社会人了,是吧? 出门都带着烟了,是吧? 北先生,总经理?"

"过得好吗?"北微微侧头。

楠没说话。

就在这个时候,朱律师进来了。

"北先生,您的身份证复印好了,您可以走了,合作愉快。"

北起身和朱律师握手。

"小楠啊,去和老朋友叙叙旧吧。"

三人前后走出会客室,临走朱律师和北再次握手。

楠和北来到写字楼的楼梯口。

北下意识还在口袋里掏烟,掏不到他才想起来自己丢掉了香烟。北靠在逃生通道的窗户边,低头看着楼下的马路川流不息,楠则靠在楼梯的扶手边。北迟迟才开口。

"最近,都怎么样啊?"

北的话语刚落,楠突然泪下,用手捂着嘴,只有眼泪哗哗地流下来,北走过去,抚着楠的双肩。

"乖,别哭了,这不是回来了? 看到你这样,真的挺好的。"

楠一把抱住北:"这些年,你去哪了? 为什么不联系我,为什么? 为什么!"

名叫残忍的温柔

北沉默了，停滞了片刻："这几年……我忙事业呢，你看，和你再次见面不也是我努力的结果？"

"你就算忙事业为什么不联系我？你就这么忙吗？"

"我离开学校那会，你没手机我也没手机，我就是想联系……"

"你撒谎！"楠打断了北的解释，"你如果真的想联系我，你可以问我妈啊，你可以问朋友们啊！"

北沉默着，半天才憋出一个对不起。停了一会，北说："你看，这不是挺好吗？过去的事就过去了，现在你看，咱们不是又碰到了？阿姨、叔叔都还好吧？"

楠放开北，说："嗯，妈妈好多了，我这几年也看过我爸几次，都挺好的，没什么大问题。"

"啊，那就好，那就好。"

"对了，你离开学校都干了啥？怎么没几年就成了总经理啦？还有，你上次来找我，到底咋了？我总觉得上次你找我是有事情。"

"额……额……"北支支吾吾着说不出话。

"不过没事，嘻嘻，以后就可以又像以前一样啦。你都不知道我在这里一个像你这样的朋友都没有，我整天过得都快急死了。"

北抿着嘴，挤出一点笑意，楠不知道的是，这刚重逢便要再见，而且，这突如其来的相见没有给北时间用奋斗的故事填满缺失的岁月。

"晚上没事吧？有事也不行！"楠调皮地问着北，"不过真有事我就等你忙完啦，我们实习生四点多就可以走了，一起吃饭聊聊天。妈呀，今天真是太棒了，这是老天给我的最好的惊喜！"

"必须的啊，我今天没啥事了，晚上我来接你，四点半，你看行吗？"

"行呀，那到时吃啥？你现在是事业有成的北先生啦，你都去过不少好吃的地方了吧？你定。"

"行，那就去你过生日的那家状元酒楼吧，那菜味道不错，老板人也挺好，现在学校放假没人，也好停车。"

"哎哟，都买车了啊，啧啧啧，不简单不简单。"

"没有啦，老板的车，我就是平时用。对了，这是我的号码，晚上联系。"

"好！"说完两人就互换了号码。

突然楠像是被什么东西惊了一下："等等。"

"怎么啦?"北问道。

"你怎么知道我生日在状元酒楼过的?"

北呆住了。楠继续问道："那，那束花……"

"嗯……嗯……"北支支吾吾答不上一个字，楠则灵气地笑着。

"好啦，你先回去上班啦，你有一晚上的时间问我，好不好？你先上班，有什么事我们晚上说。"

"好吧，反正你也跑不了，那我先回去了，晚上见。"

"跑不了，跑不了，晚上见。"

说罢，楠又抱了一下北，然后笑着和北出了楼梯口，楠朝律师事务所走去，北则走向电梯。

6

晚上，北如约而至，他将车停好，来到了律师事务所的门口等待。虽说已将近下班的时间，可律师事务所里却还是很繁忙，客户也不少，看得出来，这是一家实力很强的律师事务所。

等楠出来的时候，已经过了下班时间，她一身整洁干净的装束，笑着跟北说抱歉自己迟了点，北笑着摇摇头说不迟。

　　不像是老友的相聚更像是亲人的重逢,一路上,两个人都没有多年未见的隔阂,时间的蔓延、经历的增加也没有让楠和北染上世俗的气息,似乎还是当年去小溪玩耍的少男少女,只是座驾换了,身份变了。

　　饭间,两个人聊了很多,从过去到现在,从自己到朋友们。楠告诉北,敬凡和瑶瑶分分合合,"大中锋"也有了女朋友。北告诉她自己一心忙事业,还没女朋友呢。

　　楠问北有没有喜欢的女孩,北笑笑说没有。北问楠,有没有喜欢她的男孩子,楠想了想说,应该,没有吧。

　　吃吃喝喝,谈谈笑笑,时间过得很快,楠没有关注北如何发家的过程,只关心他有没有喜欢的女孩子;北也没有告诉楠自己将要去新城市的事,只是关心楠毕业的去向。

　　楠告诉北,自己其实没啥朋友。

　　北说,自己其实也一样。

　　楠说,好不容易再相见。

　　北说,这个场景他已想了好多年。

　　楠说,以后不想让北离自己很远。

　　北说,现在交通发达随时可以见面。

　　楠听了,皱皱眉,看着北。

　　北装傻,喝口水,头微垂。

　　饭后,两人散散步,北送楠回了宿舍。

　　炎热的夏天,北回到家已经有些疲倦,今天发生了太多的事情,让北觉得这不是一天发生的事,他的大脑,似乎处理不了这么多的信息。他开了空调,拿出一瓶啤酒,坐在沙发上。他在想,想很多事情,没有意义的事情;他在想,想很多问题,没有答案的问题。

　　点燃的香烟放在桌上的烟灰缸里,剩半根,飘着缕缕青烟;浴室的淋浴器喷出淅淅沥沥的水拍打在北的肩膀上；房间里传来地下说唱夹杂着蓝调的旋律；刚从冰箱里拿出的啤酒，从瓶子边缘滴下液化的水珠；窗外闷热的夏天，没有风，只有月，还有空调外机微微的轰鸣声。

直到烟灰一整根地掉落在烟灰缸里；直到浴室的水声停下来；直到蓝调音乐停止；直到水滴湿润了啤酒瓶底部的一圈；直到室内达到设定温度，窗外的空调外机停止运转。北走出浴室，开一盏床头灯，把烟头丢进烟灰缸，拿起啤酒，再点一根烟，走到阳台。

<blockquote>

淡淡的烟气飘向月亮　迎着月光

蔓延开来的心事抚摸着脊梁

冰冷的后背是过往的岁月

未来的生活不能苟且

残月的犄角变得倾斜

海水也随季节有了变迁

人生自然不会一成不变

当年视若原则的底线

如今不过是参考条件

怎样的蜕变让我目空一切

不过是心里装的东西多了些

所以我还是想笑笑说再见

你的人生有新的起点

我也期待谁会和你再次遇见

你是那光辉里的青鸟

我也有一场堪比盛典的流浪

</blockquote>

想想你站在顶峰看着世界的模样
我也想吹吹海风回味当年的倔强

所以我对着月光想了又想
算了　还是藏住笑脸
用踉跄的步伐告别

北决定，还是去新的城市发展。

7

一片云遮住月亮，大地瞬间变得阴沉了一些，北抬头喝下一口啤酒，云又飘走，大地又被月光装点得明亮了些。

之后的时间北经常和楠聊天，打电话或是发短信。

就在北的老板要带着北和其他老板吃饭的那天，老板告诉北，新公司的办公楼施工延期了，说是拖欠了工人的工资，工人们闹罢工，可能需要北晚一阵子再去，北笑着答应。老板嘱咐他这段时间不要荒废，看看书，多去见见人。

席间，北看着这个领导那个老板的嘴脸，心想着这是一个被贴上标签的世界。

这个场合，连北的老板都是小角色，都要弯腰鞠躬连连敬酒，北自然不会少喝，酒要倒得满，那叫诚意；杯要举得低，那叫尊敬；人要走过去，那叫身份；酒要喝得快，那叫敬意。老板们会微笑着跟你碰杯然后说年轻人多喝点我们老了喝不动了，等你一口干掉，他们会说后生可畏。领导们端起杯子对你微笑，等你一口干掉，他们会抿上一口，还没等你回座,又会有新的人以新的噱头再来敬酒。

自然,北喝多了,有一斤多吧,红着脸,迷迷糊糊。

其他老板对北的老板说,这小伙子不错,有冲劲也实诚,以后是块料。北的老板说以后新公司就看他发挥了,等以后自己老了,儿子也回来了,就靠他们俩打拼了。老板们边笑边聊,说现在就开始为儿子培养秘书了。北的老板也笑笑说,一个好汉三个帮啊。其他老板又问老板女儿怎么样,北的老板笑着说,女孩子嘛,就是嫁人。

晚上,北的老板打车把北送回家,北晕晕乎乎地洗了个澡,舒服一点了,他躺在床上,大口喘着气,看着手机里楠的许多条短信,索性打个电话过去。

"喂,你怎么才回我,怎么样,回去了吗?"

"在床上了。"

"怎么样今天? 还顺利吗?"

那晚北记得自己说过的最后一句话是升官发财。

第二天,北醒了,手机已经没电自动关机了,等北充上电,看到昨天的通话记录,那个电话竟然打了一个小时十五分钟,但北只记得开始那几句。突然,北背后一凉,生怕自己喝多了说了什么不该说的事情,吓得赶快打一个电话给楠,试探一下。

"北,你醒了?"

"嗯嗯,昨天喝多了……"

"我知道,你后面说话都语无伦次了,之后就直接打起呼来了。"

"嗯嗯……你在干吗呢?"

"实习啊,还能干吗? 怎么样,人还舒服吗?"

"还行,对了,你今晚有空吗? 一起吃个饭啊,我上次看到有一家餐厅好像还不错,晚上有空吗?"

"好啊,我下班了又没事,正好有部电影上映了,我还挺想看的,是我的偶像出演的,一起去看吗?"

"好啊……"

"那我们吃饭前去看看,要是吃饭的地方远就下一次再看。"

"好好,那就先这样,你好好上班吧。"

"嗯,那先挂了,回见。"

"嗯。"说完,北挂了电话。

北心里想着,只要晚上见到楠,聊两句就知道自己昨天有没有说了什么不该说的了,不过看楠刚才的状态,好像并没有什么异样。

之后北洗了个澡,去公司处理了一些事情,看时间差不多了,就来到律师事务所门口等楠。

正巧老板打来一个电话,是关于新公司延期的事,北去楼梯口接电话,顺便点根烟。等挂了电话,已经过了下班时间,北赶紧打电话给楠,可是电话那一头楠挂了。北觉得不太对,就赶快走向律师事务所的门口,他看见一个人也站在门口。

那个人看了一眼北,那一瞬间,北记起来了,就是那天在教育超市门口和楠在一起的男孩,就是那天晚上和楠在公园聊天的男孩——李梓民。

两个人互相看了看,李梓民没有说什么,他和北差不多高,背着书包,戴着一副黑框眼镜,斯斯文文的。就在这时,北的手机响了,是楠,楠告诉北刚刚自己在开会,所以挂了他的电话,现在已经开完会了,换个衣服就出来。北想告诉楠李梓民也来了,可是话到嘴边,想了想还是咽了下去,他觉得自己的存在是李梓民必须要接受的事,况且李梓民之前也是知道自己的。没一会儿,楠就拎着个小袋子出来了。

李梓民大声地打着招呼:"楠。"这一声硬是淹没了楠嘴里说出的

"北"。

"你怎么来了？"楠显得有些不知所措。

"我爸前两天跟我说这里的主管说你做得不错，正好今天有空我就来看看你，晚上一起吃个饭，我还买了电影票，看完我送你回去。"

"啊……啊……梓民，我晚上约了人……"

"谁啊，这么不凑巧，我们一起呗，正好认识认识你朋友。"

北轻抚着下巴，楠不敢看他，他将身体侧过去，往后侧方退了几步。

"等下，我先去下洗手间，我们过会再说。"楠说道。

"好。"

说完楠就转身进了律师事务所。没过十秒，北的手机响了。

是楠的短信："抱歉，这是我同学，我这份实习工作就是他父亲安排的，你先过去等下我可以吗？"

北笑了笑，回了个好，然后将手机放进兜里。

没过一会，楠就出来了，看到北还在那里，并没有离开，楠显得有些尴尬，生气地看了北一眼。北站在李梓民的后侧方，露出似笑非笑的表情，楠又不好说什么。

"怎么样，走吗？还是先问问你朋友？"李梓民问道。

"好啊，我问问。"楠的语气显得有些刻意，"怎么样？一起吗？"楠转头朝着北。

李梓民也回过头，看到身后的北，有些尴尬，嘟哝出一句："男的啊……"

北笑了一下，捋顺了自己的刘海，说："不好意思啊，要不你们下次再约？"说完北就主动上前一步，伸出手，摆出握手的姿势，"你好。"

"你是？"李梓民看着眼前这个带着社会气的男人。

"我叫北，很高兴认识你。"北对着李梓民象征性地微笑。

"哦,就是你啊。"说完李梓民伸出手,两根手指碰到北准备相握的手,又收了回去,"楠经常提到你,我还以为是哪个小说里的人物呢! 今天终于看到活人了。"

北对着李梓民再一次象征性地微笑,收回手:"你的反应倒是挺真实。"

楠看到气氛有些尴尬了,就立马对李梓民说道:"北是来律师事务所办理业务的,正好碰到了,也是很巧。"

李梓民没对楠如何遇见北的事情做回应,只是转过身问楠:"怎么样,一起吃饭吗?"说完又扬了扬手里的电影票。

楠僵在那里,没有说话。

北从口袋里掏出车钥匙:"楠,快走吧,下面停车时间不能太长,你看要不你们下次约? 可惜了你的电影票,很不赶巧。"

李梓民一下子愣在那里,手里的电影票显得格外尴尬。北笑了笑,对楠说:"快点决定吧,要不你也别浪费你朋友的一番辛苦,咱们下次约也行。"

就在楠犹豫不决的时候,楠的领导正好也下班走出律师事务所。

领导拍了一下楠,问:"楠,怎么还不回去? 早点回去啊。"

"好的,谢谢领导。"楠回道。

"阿姨好!"李梓民看到楠的领导出来,赶快响亮地喊了一声。

"哎哟,这不是梓民吗? 你怎么来啦?"

"阿姨好,我今天没事,就来转转,正好碰到楠下班,就约她一起吃个饭。"说完对着楠的领导露出了一个很符合大人对学生的审美要求的甜美的微笑。

"行,那你们快去吧,别玩得太晚,不然跟你爸告状啊。"

"好的! 阿姨再见!"说完李梓民又一个甜美的微笑。

楠也跟领导道别,等领导走进电梯以后,李梓民再次问楠走不走,楠停了一会,告诉李梓民自己和北约在前,说下次请他吃饭作为补偿,今天真的很不好意思。李梓民没说话。北再次催楠道:"楠,快点,下面不能停太久。"

楠对北翻了一个白眼。

"好,下次再说吧。"李梓民扶了一下鼻梁上的眼镜,头也没回转身就往电梯那里走,经过北身边的时候低声了一句,"下次不会这么不巧了。"

北笑了笑:"抱歉了……"

李梓民发出了一声"哼""呵"的鼻音转身走了。

"我是说你的电影票。"北接着补上,象征性的笑容挂在脸上。

李梓民按下电梯的按钮,把手上的电影票攥成一团,手心朝上,轻轻往上一抛,然后进了电梯。

楠舒了一口气,苦笑着对北说:"快去看看,车别给交警拖走了。"

北笑笑:"停车场交警不查,等你那朋友走远了再说。"

楠叹了口气,说:"他叫李梓民,我们学校的班委,家里条件挺好,我这份实习就是他父亲安排的。"

"嗯,我知道。"

"你知道? 你怎么知道……"

"对了,晚上我有事跟你说。"北叹了口气,看了看时间,"陪我去楼梯口那里抽根烟吧,抽完我们就走。"

"你现在没烟就不行吗? 天天抽烟有什么好的。"

"嗯……不行啊……"北淡淡地答道。

了否？

1

北带着楠来到一家西餐店,北点了一份牛排,楠点了一份意大利面。

吃着吃着,楠问北:"说吧,有什么事要跟我说?"

北专心切着牛排,没有说话。

楠用叉子插在意面上转了几圈,放在北的盘子里:"尝尝我的意面。"

北将意面放到盘子里,对着楠笑。

"我也想尝尝你的牛排。"

"好。"于是北就将自己刚刚切下的牛排放到楠的盘子里。

桌上的蜡烛飘出缕缕青烟,在西餐厅独有的昏暗灯光和慢悠悠的蓝调中,北端起配餐里的红酒,喝了一口。

"楠,我上次去你那里办事情,你知道是什么事吗?"

"不知道,经理大人,您贵人事多,哪是我们这种学生知道的?"楠俏皮地接着北的话。

"公司要在新的城市设立一个分公司……"

"呀!你要去那个新公司当经理!那好呀,我毕业了去找你啊!"

北抿了下嘴:"那个李梓民,是不是喜欢你啊?"

楠愣住了："什么呀,我们只是朋友……"

"别骗我了,我刚知道这个人,都看得出来,你们做同学这么久,能不知道?"

楠有些不好意思了,玩着手里的叉子："好像,好像有一点吧……"

北又啜了一口红酒,昏暗的灯光穿过透明的红酒杯,在洁白的桌布上折射出七种颜色,正如北的内心一般,平静得不让海浪的起伏映射在面庞上。

"你呢,觉得他怎么样?"

"他呀,人挺好的,学习也努力,工作也认真,挺细心的,就是有的时候有点急躁,班里的人缘也挺好,喜欢他的姑娘也是有的。"

"嗯……"

"怎么啦,吃醋啦?"说完,楠俏皮地咧开嘴笑了。

北也淡淡地笑了下,打趣地回道："并不是所有的醋都是酸的哟,苹果醋就没那么酸。"

"什么啊。"

"对了……"北眯着眼想说些什么。

"嗯,怎么啦?"

就在这个时候,餐厅的音乐停了下来,仿佛整个时间都安静下来等待着北要说些什么。

下一首歌的前奏有些长,旋律慢得直到北说完整句话都还听不到歌声。可是这首歌还没结束,楠已经拿起桌上的纸巾擦拭眼角。北没有停止,伴随着这淡淡忧伤气质的蓝调说着自己内心的话。就像海浪会传递,后面的浪总是推动着前面的,就像是蝴蝶效应,一场海啸就这么引发了另一场海啸。淡淡的蓝调进入尾声,男歌手略带沙哑的声音还盘旋在餐厅的角落。某个音符落在了北的酒杯中,北端起酒杯,把尾调最后的忧伤也饮入口中。楠把面巾纸盖在脸上。餐厅里除了音乐和低声的交谈声,只剩下刀叉和盘子碰撞发出的尖锐刺耳的声音,还没等到下首歌结束,北的对面已经空空如也。

北叹了一口气,微微地低下头,看着从杯子里折射出的七彩的光,他的心仿佛也被折射着。北将杯里的红酒一饮而尽,并吩咐服务员再来一杯。微湿的纸巾还遗留在桌角,桌上的蜡烛也快燃尽,桌上小花瓶里的玫瑰似乎有些不新鲜。

"你的决定是你自己的事,我也会做出我自己的决定,你的看法也只是你一个人的看法。"久久,楠的这句话盘旋在北的脑海,直到北又喝了两杯。

四杯红酒,也差不多有半瓶的量了。对面盘子里的意面已经凉透,北起身结账,得知楠已经付过钱。

北心里有点难受,为她也为自己。

回家的路上,北的脑海里一直重复着自己和楠刚才在餐厅里的对话,他甚至拿起了手机想打给楠,告诉她其实自己并不是那个意思,可是这个电话北还是没能下定决心打过去。

晚上,北躺在床上,今天从自己嘴里说出的那些伤害楠的话还是久久挥之不去。可是他自己明白,这么做可能才不会有遗憾。

2

我们都会撒谎,都会说一些言不由衷的话,都会千方百计地选择好的方向。我曾经和朋友探讨过关于谎言的种种可能性,电视上的辩论节目也对这种话题屡屡探讨着。然而今天,我不想去讨论那些千篇一律的关于"善意的谎言"的论题,我更愿意花精力探讨说出那些"善意的谎言"的人当下的心情和需要的勇气。影视剧里常有的桥段：男主角深爱着女主角，可是自己身患不治之症，无法给予女主角幸福，只能欺骗女主角说自己不爱她了，更有甚者也许会自导自演一场出轨的戏码，让女主角记恨自己，离开自己。等自己病入膏肓得知女主角即将结婚，男主角一个人看着镜子里憔悴的自己，流下眼泪。机缘巧合，女主角知道了男主角欺骗自己的缘由，哭着告诉男主角愿意和他相守剩下的时光，最后，两人会再哭一次，深情相拥。这样的情节往往很打动人。清晨的粥比深夜的酒美味，这是兜兜转转以后才明白的道理，有时候，给你买药的人不如逼你吃药的人爱你。

新公司的日程出来了，整改需要几个月的时间，北也开始忙碌起来，虽说去新公司的时间延后了，可终归还是比前段时间忙。楠从那次以后就没再联系过北。这样的状态差不多持续了一个月。就在夏末的一天，也是决定了去新公司时间的那天，下了班，北去了楠实习的律师事务所。

夏日的午后，空气里还夹杂着些许躁动，有轻轻的风吹过，北一个人站在律师事务所的楼下看着车流不息的马路。北点上一支烟，远远地看着大楼的门，他不知道，如果楠出现在门前，自己有没有勇气说抱歉；即便是说了抱歉，他也不知道要如何告诉楠自己将再次启程的消息。

北坐在大楼下的花坛边，时不时站起来，看看天，又看看往来的车辆，看看表。打开手机，编辑一条短信，想要发出去，却又删掉，然后再编辑一段，措辞想了很久，小心翼翼地写着，连一个标点符号都反复斟酌，好不容易删删改改，却又将手机合上。当再次打开手机时，界面仍停留在上一段编辑好的短信上："我在你公司楼下，上次抱歉。可以一起吃个饭吗？"北有些紧张，看着来来往往的人从大楼里进进出出，有的穿着正装拿着公文包，有的手里拿着饮品擦着脸上的汗水。这个城市的每个人都守着自己的秘密,都有自己要去做的事,他们有着不同的心情,怀着不同的希冀。北想起了小时候在下决心时犹豫不决的场景,那时候一枚小小的硬币就代表着命运。长大了,北渐渐明白,抛出去的硬币最后还是落在自己的手里,命运其实在每一个人的手里。他发出了短信,不再去想要不要不告而别,他觉得应该有一个交代,不管这是好是坏,或喜或悲。

北发完信息将手机装进口袋,他感觉不安,如果楠不回复,自己是走,还是留下来等楠下班?如果她回复了,他们又要面对怎样的局面?北看看手表,已经临近楠下班的时间,仿佛也就在自己发完短信的一瞬间,走出大楼的人似乎多了起来。北在这些陌生的面孔里寻找自己唯一熟知的那一个,却又害怕自己会被先发现,这种矛盾而又简单的心思,让他畏畏缩缩得像个傻子。

手机响了,没错,是接收到短信的声音。

北将手伸进口袋,表面平静,内心已是汹涌。那天自己略带恶毒的话,尴尬的气氛,委屈的楠,都还历历在目。北不知道楠会回复些什么。用一个忐忑不安的心思去揣摩一个未知的结果,第一时间得到的永远是悲观的结论,这是人的通性。北先点上一根烟,拿出手机,不由自主地叹了口气,他吐出一口烟,按亮屏幕。

"等我十分钟后下班。"

就是这么一个简单的回复。

北自嘲式地笑了一下,回复一个"好",迅速将手机放进口袋,仿佛手机上的文字都是对自己的嘲讽。

十几分钟的工夫,楠就从熙熙攘攘的人群里出来了。她打了电话给北,两个人见面后并没有北想的那样尴尬,楠也绝口不提那天的事,只是问北是不是等了很久。

两个人找了一家小餐厅坐下，随便点了一些食物，北没有过多铺垫，或许他自己也不知道如果可以要怎么铺垫，开门见山地说了。

"我下个月就走了。"

"去哪？"

"新公司。"

"待多久？"

"应该一直在那里发展了。"

"叔叔阿姨也去吗？"

"暂时不去，可能以后稳定了，会把他们接过去吧。"

"嗯……"

这时第一道菜已经被服务员端上桌子。

"咱吃点吧。"北拿起筷子，夹了一些放到自己碗里。

楠低着头，手里拿着筷子，没动。北夹了一些菜放到楠的碗里，楠说了声谢谢，低着头，用手里的筷子胡乱地搅拌着碗里的菜，一副心不在焉的样子。

北见楠迟迟没有动筷子，问道："怎么了，点的菜不合胃口？"

楠没说话，过了半天说："我想毕业后去你那里发展，可以吗？"

北叹了一口气："我们上次不是说过了吗？"

"你很自私。"楠急促地说着，就动起筷子吃起饭来。

北没有说话，气氛有些尴尬，正好服务员端来了第二道菜，北顺势又点了一瓶啤酒。

服务员拿来啤酒和杯子，北给自己倒上满满一杯，喝了一大口，说："那里的发展不如这里，你去那里真的不是很好。我是没办法，公司安排，你不一样，人往高处走啊。"

"你管我？"

灯光迷失在这城市复杂的布局

漂流的风也找不出归属的痕迹

习惯了一个人喝一壶安静

习惯了一个人饮一杯喧哗

习惯了一个人独自行走在凌晨三点的夜

习惯了一个人在清晨打开冰箱拿一瓶昨天买的奶

工厂里巨大机器的运转

马路上汽车轮胎的旋转

还有厨房里微波炉托盘的旋转

都是这个城市血液的流动

刚刚习惯这里生活的北

不得不去适应新的习惯

时间的安排　从来没有给北时间去适应习惯

反倒是推着他不停地习惯

夹杂着一些自私的企图

梦想

混合着片刻的驻足

过往

这个城市　把它们装点得分外诱人

就像动物园里的本不属于这里的动物

就像迁徙而来在某棵行道树上筑巢的鸟儿

就生活在这里

不好吗?

不好吧　也许

动物园里的狮子习惯了广袤的草原

行道树上的鸟儿习惯了不断地迁徙

你对习惯的力量　一无所知

就像几米说的

你永远不知道习惯让我们得到什么

也永远不知道习惯让我们失去什么

可能　习惯的本质就是不习惯

可能　习惯最可怕的力量就是让人从不喜欢到无感

无感于人情世故　无感于目空一切　无感于冷血无情

伴随着这巨大城市的喧闹不安

一并把所有的情感埋没成平淡

　　楠的实习已经结束,北也将行李打包完毕,最后一个星期的时间,老板给了北几天假让他陪陪父母。

　　北已经很久没有回家了,虽然也不陌生,虽然也不是要面临什么坏事,但北还是觉得有些不自在,可能是愧疚感,也可能是沧桑感。毕竟这个家庭曾经发生过这么多的事情。

　　午后北给家里打去了电话。

　　很长一段时间,电话那边才响起了母亲的声音,那声音再熟悉不过,却又有些陌生。

　　"喂,老娘,在家呢?"

　　"喂,儿啊,哎哟,咋啦,最近怎么样啊? 吃得好不好,工作怎么样?"

"都还行,你和俺爹都还好吧?"

"好,好着呢,你爹前几天天热,洗澡受凉了,发烧了,吃了点药,昨天才好。"

"嗯……没事就好。老娘,晚上我买点菜回来,跟俺爹喝几杯。"

"好好好! 你啥时候回来啊?"

"晚饭点那会吧。"

"好好好,我马上叫你爹出去买点水果,这就去!"

"不用了老娘,我又不是啥客人。"

"买点,买点,你不吃咱们也可以吃。"

"好……那老娘我先挂了。"

"好,北儿你先忙,我们在家等你,娘给你做菜。"

北没有挂电话,只是静静地听着,母亲也没有挂电话,电话那头传来了母亲的呼喊:"老头子! 你快去买点水果,儿今晚回来要跟你喝老酒,你赶快把家里打扫打扫,家里脏死了。"

"哦哦,儿子今天回来啊,好好,我换个鞋就去!"

随后电话里传来一阵急促的拖鞋拍打地板的声音。北听到这挂了电话。北有些难受,但回头再想想还是欣慰地笑笑。

买完菜和酒,北就回家了。很久没回家了,敲门的一瞬间,一大堆往事涌上心头。北的母亲来开门,看到北回来她很是开心,像个孩子,桌上的水果早就洗好放在那里,还有瓜子、花生。

夏日午后的阳光还是很明媚,家里没有开灯,风从开着的窗户吹进来,吹动着窗帘作响,客厅显得很暗,塑料材质的天蓝色的地板薄膜被透进来的光照得显出光斑,看得出来地上有水渍,那是因为刚拖完地。

家里没有沙发,北和父亲就坐在吃饭的桌子边,北把酒打开,父亲则去拿酒杯。母亲在厨房做菜,已经有几道菜做好了放在微波炉里或者厨房的台子上。

"来,北,咱爷俩先喝,让你娘再做几道菜。"说完父亲就招呼北给自己倒酒。

"好。"北给父亲倒了半杯酒,父亲笑着让北倒满,北随后给自己也倒满,看到旁边还有一个小杯子,父亲跟北说:"那是你娘的,她说今天她也喝二杯。"

北微微地点点头,冲着厨房问道:"老娘,你也喝两杯?"

"喝,我也喝两杯!老头子,儿子要是热,你把电风扇拿来对着饭桌吹。"

北还没说不热,父亲就起身把客厅的电风扇拿到桌子边,插上电源,电风扇就"嗡嗡"地转了起来。

有些闷热。有些昏暗。塑料地板反着光。父亲穿着白色的肩膀部位有破洞的背心。母亲在厨房准备着饭菜。

第一杯酒,是父亲主动找北喝的。

"最近工作都还可以不?"父亲问北。

"哎。"北用答应的语气回答父亲的问话。

"'哎'是好还是不好?"

北想了一下:"爸,我要调去外地了。"

"出差?"

"不是,老板在外地搞了个分公司让我去。"

"那是好事啊!"父亲打起了精神,又和北喝了一口。

正好北的母亲端上来一盘菜。

"老婆子,快来喝酒,儿子升官了。"

"真的啊,好好好。"母亲将手往围裙上擦了擦,端起酒杯,"来,北儿,祝贺你啊!"说完母亲就喝了一大口,北还没反应过来。"老头子你帮儿子把花生米袋子打开啊,我去端菜,都做完了。"

"他要吃自己不会开啊,又不是小孩子。"

母亲在厨房也毫不示弱地说:"就是宝宝,怎么了?还使唤不动你?"

北赶快说:"来,爸,喝。"父亲朝厨房翻了个白眼,端起酒杯:"你娘啊,就是这样。"说完,父亲打开了花生。

北心酸地笑笑,但是北把心酸藏在微笑的眼角细细的皱纹里。

很快,北的母亲就做完菜进来了。

很久,没有这样坐下来吃饭了。

"北儿,娘也不知道你喜欢吃啥,就拣着拿手的做了几道。"母亲脸上显得有些为难。

"没事,娘做的都好吃。我尝尝。"北笑着应答。

北从小由爷爷奶奶带大,父母在外地打工,之后出了事北随父母一起打工,吃的是工地统一安排的伙食,后来父母来到这,也就他们老两口吃饭。

北向父母详细说了一下新公司的情况,一家人吃着菜,喝着酒。父亲主动掏出了烟,放到桌上,北故意装作看不见。

"想抽就抽吧,哪有喝酒不想抽烟的?"

北尴尬地一笑,从口袋掏出烟:"爹,尝尝我这个。"说完拿出一根给父亲递过去,父亲刚接过烟,北就把打火机送到父亲嘴边。

父子二人,一人一根。

天已经渐渐暗下来。母亲起身开了灯。

"最近可有中意的小姑娘啊?"父亲问道,"我和你娘都老了,也想看你有个家,但是这事也不能急……"

北皱皱眉,乐呵呵地笑了:"我工作忙,没什么时间接触女孩子。"

"你公司就没有相中的?"

"暂时还没有。"北微笑着回答。

北的母亲在一旁说道:"男孩子先立业也不是坏事,你还年轻,等你成事了,大把的好女孩等着你呢。"

北微笑着点头。

父亲沉默了一会,点上了一支烟,慢慢地说道:"看你现在的样子,我和你娘很欣慰,你刚出来那会,我和你娘还担心你会不适应生活,我很欣慰……"

母亲的脸色也一下子阴沉了下来,收住了欢愉,喝了一口父亲杯子里的酒:"当时让你回家避避,你爸准备替你去自首的,没想到后来你自己去了,我们不想耽误你……"

北叹了一口气,父亲缓缓起身说:"我们当时害怕有人看见是你打的那人,也抱有侥幸希望慌乱中没人看见,那段时间我知道肯定要赔钱,也在到处筹钱……"说完,父亲的眼眶泛出些许泪光。

北起身,拍着父亲的肩膀让父亲坐下,嘴里念叨着:"都是过去的事了,现在没事了,咱家日子也在变好,过去咱就不提了,往前看。"

父亲坐下的瞬间,一下子绷不住情绪,掩着面哭了起来:"我觉得对不起你,孩子!你不在的那段时间里,我经常做梦,梦里一张模糊的脸,喊着让我杀人偿命,好几次梦到改了刑,要让你死!"

父亲低着头,掩着面,发出"呜呜"的悲鸣。母亲也掩饰不住情绪抹着眼泪,不说话。

北将杯子里的酒一饮而尽,举着杯子,透过杯底看悬在顶上的灯,还是那黄黄的灯,除了父亲渐渐低下去的哭声,安静得有只飞虫撞击灯泡的声音都听得见。飞虫绕着灯泡不停地撞击,在桌子上留下一块块移动的斑影。

　　母亲抽过一张纸递给父亲，父亲拭去泪水，叹了一声说："北啊，你爷爷不在了，没看到你现在这样，也不知道他老人家在世时会不会怪我。你要走，去那里给我好好干，别管我和你娘，有时间回下北城，去给你爷爷奶奶上炷香……"

　　说完，父亲仰着头，放下纸巾，双手合十："爹，娘，北现在有出息了，怪我不好，你们二老保佑北在那边顺顺利利！"说完将自己酒杯里的酒喝完，又和北分了瓶子里剩下的酒。

　　那是一块禁区，北的禁区，也可能是北心里唯一的一块禁区。提到爷爷的瞬间，加上酒精的催化，北一下子泪如雨下，他用手压住眼角，可眼泪还是止不住，顺着手指划过手掌滴落下来。

　　"爹，我会好好的，明儿我就买票回去，还有几天才走，你和妈放心。"北平复了一下情绪，父亲转身回了房。父亲从床底下拖出一个大木箱，翻找些什么。父亲身上那件白色背心，肩上的破洞露出他黝黑的皮肤，白色的布料在泛黄的灯光下异常显眼。

　　母亲将北的目光拉回来，说："北啊，别的也不多说啥了，你去了那边，照顾好自己，我和你爹你别操心，咱俩都好得很。我现在工地是跑不动了，在一家餐馆给人洗洗弄弄。你挣的钱，你自己留着，别乱花，看到喜欢的姑娘也别害怕，你这孩子从小就内向……"

　　说完，父亲从房间出来，手里拿着一个牛皮纸的信封，里面塞得鼓鼓的。

　　父亲重新坐下，把信封往北面前的桌子上一放，夹了一口凉了的菜放进嘴里，咽下去后，对北说："北啊，你一个人去那里，我和你妈也没啥别的，这里有一万块钱，你装着，别乱花，但是该花的，咱也不能少。"

　　北没说话。

　　"我和你妈平常也花不了什么钱，你装着。"

北还是没说话。

父亲举起杯子,要跟北碰杯:"咱爷俩再喝一点。"

"爸,我这几年挣了点钱,够用了,平常我没给你们多少钱,到头来你们省吃俭用还给我,这钱,你们老两口留着。爸,你这衣服都烂了,给自己买件新的,苦了一辈子,到头来,该享享福了。"说完北和父亲碰了杯。

父亲又一口酒下肚,辣得直抿嘴:"你拿着,家里还有,你从小也没过过城里孩子的日子,去了那里,该吃的吃好的,该用的用好的,等你以后挣大钱了,再接我和你妈去享福。"

说完,母亲伸手就把信封往北的口袋里塞。父亲又点上一支烟。

父亲吐出一口烟,烟雾在桌子上被灯光照出一些缥缈的影,飞虫还是来回撞击着灯泡。一阵风吹来,晃动了灯泡,摇曳了光影,这些光影的交错守着那些过往的秘密,守着那些现在只有北知道的秘密。

北看着父亲,看着牛皮信封里露出的钞票。北想起了那天晚上,正如现在抽着烟的父亲,爷爷也是这么抽着烟给自己塞了一百二十八块五毛钱,就连当年爷爷一张一张数着残旧的钞票的神情,北也深深地刻在脑海里。

4

一个关于白驹过隙的秘密

一个关于泪如雨下的故事

一段关于久未谋面的旋律

那些雨天最是泥泞

经过冲刷越发白皙

支离破碎的片段　拍去厚重的尘土

才感慨那是最好的曾经

只有刚起过风浪的大海

才最平静　有力

记忆是时光的载体

时光是记忆的重量

那些滚烫

把未来的路照亮

飞鸟的一片羽毛落下轻触着城市的一角

那个轻微的撞击连接着我的心跳

要去的地方不去猜想

那会是怎样

有一道淡淡的光射入心房

不要穷追去悟出"了"字的真谛

那些无穷无尽的意义

用尽力气

怕你到头来落个满目疮痍

　　回去的路上北的心情久久不能平静,自己以前曾坚信不疑的那句"有些事可以被理解不能被原谅",现在想想也没有那么坚信了,很多事情不需要等到看透才会原谅,时光终究会让我们变得宽容。而当下这个五味杂陈的瞬间就是我们变得宽容的原因。

　　北的岁月中夹杂着很多遗憾：父母常年不在他身边，奶奶过早地离开他，爷爷的死他也难辞其咎，未能完成学业，甚至是过失伤人。这些遗憾会伴随着北今后所有的岁月。如果岁月沉淀下来，这些遗憾也许对北是正面的影响，不会让他再次坠入深渊。

5

　　第二天北就买了回北村的车票，随便收拾收拾就踏上了归乡的路途。回家的路，是一道光，有着熟悉的陌生感，也有着陌生的熟悉感，这次回乡北没有那么多繁杂的情绪，坐在车上，北凝视着手里的车票很久，抬头透过车窗去看天空的艳阳。回到北城，北没有碰到那些看着他长大的村里人，他觉得少了刻意的寒暄自己反倒显得怡然自得些。推开家里陈旧的门，北没有多少心情的起伏，只是看到爷爷奶奶的遗像时还是长嘘了一口气。北安安静静地给爷爷奶奶上了香，淡淡地说了一句："我回来了。"

　　北在爷爷房间的床上坐坐，爷爷的房间不朝阳，朝阳的房间留给了要学习的北。又去自己房间的床上坐坐，坐在床上的瞬间，弹起一片灰尘，在阳光的照耀下四散的灰尘像无处安置的思绪。

　　北拉开抽屉，看到了没有花的一块钱纸币，北小心翼翼地把破旧的纸币对折，放在钱包夹层里的照片后面。抽屉深处，是初中毕业时北放进去的那本暑假作业和儿童节与楠互送的棒棒糖。北将那本暑假作业和棒棒糖放进包里，呆呆地看着窗外。

　　之后，北去了爷爷奶奶的坟头，给爷爷奶奶磕了几个响头，静默在那里，想点根烟，想了想又打消了这个念头。转身走的时候，北对着空旷的天空喊了一声："我走了！爷爷奶奶！"

聚散无常，落叶安知花开日；

生死有命，荣枯终归根先知。

顺着小溪，北去老槐树那里转了一圈，在北的心里，家乡就在那老槐树低垂的枝丫上，只是回来的时候田地里没有抬起头朝他笑的人了。

北没有在北村过多停留，花了几个小时，办完事北就坐上了回去的火车。

回去以后，北用了一天的时间把所有的东西都准备完毕，北和房东说好最后一天只要把钥匙放在桌子上等着房东来收就行。能寄的东西都先一步寄了过去，对这座城市的记忆就只剩下一天的时间了。临睡前楠给北发了短信，这个北现在在这里唯一的朋友要在最后一天给他送个行。北答应了，也想好了要说的话。楠让他早点休息，互发了晚安后，北给自己倒上了酒瓶里所有的酒，没有下酒菜，没有陪酒人，打开阳台的门，只有悠悠的夏风和弯弯的皎月。

把心事藏在浊酒里，一饮而尽，谁都不知道愁滋味了，不要理会那些情深意切缘深缘浅，且珍惜当下的一切，从容前行。

第二天起来，北还收到了何诚昨天深夜发来的短信，简单地祝他乔迁新公司顺利。北没有回复，因为他觉得这并不算是乔迁。看着已经搬得差不多的家和摆在门口的两个大行李箱，北心里还有些不是滋味。

6

楠在实习结束后回学校去了。第二天的火车，北前一天不能睡得太晚，他希望楠的"欢送会"可以简单且短暂。北告诉楠要不就两个人随便吃点晚饭后各自回家，楠告诉北下午她没有课，既然北明天早上要赶火车,那她下午去北的家里。北觉得太麻烦,但楠坚持说一直没有去过北的家里。北拗不过楠,心想着这也是最后一次了,就随她吧。

北一个人,开着风扇,躺在小客厅的沙发上看着电视,直到接近四点的时候,楠打来了电话,北告诉楠去学校的门口接她。

北的房间不大,几十平方米,客厅放着沙发和电视,沙发的旁边是一盏装饰灯,贴着墙面的是一个吃饭的小桌子。北告诉楠,不用换鞋了,楠走到桌子边,把手里拎着的大小塑料袋放到桌子上,便四处观望。厨房是一个狭小的长方形空间,一个灶台、一个冰箱、一个电饭煲、一个电磁炉和一些简单的调味品,仅此而已。房间里有空调和床,一个简单的衣柜,还有一个小阳台,阳台的门半开着,透进来的风吹着窗帘,沙沙作响。刚刚收拾完的家里,略显杂乱,北招呼楠去沙发上坐着,自己清点着塑料袋里的东西。一点蔬菜、一盒冷冻肉、一瓶红酒、几罐饮料和几桶方便面。北问楠,为什么要带方便面,楠告诉北,怕他在火车上吃不习惯,带着路上吃。楠问北收拾得怎么样了,有没有自己能帮忙的。北笑着说都差不多了,等明天一早拎着行李就可以出发了。楠爽朗地答应了一声,让北把方便面装到行李箱里,自己便转身拿塑料袋里的食材去厨房。刚将方便面装好,厨房里传来了楠的声音:"给你做几道妈妈的手艺。"北笑着说好。

一个多小时的工夫,楠已经把所有的食材变成了可口的饭菜,三菜一汤,北则将红酒倒入酒杯里。楠笑着说:"你这里正儿八经的碗筷没有,红酒杯倒是不少,看来平常挺喜欢喝酒啊!"北也只是笑笑,没有作答。

"吃饭吧,尝尝我的手艺有没有家乡的味道。"

各样的菜北都夹了一筷子放到嘴里尝了又尝:"好吃!"北说,"比我妈做得都好吃!"

楠笑了："怎么会有阿姨做得好吃？阿姨都做了那么多年的菜，我也只是照葫芦画瓢啊，学着我妈的样子，做几道罢了。"

"我妈哪会做什么菜呀！她跟我爸风里来雨里去的，哪有时间做饭！"北说。

"行，既然你觉得好吃，那你就多吃点，毕竟你明天就要去远方，这一顿饭就算是我对你最后的慰问吧。"

北叹了一口气，没有说话，默默地吃着碗里的饭。

等到饭吃得差不多的时候，天已经暗下来，一瓶红酒，转眼就见了底。楠喝了不少，脸红通通的，有一些困意，北还是坐在椅子上，没有什么酒后的反应。

楠有些醉了，问北："我一直都想知道你是怎么找到这样的工作的？那么长时间不见面，你又到底干吗去了？"

北很镇定，似是而非地说："没有付出，哪有回报，舍得舍得，舍在得的前面。"

楠笑了："你变了，工作了几年，变得会说话了。"

北也笑笑："人嘛活着就都在变。"

"对了，北，跟你说个事呗，你给我出出主意。"

"嗯，说吧。"

"前几天，李梓民跟我表白了，我没答应。可是好像又拒绝得不是很彻底，我就说学业为重。但是后来又觉得好像不太负责，你可是混过社会的人了，跟我说说，怎么才能在不破坏友情的情况下拒绝他？"

北微微笑着："等他喜欢上别的姑娘吧。"

"不行！这事哪有个准啊！"

"要不等别的喜欢他的姑娘让他动心呗。"

"你别皮，正经问你呢，我可是连寝室的好闺蜜都没说。"

"怎么,人家条件那么好,看不上人家?"

"条件好又怎么了? 不喜欢就是不喜欢,可他又是我的好朋友,总觉得这样拖着对我们都不好。"

"我觉得他挺好的啊,要不然你试试呗?"

"你什么意思?"楠有些生气,声音大了不少。

"难不成你有喜欢的人啦?"北的表情似乎是苦笑。

"怎么,本姑娘就不能喜欢男孩了吗?"

"那你倒跟我说说你喜欢上谁啦?"

"你别皮,那个不重要,重要的是我现在怎么跟他把话说清楚。"

"你不跟我说清楚,我怎么给你支招?"

楠没有再回答,时间就静在那里。

过了不知道多久,酒劲似乎正盛,楠靠着墙,带着无奈的语气:"我想毕业了,去你新公司的城市工作……"

"唉。"北叹了口气,停顿了一下,"我觉得那个李梓民,挺好。"

"你够了没? 再说我真生气了! 你这还有酒吗? 我还想喝一点。"

"够了,没了,你今天喝得差不多了,你生日都没喝这么多,再喝我可照顾不了你了,我明天还要把钥匙留给房东。"

"我不信,你不给我就自己去找,找不到我就去买,喝醉了我就睡你这了,正好明天帮你把钥匙给房东。反正我明天课晚……"说罢,楠就跌跌跄跄地起身要去厨房找酒。

"行了,行了,我去拿,最后再喝一点咱就停好不好?"

"嗯,好。"楠甜甜地对着北笑了。

"真是拿你没办法。"说完北就起身去厨房拿酒。

北又拿了两瓶啤酒,打开,放到桌上,楠一把抢来一瓶:"这瓶我的,不许抢!"说完又喝了一口。

这一口，就是小半瓶。

"说，北，你为什么就是不愿意让我去找你？说啊，你说啊！"

北没有理会，直到楠的泪水悄无声息地噙满眼眶。

北静静地说："楠啊，我觉得李梓民真的不错，他的人品自然不多说，不然也不会成为你的好朋友。他的条件，你比我清楚，你学法律，以后他的家人……"

"北，你给我闭嘴！"楠拍案而起，眼泪像那北村潺潺流动的小溪，从眼角到脸颊，"好！北，李梓民好是不是？叫我试试是不是？"说完，楠起身就往门外冲去。

北一下子站起身。"我走！"楠略带痛苦地哭喊着。北一把抓住楠："你先冷静，你听我解释……"北一脸坚毅且执着。

北没有想很久，或者是他已经想了很久很久，很轻很自然地说："我坐过牢。对不起。"

楠还在抽泣着："所以呢？那又怎么样？那又不怪你！"

一秒，就一秒，楠停止了抽泣。北收起表情，蹙了一下眉，说了一声："什么？"

又过了几秒，北放开拉楠的手，坐到椅子上，楠也平静下来，坐到对面，第一句话就是："对不起。"

北喝了一大口酒，喝完紧紧地抓着酒瓶，半闭着眼，低着头，那些日子，瞬间像潮水般向北扑面而来。

缄默着，缄默着。

直到楠先开了口。

"对不起，北，李梓民跟我说了，你去办事的那家律师事务所有他爸爸的关系，他找人了解了一下，我本来也不信，但他甚至把记录调了出来……对不起，我从来没有怀疑过你……不对，我说的不对，我从来没有拜托他了解你的过去,我发誓,我不是欲盖弥彰……算了,能不能当我什么都没说过……我……"说完楠就用手去捂自己的脸。

北迟迟没有动静,半天说了一句:"挺好……"

"好什么? 你明天就要走了,就不回来了,好什么?"

"好啊……好在他家里有这个实力,我也就放心了……"

"北,你过分了!"

"不……我是说……你知道了以后还能理解我,还愿意和我往来,我觉得挺好。"

"不是你说的吗? 你相信我好朋友的人品,我也相信!"

"嗯,谢谢……"

"北,我知道,那些事,你是忘不了的,但是,答应我,不要逃避好吗?"

"不说这个了,来,老朋友,我们喝酒。"

那个晚上,他们一直聊,一直喝,楠花了九牛二虎之力让北相信自己不是有意打听他坐牢的事情,只是心急的李梓民阴差阳错地替北解开了一个心结。那晚,北把之前的所有经历都告诉了喝得半醉半醒的楠,至于半醉半醒的楠说了些什么,就不得而知了。

北告诉楠,箭在弦上不得不发,并表示感谢。

楠告诉北,这一切都只是人生的一小步。

那天,楠最后醉倒在了北的沙发上,北想把楠抱进房间,让她睡个好觉,想想还是算了。北一夜没睡,酒喝得一滴不剩,烟也全部抽完。

直到第二天的早上,北把钥匙留在了桌上,写了一张纸条放在沙发上,上面留下了房东的号码和自己留给楠的一段祝福。看着熟睡的楠,北拿出了行李里准备带去用的新牙刷和毛巾。

最后,北拿出了那本作业和棒棒糖,让它们一并安静地躺在楠的身边。临走的时候,北编辑了一条短信,发给了楠,听到了楠手机的响声后,北选择了拉黑,然后对着她笑笑,说声谢谢你,关上了门。

7

相守于尘世,不如相忘于江湖。故事没有那么狗血,也没有在北即将迈出门的瞬间楠醒来,就是那么简简单单,楠睡着了,北走了。

这些年,我走过许多地方,认识了许多人,听过许多故事。这些地方、这些人、这些故事,有善良的、温暖的、感人的、情深的,也有险恶的、心酸的、楚痛的、泪目的。总归,都是些有趣的地方、有趣的人和有趣的故事。这些有趣的地方,最长情的不过是分别的地方,这些有趣的人,最心念的不过是期待重逢的人,这些故事,最冗长的不过是再见的故事。北也期待着哪天在哪个雨后的街头的某个转角或是某个午后放着某首曼妙音乐的某家咖啡厅的某个角落里再次遇见楠,他憧憬着,期待着,却不去追求或是索取。给彼此一段时间,等变成了更好的自己再来相见。

北走的那天,火车没有晚点,像是上天安排好的,没有人追着火车一路奔跑,没有车站里再次的不舍与缠绵,有的是没有晚点的火车和一起出发面带笑容的同事。

车上,北盯着被拉黑的楠的号码看了许久,不知道她醒了没,不知道钥匙交给房东了没,不知道楠的心情,也不知道她哭了没。直到下午房东发来短信说钥匙已经收到,祝福北一路顺风,北这才知道故事结束了。北放下最后一点心思,笑着去吸烟区抽了一根烟。

抽着烟,北笑了,开心地笑了,他暗自问自己:"北,了否?"

天边一片无名的雨云不知从哪飘落到这里留下一片水渍。

一片水渍不知被哪片雨云带到这里。

雨后天晴,这片水渍被蒸发了,不知道又变成哪片雨云。

一滴雨,一片云,都是前世今生的情缘,都是讲不完的故事。

在北心里,他把这次离别当成了最后,他庆幸能在这最后的时刻吐露出自己最深的秘密,他也欣慰楠能平静地接受。他没有那么绝情,他会偶尔期待着某年某月某日和楠再次邂逅,或是某次大彻大悟后直接拨通楠的号码。

但是不管如何,属于这里的故事以及关于北村的故事,算是暂告一个段落了。

了,否?

休止符的独奏

1

时间过得很快,去了新城市的北没有什么朋友,既然选择离开,北自然加倍努力地工作,正巧赶上祖国建设如火如荼地进行着,新公司运营得蒸蒸日上。不消一年的工夫,北在新公司不仅站住了脚,而且把工作做得有声有色。

短短一年的工夫,北就积累到了财富并且获得了一定的社会地位。

到楠毕业的时候,北已经是新城市做建筑方面一个小有名气的人了,交到了不少朋友,也有不少敌人。

也就是这几年,北感受到了世态炎凉,渐渐变成了一个成熟的男人。

他明白了许多道理,许多学校或者小圈子里接触不到的道理。那些在乎你飞得累不累的朋友远比那些只在乎你飞得高不高的朋友更弥足珍贵,那些诚实的敌人也好过那些虚伪的朋友,那些你认为的事实可能只意味着欺骗的开始。

北渐渐地和老卢、敬凡、杨晨有了联系。北招待了一次老卢,何诚也回来看过北,只是莉莉没有来,何诚提到她在美国有了一个对她很好的男朋友。

毕业以后,楠托敬凡、老卢好几层关系联系到了北。在完成毕业论文的间隙楠只身来到北的城市,告诉北学校有一个去美国的公派留学项目,学费全免,但自己还是想留在这里找工作,陪着北。北把楠一顿臭骂,并且告诉了楠自己并不想和她有怎样更进一步的发展,他们只是朋友。

楠不死心,背着北留意起了这里的租房信息和招聘信息。北气不过,不消几日就找了一个公司的女下属做对象,虽说这个女下属和北确实互有好感但大多还是有演戏的成分,但是,不管怎样,楠相信了。那也是北这辈子的初恋。在大家眼里神圣而纯洁的初恋,就这么不隆重地开始了。可能北有自己的想法,但是他确实气到了楠,或者说,让楠死心了那么一回。一气之下,楠回到了学校,和北鲜有联系。

最后,因为公司的非议和闲言闲语,北和那个女下属说清了关系,做回了朋友。北第一次的恋爱经历,只持续了寥寥数月。

手机从按键的变成了触屏的;冰箱、彩色电视,甚至是电脑已经飞入了寻常百姓家;路上的汽车变得多了起来;人们的穿着也变得丰富起来了。商场里的品牌让人眼花缭乱,有国内的也有国外的。人们谈论的不再是谁家吃了肉而是讲究起均衡的营养搭配。这是百姓这十年的生活改变。

十年。

这十年,是国家飞速发展的十年,也是中华民族走在伟大复兴路上的十年。北在这十年里迅速地积累财富,何诚回来接手了父亲的生意,北也自立门户,和何诚业务互补,变成了当地小有名气的企业家。北在积累到第一桶金的时候就买了一套大房子,很快北就将父母接到自己身边。北事业小有成就后和父母商量将爷爷奶奶的旧坟地迁到新城市的陵园。一是因为爷爷奶奶的老坟年久失修,说不定哪天就被大雨冲塌了,二来北现在小有成就也算是给逝去的爷爷奶奶尽一份心意。在那之后的数年北都再也没有回过北村。

北在新城市里发展的第五年,结婚了。结婚对象是他一个合作伙伴的妹妹,那个女孩和她哥哥一起做建材生意,机缘巧合在饭局上认识了北。没有相处很长时间,只是两人觉得都是适婚年龄又互相看得顺眼,北的合作伙伴一做媒,就成了。北的妻子是个干练的女人,事业家庭都打理得很好,虽然有的时候会略显强势,但是也算和北生活得甜蜜幸福,在他们结婚的第二年,北的孩子出生了,一个女孩。

随着祖国的发展,新农村建设也在不断推进着,北村面临着改造和升级,年后就动工。北也是从父母的口里得知北村的旧房子要拆迁了,北的父母说想把拆迁分到的新房过户到北的名下。

听到这个消息,北感慨万千。快十年了,北再也没回过那个见证他一步一步走出去的北村。北于是和老婆商量带着孩子回北村看一眼,也算是带女儿寻个根。

这天,北带着老婆女儿回到了北村,这个村子十年来就没怎么变过,一样的土路,一样的平房,只是少了很多人,多了许多苍凉感。物是人非在这一刻被岁月诠释得淋漓尽致。

北村门口的空地上,新辟了一块供村民们玩耍健身的区域,里面有一个小滑梯、一个沙池、一个小秋千,还有一些健身器材。北的女儿说走不动了,想去那里玩沙子,北也想自己单独去老房子里找寻找寻当年的记忆,就让老婆带着女儿在那里玩,自己则去老房子留下最后的记忆。

临近新年,村口多了几家小卖部,卖些烟酒年货,北买了一副春联和一个"福"字。去老房子的路上,很多地方都已经被红油漆喷上了"拆"的字样,有些老砖墙上还泛着青苔,这个村子的每一角都是北的童年。

走到老房子门前,推开布满灰尘的大门,那扇快十年没再开启过的老木门被推开的一瞬间,北还是红了眼眶,那是一段回不去的岁月,那是一段最美好的年华。仿佛爷爷还坐在大厅的椅子上，干枯黝黑的手还夹着烟；仿佛一推门，燃过的烟丝灰就会随着老木门的转动落下；仿佛爷爷质疑的眼神，在问着北："为什么回来迟了？"那无声的，是来自北村的最后审问。

北拿出春联，规规矩矩地贴上，然后再倒贴一个"福"字，那是北对老家最后的敬意。

北走了一圈，老房子、旧坟地、小溪流、老槐树依旧。

小溪流已经干涸，田间的农作物也荒废了不少，记忆里的草长莺飞再也没有和北重逢，只有那棵老槐树，守着北村的朝夕。旧坟地的坟又多了不少，北顺着一圈走过去，墓碑上的照片，北基本都认识，包括立碑人的名字，北大多也熟悉。十年的光阴，带走的不仅是北村的老人，也带走了北村最后的坚守。

北走了一圈，将童年像放电影般随着自己的步伐回忆了一遍，北知道，过去的，就是过去了。不管北村未来会变成什么样，曾经的北村北能记住，他就知道自己没有忘本。

路过楠的老家，北没有进去，远远地看去，大门紧锁，似乎也是很久没人来过了。北想起了楠，想起了一起掏鸟窝、翻土墙的朋友们，他不知道，他们现在在哪里，他不知道，他们过得好不好。

等北走回公共健身区，女儿在那里和一个年龄相仿的小男孩玩着沙子，老婆不在，一个戴着眼镜略显发福的男人坐在一边看着两个孩子玩耍。北走上前去问女儿妈妈去了哪里，女儿告诉北妈妈肚子疼。男人见北上来问话，和善地问北是不是女孩的父亲，北说是。在确认了北知道女孩的名字以后，男人告诉北他爱人突然肚子疼，正巧自己带着儿子过来玩，她就告诉他女儿的名字，拜托他帮忙照看一下，说孩子父亲马上就来。北谢过男人。闲来无事，北和男人闲聊了起来。北递过一支烟，男人谢绝了,说自己不抽烟,男人很和善,还劝北也少抽,对身体不好。闲聊间,北告诉男人自己原来是北村人,赶上北村快拆迁了回来看一看,说感觉北村都没啥人了。男人笑笑说,现在的年轻人都去城里打工了,这是城市化的大势所趋,村里自然冷清很多。谈吐间,北感觉到这个男人应该是个知识分子,说起话来头头是道,有理有据。

男人告诉北自己不是北村人,两人互换了名片,北一看,哟,这个男人可是个博士呢!仔细一看,可不了得,他还是好几家公司的法律顾问,难怪谈吐如此不同凡响。

北告诉男人自己有个老乡也是学法律的,男人笑了笑,正巧这个时候一个声音从不远的地方传来:"振洋,等急了没?"

2

一个女人走过来一把挽住北面前这个男人的胳膊。

男人笑着跟北介绍:"这是我爱人。"

北也笑了,很淡很淡的那种,眼里流露出只有她才能看见的光。

北微微点了一下头:"你好。"

女人愣在那里,并肩的男人看不见女人的表情。

"爸爸,爸爸,我渴了,去给我买水。"沙池里的小男孩跑了过来。

"好,你去问问妹妹喝不喝?"

"好。"男孩跑到北的女儿的旁边,"妹妹,你喝不喝水?"

"喝。"北的女儿对着小男孩一个灿烂的笑脸。

"来,跟哥哥说谢谢。"北慈祥地看着女儿。

"谢谢哥哥。"

"还有叔叔。"

"谢谢叔叔。"

小女孩甜美的笑容打动了男人,男人对北的女儿说不谢,转身向自己爱人要几块钱零钱。女人慢吞吞地从包里拿出零钱,递给男人,男人转身走向小卖部的瞬间,女人的表情就像是捡起了一段久未谋面的记忆。

孩子们一起玩着沙子,他们想用沙子堆出一个城堡,小男孩还兴奋地邀请女孩进去住,小女孩也兴奋地答应了。

北和那个女人,站在北村的门口,对视着苍华,对视着阑珊,对视着彼此的眼眸。

"好久……不见……楠。"北先开了口,"最近好吗?"

楠先是低下头,一秒,只一秒,她就抬起头,红了眼眶,灿烂地笑着:"很好,你呢?"

"还行,就那样呗。"

"叔叔阿姨也还好吗?"

"好,现在接来和我一起住了。"

"那挺好的。"

两个人都没话说了,静在那里。还是北先开了口。

"这是你儿子?"

"嗯,叫小涛。"

"真好,结婚也没叫咱朋友去喝喜酒?"

"我在国外结的婚,振洋是我美国读硕士的同学,后来一起读了博士。"

"挺好,挺好。"此刻,这是北唯一能想到的表示赞美的词了,"那你,现在在哪里工作?"

"美国。"

"挺好的,这次,回来度假?"

"振洋他有个研讨会,我也就跟着回来看看,这不是北村要拆迁了吗?"

"挺不错,哈哈……"

"你呢? 结婚了吗?"

北沉默了一会:"结了,这是我女儿。"

"嗯,好漂亮啊,应该像她妈妈吧……"

两个孩子的城堡堆不起来,索性放弃了,他们在沙池里玩起了过家家,男孩当爸爸,女孩当妈妈,他们彼此模仿着自己父母的生活,似乎还能看到北村人生活的影子。

这时候,北的爱人来了。三个人一起站在北村的村口。

得知眼前的女人是帮自己照顾孩子的男人的妻子,北的妻子连连道谢。

楠微笑着说:"不谢,应该的。"

北的老婆问北:"大老远就看到你们两个站在这里,你们认识?"

北还没张口,楠抢先一步:"咱们原来都生活在北村。"

"真巧,我们也是说北村快拆迁了,回来看看,你们之前就认识?"

"面熟而已,我在北村待的时间不长,后来就去县里读书了。"楠还是微笑地回答。

北一直没有说话,没有表情。

"这样啊,我寻思着,要是大家都熟,咱没事晚上一起吃个饭呢,你看两个小孩也玩得到一块。"北的老婆很热情地说。

"谢谢嫂子,我和我爱人晚上还有事,咱看下次吧。"

这时,楠的丈夫买了水回来。他把水递给孩子们,北的老婆也提醒女儿跟叔叔说谢谢。

北的老婆谢过男人，男人开了口："对了，楠，我忘跟你提了，他也是北村的，你们认识不？"

"面熟，我就说怎么感觉好像在哪里见过。"这次换北先声夺人。楠微笑。

"行，时候不早了，我们回去还有事，咱先回去了。"男人对北说道。

"好的，你先忙。"北回道。

"来，小涛，跟妹妹再见，咱们回去了。"

男孩有些不舍，可还是起了身，说了一句："nice to meet you."

北的女儿没听懂，愣在那里。

"小涛，用中文。"男人对男孩说，随后跟北解释道，"抱歉，我们住在国外，孩子在国外长大的，难免……"

"没事，国外教育好，未来就靠他们建设了。"北笑笑。可是北的老婆却略显尴尬。

"那咱回去了。"男人跟北告别。

"嗯。"北点着头，"慢走大哥，慢走……嫂子。"

女人对着北笑了一下，那个笑容，就是那年楠初次走进北的班级时的笑容。只是那次是初见，这次是告别。

北看着一家三口的背影，女人挽着男人的右臂，男人的左手牵着孩子。

北笑了。

"咱过完年也给楠报个英语班，你看这多丢人啊，人家说个再见都听不懂。你看呢？"

"看她的兴趣吧。"

"兴趣？以后英语肯定是必备技能，一定要学！"

"好好，你说了算。"

休止符的独奏

"行,时候不早了,咱也走吧。"

"好。"说完北就去喊自己的女儿,"来,楠楠,咱也回去了。"

"好,妈妈我饿了。"女孩起身,拍拍手上的沙子。

"来,妈妈问你,刚刚小哥哥跟你说的英语,你听懂了吗?"

楠楠没有说话。

"行,女儿想吃啥,爸爸带你去。"北对女儿笑着说道。

"好。"女孩笑了。

"那你要不要亲爸爸一下?"

"啵。"女孩亲了北。

"小宝贝,咱走了。"说完北就把楠楠抱起来,放到肩上。

"北?"

"怎么了,老婆?"

"我一开始还以为那女孩是你的老相好呢,看你在哪里聊啊。"

北微微一笑,说道:"不是她呢。"

说完,北一家三口朝着另一个方向走去。

留下沙池里一个未完工的城堡,城堡边上是两个孩子坐在上面的印记。

十年。

3

北已经是建筑界的大佬,也投资做房地产,他将楠楠送去了美国念书。自己也计划过几年办理移民,趁自己年轻,在美国和老婆再生几个。

北太忙,所以全权委托助手找一个国内顶尖的律师团队组成自己公司的法律顾问,助手找好后,北请这个团队吃个饭。北订下了当地最高级的饭店的豪华包厢。那天,北有个会开得超时了,北和他的老婆急匆匆赶到饭店,服务员一推开门……

后　记

2014 年 3 月 24 日,我开始提笔写序,2018 年 3 月 1 日,我开始提笔写后序,算算有四年的时间了。

这四年,伴随着这本不薄不厚的小说,我经历了很多。

这些年,我走过很多地方,见过很多人,听过很多故事,失去很多,也得到很多。

这四年,我明白了很多事情。

这四年,我感谢走过的很多地方,这些地方让我知道天涯不是海角,山外不仅有山,还有海。这四年,我感谢我见过的很多人,感谢你们的嬉笑怒骂,你们让我一点一滴地对生活有了更深的理解。这四年,我感谢那些酸甜苦辣的故事,或真或假或带着夸张,这些故事让我看到了人性最细微的一角。

我是一个不太擅长刻画人物内心的人,比如,“面无异样的他内心正经历着一场波澜”这个场景,如何描绘我想了很多次,。比如,一个人正参加一场狂欢派对,他的女友猝不及防发来了分手的消息,朋友拉着他喝酒狂欢,他笑着喝下酒;又比如,他正和朋友们玩着扣人心弦的游戏,突然他得知了家人去世的噩耗,朋友们让他不要害怕,他打冲锋,队友们从后面包抄,他点点头说好……我不知道如何描绘这样的人物内心,干脆索性只描绘那个场景,让有共鸣的读者自己去体会那样的心情。

　　有朋友跟我说,故事里的结局有些悲情,既然是现实里某些人的投影,生活里的遗憾不如在小说里得以圆满。我说不,我希望小说里的遗憾可以让生活变得圆满,但是就像薛定谔定律,谁知道呢?

　　虽是小说,我写得却比较随性,没有刻意去营造一些悬念,也没有想着怎么再让主人公的命运变得曲折些。他们说"无巧不成书",巧着巧着素材就来了,但是我没有采纳这样的想法。不管是楠的父亲投资失败,还是北银铛入狱,或是北失去爷爷后一蹶不振,或是楠为了北执意去北方,在我有限的经历和故事库里,都是有人经历过,都是有迹可循的,希望读者们可以从主人公的半生经历里找到一些共鸣。

　　最后感谢在这本书里所有让我使用他们名字的好朋友,也感谢他们或多或少地把他们的故事借给我,同时感谢安徽文艺出版社刘姗姗编辑以及在此书写作以来给予我帮助和照顾的,给我提供照片素材的好朋友张宇琦、朱一姝、王业楷、邵小兔。

　　最后,谨以此书献给我的家人、朋友和所有帮助过我的人。

2018 年 3 月 1 日于悉尼